TU MARCHES
AU BORD DU MONDE

DU MÊME AUTEUR

Points de non-retour [Quais de Seine]
théâtre, L'Arche, 2019.

Points de non-retour [Thiaroye]
théâtre, L'Arche, 2018.

À la trace / Celle qui regarde le monde
théâtre, L'Arche, 2018.

Je te regarde / Europe connexion / Extrêmophile
théâtre, L'Arche, 2015.

Zone d'amour prioritaire
roman, L'Arche, 2013.

Pulvérisés
théâtre, L'Arche, 2012
Grand Prix de la Littérature dramatique 2013.

Contrôle d'identité / Mode d'emploi / Burnout
théâtre, L'Arche, 2009.

Alexandra Badea

TU MARCHES AU BORD DU MONDE

Roman

ÉQUATEURS

ISBN 978-2-84990-774-0.

Dépôt légal : janvier 2021.

170 *bis*, boulevard du Montparnasse, 75014 Paris.

contact@editionsdesequateurs.fr
www.editionsdesequateurs.fr

À mes amies nomades,
Adriana, Madalina, Velica.

1

Le trio en *sol* majeur de Schubert déchire le silence du matin. Il est six heures. Dehors, il fait encore nuit. Dans l'immeuble d'en face, des fenêtres s'allument. On dirait des toiles de Hopper. Tu les regardes pendant quelques minutes, le temps de te réveiller complètement. Tu imagines des histoires à partir de ce que tu vois. Des femmes, des hommes et des enfants isolés chacun dans son cube : une cuisine, une salle de bains ou une chambre. Le même décor, les mêmes meubles, les mêmes lampes, les mêmes tons de lumière blafards.

Tu te lèves, tu descends du lit, tu fais deux pas et tu saisis ta trousse de toilette. Tu te diriges vers les douches communes au fond du couloir.

À cette heure-ci, tu ne vas croiser personne, il n'y a pas d'attente, tu peux prendre ton temps.

C'est ton seul moment de solitude de la journée. Tu mets le réveil une demi-heure plus tôt, tu as besoin de ce tête-à-tête avec toi, les pensées descendent dans ton corps, tout se pose doucement, la peur accumulée pendant la nuit s'éloigne un peu.

Tu partages cette chambre délabrée avec une autre fille depuis quatre ans. Au début, vous étiez quatre, après trois, et maintenant vous êtes deux. Au fur et à mesure de l'avancée dans la scolarité, vous avez droit à une plus grande surface. C'est la dernière année. Ça va être la dernière année. Chaque jour, tu répètes cette phrase pour te donner du courage.

Tu descends dans le métro. Ton regard se pose sur les grandes lettres qui composent le nom de la station. « Les Défenseurs de la patrie. » La deuxième lettre est tombée l'année dernière et on ne l'a pas encore remplacée. Dans les noms des stations, il y a souvent une lettre qui manque. Tu les repères à chaque arrêt du métro, c'est ton jeu secret avec la ville. En arrivant à la station « Les Héros de la révolution », tu te demandes quel est le lien entre eux et « Les Défenseurs de la patrie ». Deux stations les séparent. Peut-être deux générations ? Les grands-parents qui ont fait la Seconde Guerre mondiale et les petits-enfants qui ont renversé le régime cinquante ans plus tard ? À deux stations de distance, ils se regardent de loin.

À huit heures, tu commences les cours à la fac et tu essaies de ne pas t'endormir devant des diaporamas en PowerPoint expliquant les techniques de marketing de demain. Comment piéger davantage de clients. Inciter à la consommation, dépenser, soutenir l'économie, produire plus que nécessaire pour ne pas laisser la connerie se dissiper.

Le professeur parle. Il écrit des chiffres et des formules sur le tableau. Tu regardes sans rien comprendre. Tu ne peux pas comprendre. Tu ne fais aucun effort pour comprendre, ton cerveau est trop plein d'autres choses.

Tu restes assise dans cette salle de classe, tu l'écoutes, tu prends des notes mais tu es loin d'ici. Tu ne sais même pas à quoi tu penses. Tu ne sais rien. Et cette peur qui t'envahit t'empêche de vivre, s'immisce partout dans ton corps, surgit à chaque fois que tu essaies de sortir de la marche ordonnée du quotidien.

La peur revient. Tu ne peux pas la nommer. Elle n'a pas de corps, pas de visage, elle flotte à la surface de ta peau. Elle prend le pouvoir, elle fixe le rythme de ton cœur, le sens de tes sécrétions, la tessiture de ta voix. Tu la sens mais tu ne peux pas l'expliquer, alors comment tu pourrais la combattre. Tu n'essaies même pas.

Tu voudrais partir d'ici, tu voudrais disparaître, ce n'est pas ton endroit, ce n'est pas ta vie. Tu assistes à un spectacle qui ne t'appartient pas. Témoin inactif, passif, à attendre une résolution écrite à un autre endroit.

Il est huit heures du matin et tu es déjà fatiguée. L'énergie s'est dissipée pendant les premières heures de la matinée. C'est comme ça depuis quelque temps. Tu vis en boucle comme les adultes qui ont trahi leur jeunesse. Toi, tu n'as pas encore oublié complètement tes rêves, mais ce mouvement est en train de se produire lentement. Si quelque chose ne change pas dans les jours qui suivent, tu oublieras tout et tu t'inscriras dans le rang des corporatistes honnêtes. Ce n'est même pas une affaire de jours, c'est une affaire d'heures. Tu as peur plus que d'habitude ce matin. La liste sera affichée en début d'après-midi. Dans quelques heures, tu sauras si tu as été admise au Conservatoire. C'est la cinquième fois que tu passes le concours. C'est aussi la dernière fois. L'année prochaine, tu auras dépassé la limite d'âge. Une nouvelle vie est en train de s'ouvrir à toi. Tu le sais, tu le sens. Peu importe le résultat, tu vas changer de vie.

Si tu as ce concours, tu vas détruire tout ce que tu as construit ces trois dernières années. Tu laisseras derrière toi le marketing. Tous ces chiffres et toutes ces formules que ce professeur est en train d'enchaîner sur le tableau, tu pourras les jeter à la poubelle de ta mémoire. Tu garderas sans doute ton petit boulot d'enquêtrice de rue, histoire de payer ta scolarité et tes charges. Mais tout le reste va changer.

Si tu n'as pas le concours, tu vas détruire tout ce dont tu as rêvé depuis sept ans, tout ce qui est ancré dans ton être profond. Tu as décidé de ne plus jamais mettre les pieds dans un théâtre, ce serait trop douloureux. Tu vas vider ta bibliothèque, tu vas finir ton master et tu vas accepter l'offre de ton employeur actuel. Tu vas passer ta vie à grimper les échelons et à améliorer tes assurances, tu vas passer tes vacances d'hiver dans les Alpes autrichiennes et tes vacances d'été aux Baléares comme tout individu de la classe moyenne montante. Ça va être ça, ça pourrait être pire, tu vas t'y faire à cette idée. On l'a tous fait. On a tous oublié les commencements, alors tu pourras le faire aussi, tu pourras aussi t'inscrire sur la liste des perdants camouflés dans un costard de gagnant soldé chez Armani trois ans après la fin de la collection.

Le séminaire se termine. Vous sortez tous. Tu traverses la passerelle en verre qui relie les deux bâtiments de l'Académie de sciences économiques, l'immeuble néoclassique avec ses colonnes et sa coupole et le parallélépipède néo-soviétique avec son carrelage sali par les tags et les restes d'affiches décollées. Tu aimes beaucoup traverser cet espace, tu te sens suspendue à un vide inconnu, loin de cette ville dans un endroit que tu ne connais pas, dans un film américain pas trop dégueulasse, de ceux qu'on peut voir à la télé le dimanche après minuit. Tu t'arrêtes une minute et tu regardes les voitures et les passants qui défilent sous tes pieds. Dans ce lieu de passage, loin de l'agitation extérieure, tu te sens protégée.

Tu sors dans la rue. C'est un après-midi de fin septembre qui ressemble aux automnes du lycée, quand tu séchais les cours avec tes amies pour vous promener dans la forêt. Dans la petite ville de province où tu as grandi, il n'y a rien à faire mais il y a la forêt. Autrefois tu te perdais sur ses sentiers, parmi les branches coupantes des arbres, et tu oubliais qui tu étais. Tu marchais et tu écrivais dans ta tête une autre histoire, cette histoire que ta mère avait oublié de te raconter. Ce n'était pas une histoire avec des fées ou des princesses, c'était une histoire avec une fille qui habitait ailleurs. Loin d'ici. Tu ne savais pas où, ni avec qui, mais tu l'envoyais loin, à chaque fois dans un endroit différent. Ton espace se limitait à cette ville de province et à quelques images volées aux livres et aux films, mais au milieu de cette forêt ton imaginaire s'envolait, il te portait loin, tu t'évadais de ce décor grisâtre.

Cette adolescente égarée dans la forêt revient près de toi pendant que tu traverses un square rempli de gosses hyperactifs et de grands-mères hystériques. Une meute de chiens errants fouille dans les poubelles qui se déversent. Ils te font peur. On dirait des loups égarés dans l'espace urbain.

Tu mets tes écouteurs. Tu écoutes le même CD depuis deux mois. Radiohead. « No Surprises » commence et tu te sens mieux. Tu t'accordes à la mélancolie de la chanson. Tu bouges les lèvres, tu chantes un peu et tu continues à marcher dans ce quartier délabré que tu aimes tellement. Des maisons anciennes décrépites, qui ont oublié leurs propriétaires, des murs qui tombent sous une lumière de fin du monde, des clôtures bancales en fer rouillé, des jardins envahis d'herbe et de lierre. C'est beau, c'est presque un décor d'opéra. Tu as envie de danser dans ces ruines. Tu es fascinée par ce quartier préservé des pelleteuses qui ont rasé pendant cinquante ans les bâtiments historiques de la ville pour construire à la place des tours en béton. Tu aimerais trouver une mansarde ou une cave pour y habiter, tu en as marre de partager cette chambre au foyer universitaire, mais pour l'instant il n'y a rien. Juste des panneaux « À vendre », mais personne pour acheter car, au prochain tremblement de terre, ces murs affaiblis par le temps pourraient s'effondrer complètement. Tu traverses ce quartier chaque jour en faisant un petit détour entre l'Académie et ton boulot pour te donner l'illusion qu'une nouvelle vie pourrait commencer à cet endroit. Une vie inconnue qui portera une odeur forte.

Tu arrives devant un immeuble soviétique des années 1970, tu sonnes à l'interphone, on t'ouvre, tu montes. Tu n'aimes pas les ascenseurs. Une fois, tu es restée bloquée une nuit entière à côté de deux corps inconnus, l'air s'évaporait et tu pensais mourir. Alors tu préfères monter à pied même si c'est au cinquième étage. Tu pousses la porte de l'appartement qui fait office de siège de la société de marketing qui te paye tous les trente du mois pour vingt heures d'enquête aux bouches du métro, tu enfiles un uniforme jaune fluo qui ne te va pas du tout, tu prends tes formulaires et la caisse de yaourts. Aujourd'hui, tu vas tester un nouveau produit. Tu vas rester quatre heures dans le froid pour demander aux passants qui acceptent de goûter ton yaourt s'ils aiment son goût, sa couleur, son odeur et son emballage. Quarante questions que tu dois remplir en moins d'une minute, sinon tu ne vas pas faire ton quota.

Entre deux clients, tu regardes l'heure. Les listes doivent être déjà affichées. Cette pensée te donne la nausée. Ton ventre tremble et les pouces de tes doigts se sont enflammés. Tu respires en te concentrant sur les questions stupides de ton formulaire.

Tu attends. Tu n'as que ça à faire, attendre que le temps passe, que tu puisses ranger tes fiches au fond d'un tiroir et prendre un bus vers le conservatoire. Quelque part tu aimerais prolonger cet état de suspension dans lequel tu te retrouves, cette absence de certitude. La porte est ouverte largement, tu peux t'enfuir encore. Pour combien de temps ? Tu ne peux pas le savoir.

Tu es dans le bus maintenant, écrasée entre tous ces corps qui se forcent à trouver une place. Les portes se referment difficilement. Tu descends au prochain arrêt. Tu longes les murs du bâtiment du conservatoire. Tu vois des gens assemblés devant les listes. Il y en a qui rient, d'autres qui pleurent. Tu ne regardes plus. Tu respires.

Tu t'approches. Pas envie de te bousculer, tu ne veux pas sentir l'odeur des autres, leur respiration dans ta nuque, leur peur qui pulse. Tu aimerais être seule. Tu avances. Tu es tout près maintenant. Tu vois ton nom tout de suite. Il n'est pas sur la bonne liste. Tu repars. Le ciel est gris, lourd, une énergie étouffante s'installe dans ton corps.

Tu n'as pas regardé la moyenne, tu t'en fous de tout ça maintenant. Tu n'as pas envie d'en savoir plus. Tu veux juste t'éloigner de ce lieu qui porte l'empreinte de ton échec définitif. Tu éviteras ce quartier à partir d'aujourd'hui. Tu éviteras tout.

Il pleut doucement, les nuages n'ont pas encore la force de se vider entièrement. Tu ne ressens rien. Tu marches tout simplement, sans aucune pensée. La peur s'est dissipée. C'est calme. C'est vide.

Dans le bus, tu colles ta tête à la vitre et tu remets Radiohead. Tu commences à glisser, c'est une sensation nouvelle, tu glisses, comme si tu te noyais dans l'océan sans ressentir la douleur de l'asphyxie. Tu retiens ta respiration, mais tu glisses. Une tristesse s'empare de ton corps. C'est agréable. C'est bizarre. C'est une sensation de confort, une mélancolie profonde, que tu fuis tout en la recherchant inconsciemment.

Tu t'assieds à la table du bar où tu l'attends chaque après-midi après le travail, ce bar planté au milieu d'un jardin public, qui porte le nom de son passé récent – *La Bibliothèque*. Pendant les années de dictature, dans cette salle rectangulaire en tôle construite autour d'un arbre centenaire qui pousse au milieu de l'espace et perce le toit, il y avait un kiosque avec des livres en libre consultation. Sur des petits bancs en bois, des jeunes se posaient quelques heures pour lire les pages d'un roman. Aujourd'hui les livres n'y sont plus. La bibliothèque est devenue un bar un peu sordide où les alcoolos du coin se mêlent aux étudiants des Beaux-Arts et du conservatoire. De tout ce passé, on a réussi à garder le nom de l'endroit et l'arbre qui continue à pousser à l'intérieur de ses murs.

Il est en retard comme d'habitude. Tu bois une bière et tu regardes les gens et le même désir de te glisser dans d'autres corps revient. Tu voulais devenir actrice pour t'oublier en te glissant dans des vies écrites par d'autres mains. Le prolongement de ta fuite combiné à un besoin maladif d'être regardée de loin sans qu'on puisse te toucher. Une manière de tromper la mort. Ta manière à toi. Tu l'as sentie une fois en jouant au théâtre universitaire avec une troupe d'amateurs. Tu disais ton texte en oubliant que c'était juste un texte appris par cœur. Pour quelques secondes, tu t'es sentie projetée dans un autre espace temporel, en dehors de la vie, et surtout loin de sa fin. Tu n'as jamais aimé les fins. Enfant, tu restais des heures, immobile sur ton lit, tes parents t'oubliaient dans ta chambre. Livrée à cette solitude infinie, tu fixais le ciel cotonneux et tu te demandais ce qui se passe après la mort. La réponse venait toute seule : rien, un état immobile dans un blanc infini pour toujours. Depuis tu essaies de reporter toute fin, comme si à chaque fois il s'agissait d'un pas vers cet abîme découvert à l'enfance.

Il arrive. Il t'embrasse. Il boit de ta bière et commence à parler. Il te parle comme s'il continuait une conversation entamée avant. Il te parle de son prochain projet photographique. Il a beaucoup de projets. Il les note dans son cahier mais il ne les réalise jamais. Parfois il commence une série de photos mais il la laisse tomber assez vite.

Seb a fini l'école polytechnique sans trop d'enthousiasme. Il travaille dans un centre d'impression, il passe sa vie à copier et à relire des thèses, parfois il bricole une affiche pour un concert bidon. Il parle depuis des années de la photo, il s'est acheté une caméra performante mais, à part quelques mariages et quelques baptêmes, il n'a pas fait grand-chose. Même sa passion est devenue un boulot alimentaire. Tu l'aimes. Depuis trois ans tu l'aimes. C'est un amour d'adolescence vécu en retard. Ça fait partie des choses simples et rassurantes qui ont le goût des certitudes.

Il continue à parler mais tu ne peux pas l'écouter cette fois-ci. Tu n'as pas la force de l'écouter et tu ne veux pas faire semblant, ça ne ferait qu'altérer cet amour :

— Je ne l'ai pas eu.

Tu entends tes mots comme s'ils venaient de l'extérieur de ton corps. Tu ne reconnais plus ta voix. Tu aimerais qu'il parle mais il se tait. Il baisse son regard. Toi aussi. Tu commences à exfolier avec tes ongles l'étiquette de la bouteille de bière. Tu le fais souvent quand tu ne sais plus quoi dire, quand la tristesse fait sa place en ravageant tout sentiment positif, quand tu n'as pas envie d'éclater en larmes ou de sombrer dans le désespoir. Tu es avec cet homme depuis trois ans mais il n'a pas appris à te lire. Il ignore la signification de ce geste et à ce moment vous êtes séparés par tout ça.

Vous ne parlez plus et ça devient grave. Ça devient lourd. Et ça dure.

— Épouse-moi.

Tu entends ses mots. Tu les entends, tu les comprends, mais tu ne sens rien.

Tu as toujours attendu ce moment, mais là dans ce bar, après cet échec définitif, il devient ridicule. Tu le ressens mais tu ne le formules pas ainsi, pas maintenant, pas encore.

Sa demande se pose comme une alternative. Ça s'ajoute à la liste d'échecs qui dessinent le nouveau paysage de ta vie. L'amour est devenu la récompense des perdants.

Tu le regardes. Il a l'air insouciant. Ton échec ne le concerne pas. Ça t'appartient. Il est seulement à toi. Une pensée encore plus nocive t'attaque : « Tout ça l'arrange peut-être. » Ta réussite ne vous séparera pas. Il continuera à affirmer sa domination tranquillement en rassurant les restes de sa virilité.

Tu te tais. Il se tait. Rien de grave dans son regard. Il commande encore deux bières et vous attendez que l'alcool monte tranquillement dans vos têtes.

Il te regarde, tu détournes ton regard. Tu voudrais être seule mais tu n'oses pas partir. Tu oublies ton corps sur cette chaise en plastique en essayant de t'habituer aux nouvelles évidences.

Vingt minutes plus tard, vous descendez dans le métro, c'est d'une tristesse grisâtre, mais aujourd'hui ça te fait du bien. Tu ne supporterais pas la lumière. Tu es très bien au royaume des rats. Ton regard passe d'un voyageur à l'autre, tu te glisses sous leur peau et tu imagines une autre vie. C'est la seule chose qui t'aide dans une telle situation: oublier ta vie en te noyant dans un autre regard. Tu sens leurs souffrances camouflées, la même difficulté de vivre, la même lassitude à se réveiller chaque matin, à laisser couler l'eau rouillée de la douche sur une peau trop irritée par la chaleur sèche des radiateurs, à manger la même tartine au foie de porc, à prendre le même moyen de transport et à s'enfermer dans un bureau qui sent la clope mélangée à un désodorisant parfum des bois. Et ça chaque jour, à part le samedi et le dimanche, quand on berce nos Caddie dans les couloirs des centres commerciaux. Les mêmes têtes, toute une vie sans aucune possibilité d'évasion.

Il te regarde, il te sourit, il embrasse ton cou. Tu l'aimes mais tu sais qu'un jour, dans pas longtemps, dans un an ou deux, les frustrations vont commencer à hurler dans ton corps, l'amour va devenir mépris camouflé dans les habitudes d'un quotidien miséreux.

Tu devrais vivre la beauté sale de ce moment sans te poser autant de questions, mais un goût amer remonte dans ton ventre et il n'y a pas grand-chose à faire.

Vous descendez main dans la main comme si rien de tout ça n'existait dans ta tête. Et lui, il pense à quoi ? Comment fait-il pour continuer à serrer ta main ?

Il sourit et tu aimes son sourire, c'est une promesse, la garantie d'assiduité de son amour, le mortier de cette construction solide que vous avez montée à deux.

Ton visage est raide. Ton silence lui fait mal. Tu le sais, tu le sens mais tu ne peux pas faire plus. Pas ici, pas maintenant. Un espace blanc s'ouvre entre vous, il est immense, il vous happe et la tentation d'y sombrer est très grande.

Vous entrez dans l'ascenseur de son immeuble. Ça sent la pisse. Tu relis pour la millième fois les inscriptions sur les parois vertes en acier. Il glisse sa main dans ton jean, respiration coupée, tu n'as pas envie de ça. Il appuie sur le bouton arrêt, il bloque l'ascenseur, ton cœur s'arrête pour une seconde, tu as horreur des espaces enfermés et il le sait. Tu cries, ton corps réagit et ça t'étonne, tu le croyais anéanti. Il remet l'ascenseur en marche, ses mains dans les poches et son sourire à la poubelle.

— Je voulais te sortir de cet état.

— Tu penses que ça peut marcher avec tes conneries de gamin ?

Tu entends tes mots et ça te choque. Ton agressivité a dépassé les normes de ton éducation. Tu ne t'y attendais pas, ce n'était pas prévu dans le scénario.

Vous entrez dans l'appartement. Il t'ouvre une bière et tu la bois comme un médicament. Son colocataire te fait la bise, il sent l'alcool mélangé à l'oignon cramé. Tu continues à boire, eux ils parlent, tu regardes la vitre sale sans penser à rien. Jusqu'à la ligne d'horizon une forêt de tours d'immeubles s'étend. Tu as l'impression d'être devant un jeu de Lego immense, délavé. Les couleurs vives sont parties et le gris uniforme recouvre toute la surface.

Tu navigues d'une idée à l'autre sans en chercher le sens. T'en as marre des idées, tu les as trop tripotées, il est temps pour autre chose, le temps de la contemplation béate, sans poids, sans corps. Tu as besoin de te perdre, ta vie est trop carrée. Les mecs jouent à un jeu en réseau, tu as envie de gerber et de disparaître, ce corps n'appartient pas au paysage.

Tu vas dans la salle de bains, tu voudrais te plonger dans l'eau chaude et rester comme ça immobile jusqu'à la fin des temps, jusqu'à ce que ta peau s'écorche lentement, jusqu'à ce que tu te dissolves et deviennes poussière. La baignoire est sale. Tu t'agenouilles et tu commences à la frotter. Le sang remonte, ça chauffe, c'est bien, toute cette frustration accumulée depuis ce matin s'évapore dans les nuages de Javel. Tu regardes tes mains abîmées par les produits corrosifs, elles ont l'air de se défaire, ta peau fripée te ramène au concret de ton existence. Le temps passe et le tien avec. Tu t'approches de la fin sans faire trop de bruit, en cochant des cases sur des questionnaires utiles pour la grande consommation.

Tu navigues dans tes pensées hachées sans entendre le bruit de la porte, tu sens juste ses mains sur tes hanches, il baisse ton jean et ton slip, dans un seul mouvement impulsif. Tu le laisses faire, à genoux devant la baignoire, les mains trempées dans la Javel bon marché. Il bouge dans ton sexe, comme si tu n'existais pas à côté, et toi, tu attends la fin de l'histoire. Tu égares ta pensée, rien d'autre ne peut exister dans ta tête. Tu es plongée dans un état animal, tu perds le contrôle de ton corps et ça soulage la douleur de l'échec. La porte s'ouvre, le colocataire veut pisser, Seb s'énerve et lui crie dessus, la porte se referme, Seb bouge de plus en plus vite sans pouvoir jouir et tu commences à avoir mal à la tête. Quelque part, tu te retrouves dans cette précarité. Ça légitime ton statut de victime. C'est la première fois que ça se passe ainsi, qu'il te prend comme si tu étais une femme quelconque sans aucun lien d'amour, juste un corps qui prend et qui donne du plaisir. Tu deviens une autre, une étrangère, une inconnue, tu prêtes ta peau à une autre femme, tu vis un morceau d'une autre vie. Tu t'oublies, tu arrives à t'oublier dans une salle de bains moisie, à genoux, baisée sans amour par l'homme que tu aimais. Tu commences à entrer dans une autre histoire, à te raconter des choses qui n'ont rien à voir avec toi, des choses dont tu ignores d'où elles viennent. Tu deviens un personnage. Tu ne le joues pas, tu l'es. Ton corps prend d'autres formes dans ta tête, ton visage aussi, tu empruntes une identité temporaire. Seb est quelqu'un d'autre aussi : un client, un amant, tu n'arrives pas à le définir, tout ce qui compte c'est qu'il n'est plus l'homme que tu aimes, et toi non plus tu n'existes plus, tu t'effaces, ta vie n'a plus de poids.

Seb sort de ton sexe et jouit sur ton dos. Tu ne prends pas la pilule alors il se débrouille comme il peut. Il t'essuie la peau avec du papier hygiénique, il pisse et il tire la chasse en sortant. Tu restes seule, le regard plongé dans la baignoire et tu sors de ton rôle. Tu retournes au présent, au concret, la réalité devient aveuglante comme cette lumière fluo qui te donne des migraines.

Qu'est-ce que je fous là ? La question dépasse le cadre immédiat. Tu ne sais pas où placer ton corps. Tu sais juste qu'il faudra marcher, t'éloigner de ce lieu, respirer.

Tu sors de la salle de bains, ils sont de retour devant leurs ordinateurs, tu ramasses tes affaires et tu lui dis au revoir. Il te regarde sans te comprendre. Il te prend la main et te demande de rester.

— Je dois faire un tour. Je vais revenir plus tard.

Tu mens. Tu sais très bien que tu ne le feras pas. Tu as besoin de rester seule, mais tu le rassures. Tu l'as toujours fait, c'est le socle de votre relation. Au moment où tu l'as vu la première fois, paumé à une fête, angoissé par la foule, sans savoir quoi faire de ses mains, tu as senti un désir immense de le sauver. Dans le pli de sa joue, tu as reconnu l'enfant perdu qui demande juste à être tiré de là. Aujourd'hui tu es fatiguée. Tu n'as plus la force de le faire, tu as besoin d'une pause.

Tu sors dans la rue, l'air froid entre violemment dans tes poumons et ça te fait du bien. Tu te concentres sur cette sensation, tu voudras la garder, y rester encore plongée dans cet état d'inconscience, reporter le moment où toute la vérité de cet échec reviendra. Tu traverses le petit square rouillé derrière les immeubles soviétiques en regardant les enfants qui jouent et un souvenir puissant éclate. Tu retrouves la gamine que tu étais, accrochée à une balançoire, attendant que ta mère te fasse signe de la fenêtre pour rentrer. Tu gelais dehors, tu n'avais pas envie de jouer avec les autres, tu voulais juste lire ton livre en faisant semblant de faire tes devoirs face à la fenêtre du salon en regardant de temps en temps dehors. Les livres étaient tes remparts contre l'abîme qui t'attirait vers son centre. Tu aimais regarder la vie de loin sans en faire partie, à l'abri des murs, à distance des corps. Tu gelais en regardant une putain de fenêtre qui ne s'ouvrait pas.

Chaque après-midi, tu disais à ta mère de ne plus t'obliger à sortir, mais elle ne voulait rien entendre.

— Sors prendre l'air, ça va te faire du bien.

Un jour, tu as eu mal au ventre. Tu es remontée, tu as frappé à la porte, elle ne t'a pas ouvert. Tu as attendu assise sur l'escalier, une demi-heure après la porte s'est ouverte, le voisin du troisième est sorti, ta mère l'a accompagné à l'ascenseur et en fermant la grille derrière lui elle t'a vue. Vos regards se sont croisés. Vous êtes restées comme ça quelques secondes et après elle t'a dit avec un reproche prononcé dans la voix :

— Quoi ? J'ai besoin d'un regard.

Tu avais dix ans. Cette phrase t'est restée dans la tête. À cette époque, tu ne la comprenais pas, comme tu ne comprenais pas vraiment les visites du voisin, mais la phrase s'est écrite dans ton corps.

Ton père était parti depuis un an. Il revenait rarement, pour t'amener au parc d'attractions. Tu passais deux heures avec lui sans savoir quand il allait revenir. À chaque sortie avec lui tu regardais les panneaux du parc qui interdisaient l'accès aux enfants de plus de douze ans et ça te faisait peur. « Dans deux ans, il ne viendra plus alors. Il ne pourra plus m'emmener ici alors pourquoi viendrait-il encore ? »

Tu te posais cette question tout le temps.

— J'ai besoin de ton regard, tu lui as dit un jour quand il t'a fait la bise devant l'ascenseur de l'immeuble.

Il t'a regardée bizarrement en te disant qu'il était pressé. Tout ça revient en puissance maintenant. Pourquoi aujourd'hui dans ce parc ?

Tu t'assieds sur un banc au milieu des enfants qui crient et tu les regardes. Tu les regardes et tu t'oublies. Tu es accrochée à l'instant présent, loin de tes pensées, loin de tes frustrations, tu es une spectatrice du monde. Les enfants rient, ils sont portés par une légèreté touchante, leurs mouvements sont simples, libres, spontanés. Ils détiennent un pouvoir que tu as perdu il y a longtemps, cette insouciance, cet ancrage dans le présent, l'immédiateté de l'action, l'intensité du geste, l'urgence de l'acte. La pensée revient : tu fuis, tu flottes, tu es à l'extérieur de toute chose, loin de toi, loin d'ici, rien de ce que tu fais ne te semble important. Tu exécutes la même mécanique par l'inertie des choses, tu bouges sans conviction, sans nécessité, juste pour remplir les fonctions vitales du corps. Depuis longtemps, tu es en dehors de toi-même, les seuls instants où tu revenais au centre de tes actions étaient pendant tes courts passages sur un plateau. Derrière des personnages. Dans la vie des autres. Tu regardes ces enfants et tu te dis pour la première fois que tu as choisi ce métier pour les mauvaises raisons. Tu as voulu être actrice pour t'oublier, pour te perdre, pour t'éloigner de cette petite fille qui attendait son père le dimanche matin. Tu ne supportes pas longtemps l'intensité de cette révélation, alors tu te lèves et tu quittes cet endroit.

Tu montes dans le premier bus qui passe sans regarder le numéro. Tu as besoin de t'éloigner, tu ne sais même pas où tu veux aller. Tu veux juste traverser des espaces sans t'arrêter. Tu essaies de trouver un endroit dans la ville où tu aimerais passer du temps mais rien n'arrive, la liste est vide.

Tu t'assois sur une place prioritaire côté fenêtre et tu regardes les gens qui passent. Ils sont tous gris, tristes, loin de leurs corps. Rien à voir avec la liberté des enfants du square. Tu es envahie par une tristesse immense. Tu te vois dans chaque visage crispé. Ta vie va ressembler à toutes ces vies entassées dans des immeubles de douze étages.

Le bus se remplit. Tu étouffes parmi ces corps dégoulinants. Ça commence à parler, à gueuler, à insulter, chacun lutte pour sa place et toi tu te fais écraser par toute cette haine dissimulée dans la précarité des transports urbains. Alors tu descends. Tu descends sans savoir où tu es. Tu descends et tu marches. Tu avances dans la rue en évitant les regards des gens. Tu en as eu ta dose aujourd'hui. Tu contemples les façades des maisons et ça te repose. Tu ne sais pas où aller, tu marches en te laissant porter par le hasard. Tu suis ton corps, tu suis son envie de bouger dans l'espace, tu suis ton regard qui se pose sur des pierres à la recherche d'un point de fuite.

Une image t'arrête. C'est une affiche de cinéma. *Bleu* de Kieślowski. Un visage apaisé, venu d'outre-monde. Tu essaies de saisir le regard oblique de cette femme projetée sur le fond d'un océan. Tu ne peux plus partir. Tu restes bêtement devant cette photo. Tu connais Juliette Binoche, tu l'as vue jouer dans plein de films mais sur cette affiche ce n'est plus elle, c'est une femme venue d'un autre monde, d'une autre ville, d'une autre vie. Tu la regardes comme si tu te regardais dans un miroir. Tu es troublée, tu ne sais pas ce qui se passe, tu ne comprends rien à cet état. Tu sais juste que tu es bien là devant elle. Tu as besoin de temps pour comprendre que tu es devant la salle de cinéma de l'Institut français, à deux pas de ta fac. La séance vient de commencer. Tu entres dans la cour, tu avances vers la porte, il n'y a personne, la caisse est fermée, tu pousses et tu entres. Le film a commencé, mais ça n'a plus aucune importance, tu ne cherches pas à comprendre, tu te laisses emporter par cette femme, tu t'oublies dans son corps submergé par le deuil, soulagé par l'eau, l'errance et le renoncement. Tu acceptes tout ce que tu ressens maintenant sans aucune résistance, dans le noir de cette salle, tu lâches prise, tu abandonnes tout et tu reviens à la simplicité. Personne ne te voit et c'est très bien comme ça. Tu n'existes plus et c'est uniquement à cet endroit du non-être que tu es enfin à l'aise.

Le générique défile, la musique de Preisner atteint son apogée et toi tu restes sur ta chaise sans bouger, tu fermes les yeux et tu refuses de sortir de cet état. Tu ne sais pas où tu pourrais aller, tu veux rester dans cet endroit, dans ce moment, tu es en accord avec les choses les plus profondes de ton être.

La projection s'achève, la lumière s'allume, tu restes, tout le monde sort, toi tu restes, les yeux fermés, perdue en toi-même. Tu n'articules aucune pensée, tu flottes simplement à la surface des sensations. Tu ne sais plus qui tu es, tu n'arrives plus à te définir et pour la première fois tu l'acceptes. Tu as toujours essayé de trouver une place, un sens, une certaine forme de bonheur, une explication logique aux actes et aux mots. Maintenant tu te vides de tout.

Des spectateurs entrent, tu restes, le film recommence et tu restes, tu le vois une deuxième fois, tu le verrais une troisième fois, tu le verrais en continu, mais la femme de ménage annonce la fermeture de la salle, alors tu pars. Tu prends la brochure de l'Institut français, tu la jettes dans ton sac et tu te retrouves dans la rue. La nuit est tombée. Tu ne sais pas où aller. Tu devrais sans doute retourner chez lui, c'est ce qui te passe par la tête, ça pourrait t'éviter une catastrophe sentimentale, mais c'est ta tête qui le veut, pas ton corps. Ton corps ne veut rien, il cherche un équilibre, il cherche un endroit pour s'abriter mais il ne le trouve pas.

Tu es fatiguée, tu te diriges mécaniquement vers la résidence universitaire. Sans le vouloir, sans le prévoir. Par habitude. Ton corps devient lourd, il subit ce choix, il subit ses propres usages.

Tu arrives dans ta chambre. Ça sent la bouffe. Tu ne peux même pas distinguer l'odeur d'un aliment particulier, ça te coupe la faim. Tu rallumes ton portable, tu as trois textos et cinq appels de lui. Tu ne peux pas le voir, lui parler, le rassurer. Tu as besoin de silence, de ce silence, de cette distance entre toi et les autres corps connus. Tu t'endors sur cette sensation de vide, avec un paysage dévasté dans ta tête.

Tu es revenue à ta vie doucement. Tout a repris son ordre préétabli, signé il y a longtemps dans la promesse et l'échec d'une éducation. Tu as repris le même chemin. Le réveil sonne à la même heure. Tu te lèves sans penser à rien. Tu te mets sous la douche et tu attends le réveil de ta peau. Ensuite tu marches, tu t'assois dans les mêmes amphis, dans les mêmes salles pour remplir ta tête des mots qui n'ont plus aucun sens. Tu retournes à ton boulot, tu guettes les passants dans la rue, tu remplis des formulaires, tu tries, tu écris, tu tues le temps, tu tues ton temps. Chaque jour. Il y a les soirs avec ou sans lui, les bouteilles de bière vides, la saleté de ses draps, les mégots qui s'accumulent dans les assiettes et les tasses de café. Parfois tu l'abandonnes pour un film. Le seul endroit où tu es bien est la salle vétuste de l'Institut français. Tu vois et revois le même film, ça te lave la tête, ça t'éloigne de toi.

Tu continues à répéter le même rituel journalier avec plus ou moins de difficultés, mais tu le fais car tu ne pourrais pas faire autrement. Parfois tu aimerais bien tout foutre à la poubelle. Vider tout et commencer une autre vie. Tu te le dis, ça t'aide, ça te libère mais ça ne va pas plus loin. Tu te le dis mais tu continues à régler ton réveil avec le calme d'après la défaite.

Un soir après cinq heures d'enquêtes, debout dans le froid, tu arrives chez lui et tu le retrouves sur son canapé, entouré d'une quantité impressionnante de bouteilles vides. Son colocataire n'est pas là. Tu le regardes et tu ne le reconnais plus. Tu as aimé cet homme. Tu l'as aimé depuis le premier échange des regards. Tu as reconnu l'homme attendu depuis toujours. Tu as retrouvé ta place dans le creux de son épaule. Mais à présent tu le regardes et tu ne retrouves plus rien. Tu ne vois que la désillusion, la défaite, l'échec, la peur de la vie et la chute. Il te regarde, il s'approche de toi, il glisse ses mains sous ton pull, tu sens son odeur et tu ne la reconnais pas. Ce mélange de bière, cigarette et transpiration n'est pas l'odeur de l'homme aimé.

Tu l'arrêtes, tu le regardes, il te regarde et il continue à glisser ses mains sous ton pull mais tu ne sens rien. Tu prends tes affaires et tu pars. Dans la cage d'escalier, tu appelles un taxi et tu rentres chez toi.

Tu te demandes comment vous en êtes arrivés là, à quel endroit la vie a basculé en vous jouant un si mauvais tour, et surtout tu te demandes où vous étiez quand tout ça vous est arrivé. Tu te réveilles un jour et tu ne reconnais plus rien. L'amour a foutu le camp il y a longtemps, il n'y a que le goût de l'habitude et c'est plus dur encore de s'en défaire.

Tu entres dans ta chambre, ta colocataire est là avec son mec, tu ne dis rien. Tu n'étais pas censée être là ce soir alors tu acceptes cette situation avec la plus grande simplicité.

Tu t'allonges dans ton lit et tu fais semblant de dormir. Eux, ils baisent dans le lit au-dessus de toi et soudain tu comprends la précarité de ton existence.

Tu ne peux pas dormir. Tu regardes l'heure sur l'écran de ton portable et : 5 h 45. Tu sors. Tu montes dans le premier bus et tu fais le tour du parcours. Tu as besoin d'être en mouvement. Pendant un long moment, le bus traverse de grandes avenues bordées d'immeubles. Des tours grises de dix à douze étages, avec au rez-de-chaussée des supermarchés, des friperies qui vendent des vêtements au kilo, des pharmacies et des salles de jeu. De temps en temps, le kiosque rouillé d'une fleuriste casse un peu la monotonie du paysage. Dans les carrefours, les façades sont recouvertes d'immenses panneaux publicitaires, même les fenêtres des appartements restent derrière les faux sourires des mannequins qui vendent un dentifrice, un détergent, une assurance ou un taux de crédit.

La ville défile devant toi comme les images d'un film que tu ne comprends pas. Tu ne peux pas le comprendre car les acteurs parlent dans une langue étrangère que l'on a oublié de sous-titrer.

Le bus s'arrête à la station « Les Héros de la révolution ». Tu n'es jamais arrivée ici autrement que par le métro. Tu comprends enfin la signification concrète du nom de ce quartier en regardant le cimetière qui s'étend au loin. Tu descends, tu franchis le portail qui sépare les morts des vivants et tu avances dans les allées bordées de croix. Toutes les tombes sont pareilles : en marbre blanc. Une photo, un prénom, un nom, une année de naissance, la même année de mort, 1989. Tu regardes ces visages disparus et tu réalises que la plupart d'entre eux avaient ton âge. Tu t'assieds sur un banc, submergée par une émotion inconnue. Tu restes longtemps avec ce nœud dans la gorge. Qu'est-ce qu'ils auraient fait tous ces jeunes aujourd'hui s'ils n'étaient pas tombés sous les balles ? Sentiraient-ils la même lassitude que toi ? Le même sentiment de désespoir ? La même sensation d'avancer difficilement sur une route condamnée ?

En ouvrant ton sac pour chercher un mouchoir, tu tombes sur la brochure de l'Institut français, tu vas à la page du milieu et tu lis la liste des documents sollicités pour la bourse du master pro « français langue d'intégration et d'entreprise » de l'Université Paris-Nanterre. Tu avais déjà vu cette annonce, elle était restée quelque part dans ta tête comme un appel venu de loin. Tu l'avais oubliée. Tu as tout fait pour l'oublier mais aujourd'hui ça surgit comme la seule alternative à cette vie. C'est comme au théâtre. Tu apprends un nouveau rôle à jouer. La partition est là devant toi. Il faudra juste la déchiffrer.

Tu ne dis rien à personne. Tu remplis le dossier et tu continues de vivre à ton rythme sans aucune projection. Tu laisses jouer le hasard. Tu ne veux plus rien contrôler, tu te laisses porter, c'est la force de celui qui a tout perdu.

Ces dernières années, tu as renforcé ton identité autour d'un métier utopique, que tu connais à peine. Pour atteindre une chimère, tu t'es éloignée de l'essence de ton être, tu as loupé la cible. Tu acceptes pour la première fois l'échec. Tu as dû le vivre à répétition pour le comprendre enfin.

Le temps passe, il te traverse, tu acceptes sa fugue. Tu bouges dans le même parcours jalonné, tu coches des cases, tu marques ta présence dans un espace qui se referme. Ton corps se relâche, il évacue le désir qui l'intoxique. Tu étouffais sous le poids de tes rêves, dans ta course obsessionnelle pour te créer ta propre identité. Tu étouffais sans le savoir, sans le sentir, c'est l'échec qui te donnait la mesure. Maintenant tu t'arrêtes, tu laisses les choses passer à côté de toi sans les regarder en face et ça te soulage un peu. Les regrets s'évaporent dans l'air ambiant. Tu plonges dans une tristesse profonde mais légère. Tu l'acceptes, tu l'accueilles, tu ne la rejettes plus.

Ça te rapproche de Seb. Pour la première fois tu n'idéalises plus l'amour, la drogue s'est dissoute dans ton sang, tu restes en rapport frontal avec la réalité. Les rêves que tu as projetés sur lui se sont dissipés aussi, tu acceptes la médiocrité du quotidien, la précarité de son existence, la perte de relief de vos étreintes, et tu commences à l'aimer pour ce qu'il est, pour ce qu'il donne, pour ce qu'il te renvoie.

Ça devient simple. Ta peau a perdu les traces de la douleur.

Quand tu as rencontré Seb, il sortait d'une relation brisée et il en portait encore les marques. Il s'est agrippé à toi comme à une bouée de sauvetage. Il cherchait la femme perdue à l'intérieur de ton corps, tu le savais et tu te laissais faire, tu jouais ce rôle avec avidité. Pendant longtemps, tu as cru que la seule manière d'être aimée par cet homme était de te glisser dans la peau d'une femme disparue. Tu étais devenue un personnage, tu t'es éloignée de toi et quelque part ça te soulageait.

Seb est entré dans un rapport bipolaire avec toi, en basculant violemment entre le rejet et l'adoration, avec un penchant plus prononcé pour le premier. Il pouvait disparaître sans donner de nouvelles pendant des semaines, tu l'attendais, tu le cherchais, tu mettais le temps entre parenthèses.

Un jour, tu as oublié de l'attendre. La fatigue avait dépassé la capacité de stockage de ton corps. Tu ne pouvais plus porter ton personnage alors tu l'as lâché, tu es revenue à toi. Difficilement. Douloureusement. Tu as plongé dans le vide, tu as plongé dans ta tête, dans ton passé parsemé de points de suspension. Le départ de ton père avait laissé des trous. Tu avais survécu, tu pourrais continuer à survivre. C'est comme ça que tu as accepté la fuite de Seb. La peur de le perdre s'est effacée et comme cette peur était le moteur intérieur de tes actions, tu as renoncé à agir. Tu l'as laissé filer sans essayer de le rattraper. Quand il est revenu, tu étais une autre. Plus envie de jouer, plus envie de plaire, la simplicité totale. C'est à ce moment-là que Seb est tombé amoureux. Ça n'a pas arrangé les choses, vous n'étiez plus dans la même phase. Ses sentiments montaient, les tiens retombaient. Il y a eu un point de rencontre, quelque part au milieu du chemin. C'est l'endroit de supportabilité de l'amour, le chemin du compromis, le point où la construction devient possible.

Vous viviez les choses assez intensément, pas trop en même temps, ce qui vous laissait de la place pour un épanouissement personnel fragile. Tu as continué ta descente et lui son ascension. Plus tu perdais l'intensité de ton amour, plus tu déplaçais la passion à l'endroit de la scène. Et c'est dans l'échec le plus total que tu as recommencé à l'aimer véritablement, alors que la puissance de tes émotions n'était plus la même. Mais c'était lui que tu aimais et pas un autre, pas un personnage créé par tes fantasmes de petite fille abandonnée, qui guette dans la cage d'escalier le départ de l'amant de sa mère. Tu le découvrais, tu l'acceptais, tu le prenais entièrement.

La vague t'a rattrapée avec un courrier. Tu es acceptée à Paris. Tu plies le papier en deux et tu fais semblant de rien.

Tu continues ta vie comme si de rien n'était. Plus tu avances vers l'imminent départ, plus ça devient beau.

Une semaine avant de partir, tu prends le train pour retrouver ton père. Tu ne l'as pas vu depuis quatre ans. De temps en temps il t'envoie une carte, tu lui réponds parfois aux adresses qui sont marquées au dos de l'enveloppe. Elles changent assez souvent. Tu ne lui poses pas de questions. Tu as renoncé à l'interroger depuis longtemps, depuis le jour où, à dix-sept ans, après l'avoir attendu quarante minutes dans la petite gare de sa nouvelle ville, à une heure de train de chez toi, tu l'as appelé et il t'a dit qu'il ne pouvait pas te voir. « Tu ressembles trop à ta mère, ça me fait souffrir, comprends-moi. » Ça t'avait arrangée. Tu avais pris le train suivant, tu étais rentrée dans ta ville, à la gare tu avais pris un bus et tu avais frappé à la porte de l'atelier d'un sculpteur qui te tournait autour depuis un temps. Il dissimulait son excitation sous le désir de t'avoir comme modèle. L'idée te plaisait mais tu n'osais pas trop, et ta mère minutait attentivement chacune de tes sorties. Tu ne sais pas pourquoi, ce jour-là, tu avais frappé à sa porte. Il avait quarante ans, c'est peut-être un début de réponse.

Il t'avait fait du thé, il t'avait fait t'asseoir sur une chaise au milieu de l'atelier et il avait commencé à travailler son plâtre. Parfois il s'approchait de toi pour mesurer les proportions de ton visage. C'est à ce moment-là que tu as commencé à avoir un problème avec ton corps. Tu te sentais évaluée, comme si tu ne pouvais plus mentir sur tes défauts, comme si tu étais devant un moment de vérité absolue, où ton pouvoir de séduction te serait attribué pour toujours. Tu avais été élevée par une femme qui passait la plupart de son temps devant un miroir, à gommer les imperfections de son corps. Une femme qui t'avait transmis le même message ayant empoisonné des générations entières : pour survivre, il faut savoir manipuler les hommes et le corps est le plus précieux des outils. Le reste, c'est accessoire ou encombrant. Le sculpteur a tourné autour de ton visage pendant des heures, ton corps commençait à se pétrifier. Il s'est approché de ta bouche, il l'a ouverte avec sa langue, ça t'a plu. En moins de cinq minutes, tu étais nue devant lui. Après, les choses se sont compliquées, il n'arrivait pas à entrer dans ton corps, ton sexe restait fermé, alors au bout de trente minutes, fatigué, il a joui entre tes seins. Vous avez bu du vin en écoutant de la musique, tu t'es endormie et, au milieu de la nuit, il a écarté ton sexe avec ses doigts et il a réussi à rentrer dedans. La douleur t'a réveillée mais tu n'as rien dit, quelque part tu savais que ça devait se passer comme ça, ça t'arrangeait, tu voulais finir vite. Le lendemain il t'a emmenée à la pharmacie, il t'a acheté la pilule, tu l'as avalée sans trop te poser de questions et tu es rentrée chez toi.

Ta mère t'a demandé plein de choses sur ton père, tu as répondu sans aucune émotion, tu maîtrisais bien l'art du mensonge, c'était ton moyen de construction. Plus tu lui donnais des détails plus tu éprouvais du plaisir, comme si ce temps-là avait existé vraiment, tu créais une réalité parallèle que tu dominais parfaitement. Tu sortais de ta vie et c'est dans cette évasion que tu retrouvais un bout de ton être, ou plutôt de ce que tu aurais voulu devenir.

Tu parlais de ce week-end imaginaire avec ton père et tu voyais des larmes sur les joues de ta mère. Tu ne comprenais rien de leur histoire. Ils souffraient tous les deux à cause de leur rupture, c'était une évidence, c'était écrit sur leurs peaux, mais ils ne faisaient rien pour remédier à la situation. Ils continuaient à s'arranger avec la vie, en se disant : « L'amour ne fait pas tout. »

Plus tard, tu as compris d'où venait cette rupture. Ce couple cimenté par dix ans de cohabitation forcée dans une dictature où l'adultère, le divorce et l'avortement étaient les plus grands interdits n'a pas pu résister aux mirages des années post-liberté. Pendant que les amis de tes parents ont réussi à profiter tant bien que mal des petites magouilles leur permettant de se construire un patrimoine, ton père a perdu son travail et son orgueil l'a empêché de faire des allers-retours hebdomadaires en Turquie, comme tous ses amis, pour acheter des jeans et les revendre au marché noir. Il a donc perdu son statut de mâle dominant dans les yeux de ta mère. Comme elle n'avait plus rien à garder, elle a laissé parler ses frustrations à voix haute et lui, avec le temps, il a eu besoin de chercher un regard plus clément ailleurs.

Le sculpteur est revenu deux ou trois fois et il t'a quittée ensuite pour une ancienne maîtresse, une ballerine qui ouvrait sans doute les jambes mieux que toi. Tu ne l'aimais pas, mais ce rejet s'est collé à ta peau et, chaque fois que tu as revu ton père, tu as pensé à lui. Leurs images se superposaient désormais et tu savais que tu ne pourrais plus jamais oublier ce premier amant, il était devenu l'ombre de ton père. Rejet sur rejet, départ sur départ.

Et là tu te retrouves dans ce train en route vers ton géniteur et tu penses à tout ce monde perdu, enterré dans ta tête, ce monde qui dans deux jours restera bien derrière toi.

Les rues se ressemblent toutes dans cette ville, comme dans tout petit bourg de province. Ici les immeubles sont à une taille plus humaine, cinq à sept étages maximum, et les vieilles maisons de plain-pied avec leurs jardins potagers ont échappé aux bulldozers de Ceauşescu. Le capitalisme fait aussi moins de ravages dans l'urbanisme de la ville : moins de panneaux publicitaires, moins de bâtiments en construction sur les ruines des vieilles maisons, moins de multinationales qui détournent les financements en démarrant de gros chantiers qui ne vont jamais aboutir à autre chose qu'à augmenter des chiffres d'affaires sur rien.

Tu décides de marcher, de te fier à ton intuition, de chercher cette adresse par toi-même sans consulter un plan, sans prendre un taxi, un bus ou faire appel à des passants. Tu as le temps, aujourd'hui il n'est plus divisé en tranches horaires, il est à toi, c'est toi qui le crées, tu t'es libérée de toute contrainte. L'espace aussi t'appartient, plus besoin de suivre les panneaux de signalisation, ton corps trouvera, il reniflera les odeurs qui lui tombent dessus et il ira à sa destination finale.

Tu regardes les noms des rues et tu avances d'une manière aléatoire, comme dans un jeu, curieuse de découvrir ce qui se cache derrière les apparences. Tu la trouves belle cette ville délabrée avec ses façades grises, ornées du linge à sécher, avec ses kiosques rouillés, ses murs tagués, avec ses habitants abattus par leur précarité et ses chiens errants affamés.

Au milieu de tout ce paysage dévasté par le temps et l'histoire tu te dis : « Je viens de là. » Tu fais partie de ce corps malade. Tu te le dis sans aucune amertume. Tu te réconcilies avec l'espace, tout est là dans cet instant volé. Tu le sais et tu peux l'affirmer à voix haute, en ce moment tu es toi-même, tu touches l'essence de ton être. Tu écris ta propre histoire en marchant sur le bitume d'une ville inconnue, à la recherche d'un père perdu dans l'enfance. Tu l'écris simplement, sans aucune volonté, tu es un filtre qui laisse passer une énergie inconnue, puissante, qui te porte plus loin dans ta quête. Tu ressens toutes les sensations avec une acuité profonde et tu les ressens vraiment, sans les détourner par la machine de ta tête qui t'impose parfois des conclusions prématurées.

Tu regardes à ta gauche et tu vois le nom de la rue que tu cherches. Le flux des idées est cassé. Une étrange forme de peur s'empare de ton corps en brouillant le calme antérieur, tu te perds, à nouveau tu te perds, c'est comme ça, ça a toujours été comme ça, tu le sais. Tu l'attendais. Tu l'acceptes.

Tu ne sais plus qui tu es, ni ce que tu veux. Soudainement tu voudrais disparaître de cet endroit. Le corps est trop lourd pour fuir. Il reste en place. Tu t'assieds à une terrasse de bar de quartier et tu commandes une bière. Ça va te relâcher les nerfs. Tu aurais voulu prendre une vodka, mais il est trop tôt et tu ne supporteras pas le regard méfiant du serveur. Tu retombes dans tous les clichés d'avant, tu n'existes que par le regard des autres. Tu es dépendante de ce regard comme ta mère qui t'avait appris un jour cette notion de la vie sur un palier d'immeuble puant en lâchant ces cinq mots : « J'ai besoin d'un regard. » Ça a fait l'effet d'une drogue forte. Désormais tu ne pourras plus sortir de ce désir maladif qui t'abîme. Combien de fois tu devrais être recalée par la vie pour comprendre qu'il faudra casser cette définition de ton rapport au monde ?

Vers la moitié de la bouteille de bière tu prends conscience du problème : tu as peur du regard que ton père posera sur toi. Ton évaluation imminente brouille l'harmonie de ton corps et de tes pensées, tu dépends maintenant de l'image reflétée dans son corps, de ce qu'il te renverra de toi. Dans de tels face-à-face tu n'existes plus, tu n'es qu'une ombre pâle qui attend sa validation pour devenir être.

Tu montes les marches de son immeuble et une image revient dans ta tête : tu avais huit ou neuf ans, ton père s'est énervé contre toi, tu ne te souviens plus pourquoi, une mauvaise note peut-être. Il t'a donné une gifle, c'était la première fois qu'il n'arrivait pas à maîtriser sa colère. Tu es tombée, le corps entièrement allongé par terre, et tu n'as plus bougé. Ton père a paniqué, ta mère aussi, elle a commencé à lui crier dessus et toi tu as continué à rester figée par terre, les yeux fermés. Tu faisais semblant. La première fois consciemment. Tu prenais plaisir à simuler, à attirer leurs regards sur toi, à prolonger le mensonge. Le premier geste d'une actrice ratée.

Tu es devant sa porte, tu écoutes quelques secondes le silence du palier brouillé par des voix éloignées et pour un instant tu sens un désir ardent de te glisser dans ces vies inconnues. Tu prolonges l'attente pour écouter encore ces bribes de conversation qui flottent dans l'air ambiant. Tu es bien dans cet état suspendu sans attaches à ton corps, à distance du mental. Il ne s'agit que de ça finalement, apprendre à t'éloigner de toi-même, t'oublier en posant ton regard ailleurs, à des kilomètres de toi.

Tu frappes à la porte et, pour une seconde, tu aimerais qu'elle ne s'ouvre pas. Une femme t'ouvre. Tu es frappée par sa vulgarité, par ses cheveux blond platine et ses faux ongles décorés avec des fleurs en paillettes. Tu te présentes, elle te fait entrer. Une odeur bizarre de chou farci mélangé à la cigarette te ramène au présent. Tu observes l'espace pour guetter une trace de ton père mais rien n'atteste sa présence sur les lieux. Elle te fait un café, la gazinière recouverte d'une épaisseur consistante de crasse t'empêche de le boire mais par politesse tu te forces à le faire.

En collant tes lèvres à la tasse fêlée tu te dis que ça, c'est un trait de ton caractère qui t'empêche de vivre simplement. Tu ne t'es pas éloignée suffisamment de l'enfant dressé par une éducation stricte, oppressante, à qui on a appris à ne pas dire non devant l'autorité. Tu continues à subir, c'est ce qu'on t'a inoculé dans le sang depuis le plus bas âge : obéir, baisser la tête, fermer sa gueule, sourire poliment, détourner son regard, marcher sur la pointe des pieds, bouffer de la merde et dire qu'elle a le goût du miel. Tu es devant cette femme, tu sors de ton corps et tu t'observes de loin comme si tu te voyais dans un miroir. Tu es dégoûtée par ton sourire figé, fabriqué, emprunté. Tu as envie de tout vomir sur le lino couvert de taches de sauce : son café âcre, ton éducation toxique, l'absence de ton père, les formules mathématiques avalées de force, les listes de recalés, les monologues appris par cœur, les heures perdues dans le froid, les étreintes dans des lieux de passage, les mots à découvert, et toute autre frustration qui te ronge à l'intérieur comme une tumeur.

— Il n'est plus là. Il a trouvé du boulot en Italie. Ça fait deux mois. Il t'a pas dit ?

Non tu ne savais pas. Ces derniers mois, il n'y a eu ni anniversaire, ni fête religieuse, ni événement majeur à célébrer. Pourquoi t'appeler ? Qu'a-t-il à te dire ? Où puiser des mots dans ce corps séché de tout sentiment ? Parfois tu vas jusqu'à oublier les traits de son visage. Comme une punition secrète. La dernière photo que vous avez prise ensemble remonte à ton douzième anniversaire, tu n'as plus accès à d'autres archives. Il n'a qu'à rester en Italie, ou dans n'importe quel autre coin du monde, sa présence ne t'est plus nécessaire.

— Il n'a pas beaucoup d'argent. Il en envoie rarement. Tout part dans les dettes, alors…

Alors rien. Tu ne veux rien. Cette vieille blonde te regarde avec cette expression typique des lieux baignés dans la précarité, le mensonge et la lâcheté, coins des lèvres tirés vers le bas, tête inclinée, les yeux remplis d'eau, épaules serrées.

— Je ne suis pas venue pour ça.

En entendant ta phrase, son visage se braque dans la deuxième expression apprise et appliquée dans de telles situations où la sincérité reste cachée au fond de la gorge : sourcils dressés, yeux écarquillés, tête penchée sur le côté opposé, lèvres serrées. Tout ça veut dire : je n'ai même pas pensé à ça, ce n'est pas pour ça que j'ai dit ce que j'ai dit, ne pense pas du mal de moi, ne m'en veux pas. Tout sauf des excuses, des vraies. Ça, on nous l'a pas appris. Les excuses sont faites pour d'autres territoires, une sorte d'Atlantide de l'humanité.

Tu regardes cette femme et tu te dis que tu pourrais devenir comme elle. Tu en es en quelque sorte l'héritière. Elle a vécu dans une ville similaire, à côté des mêmes gens, vous avez connu le même homme, les mêmes images vous ont traversées, vous avez mangé la même bouffe et écouté les mêmes programmes télé, vous avez ingurgité les mêmes livres d'école avec la même méthode et vos mères vous ont raconté les mêmes histoires. Et même si un régime politique est tombé entre-temps, et même si trente ans vous séparent, vous êtes foutues, et vos enfants seront foutus et les enfants de vos enfants aussi et cela va se répercuter encore et encore, car vous n'êtes que des corps qui transmettent des idées et ici, dans ce beau coin de la terre, les idées ont commencé à pourrir car elles restent les mêmes. Aucun vent ne souffle suffisamment fort pour porter d'autres semences et si jamais par pur hasard une graine inconnue s'égare, on lance à fond le pesticide pour éradiquer tout parasite qui pourrait mettre en danger notre culture.

Alors il ne reste qu'à partir et ce n'est que maintenant que tu réalises pourquoi tu le fais vraiment. Tu veux échapper à un modèle. Depuis des années tu n'as essayé de faire que ça, sans trop réussir jusqu'à présent; tu n'as jamais poussé la pédale de l'accélérateur jusqu'au bout, ton pied commutait assez vite sur le frein.

Tu as pratiqué le théâtre pour t'éloigner du tronc commun, mais ça ne marche pas comme ça. Alors comment? Tu ne sais pas, c'est trop tôt, la route ne vient que de commencer, tu changes de chemin et tu t'apprêtes à remonter une pente. Tu dois durcir tes muscles.

Tu poses la tasse sur la table, tu salues la femme de ton père et tu te diriges vers la porte. Elle griffonne rapidement une adresse sur un bout de journal et elle te le met dans la poche.

— Tiens, écris-lui, ça lui fera plaisir.

Tu souris, il s'agit toujours du plaisir des autres.

Tu avais prévu de prendre un train plus tard vers la ville de ta mère. Tu voulais lui dire que tu partais, tu voulais passer un moment avec elle, récupérer en quelque sorte un temps perdu il y a longtemps, mais là tu en es incapable. Tu n'as plus aucun plaisir à donner.

Tu vas à la poste, tu entres dans une cabine et tu l'appelles. Tu veux finir l'histoire ici.

Tu t'es toujours arrangée pour reporter les choses compliquées à faire, mais là tu veux faire autrement, tu veux éliminer tout bruit qui cogne dans ta tête sans plus attendre, tu veux vider ta liste d'obligations.

Elle répond. Tu lui parles. Elle te coupe. La seule chose qu'elle a envie de savoir est si tu passes la voir. C'est tout ce qui compte. Le reste ne l'intéresse pas. Elle a besoin sans doute de ton regard sur elle, à défaut de tout autre chose. Ta mère a vieilli. Elle a mal vieilli, comme on vieillit dans les endroits précaires de la terre. La beauté n'est naturelle qu'au-dessous de trente ans. Le reste se paye et si tu ne mets pas l'argent là-dedans ça se voit. Ça surgit au moment le plus critique de l'existence, là où on a besoin plus que jamais d'être touché par un autre corps. On est limité par nos peaux, malgré nos efforts intellectuels pour nous convaincre de l'importance d'une âme, c'est la peau qui dicte, c'est sa tyrannie, le reste n'est qu'une parole construite depuis des siècles pour apaiser la douleur et la frustration, pour nous donner de l'espoir, pour nous faire croire qu'un jour quelqu'un viendra nous sortir du fond du trou. Mais personne ne viendra comme ça pour la beauté de ton âme. Celui qui s'approche, il le fait pour ta peau, ton cul, tes seins, tes hanches, tes cuisses, tes lèvres et, à la limite, à la limite, pour tes yeux. Mais entre des beaux yeux et des gros seins, choisis la deuxième option, ça va payer plus dans la vie. Les beaux yeux, c'est pour les fonctionnaires de la poste quand tu vas chercher ton colis, et eux ils vont te dire : « Mademoiselle vous avez de beaux yeux » et c'est tout. Tu vas rentrer dans la même solitude avec tes yeux bleus ou verts ou gris. Choisis le cul, ça paye mieux. C'est ce discours que tu as entendu tacitement depuis ton bas âge. Il se glisse dans les gestes et paroles anodines des mères. Les mots ne sont jamais prononcés ouvertement, mais ils sont là tapis dans l'ombre de l'inconscient.

Tu imagines ta mère dans sa salle de bains mal éclairée en train de contempler les dégâts. Son corps est tombé, sa peau a fondu, elle n'est qu'un morceau de viande dissimulé sous des fringues démodées, trop *cheap* pour attirer le moindre regard vers elle. Elle a eu un corps un jour, mais elle l'a perdu à force de le donner comme ça gratuitement aux voisins de palier. L'amour l'a usée. C'est la plus grande qualité de l'amour. L'amour use. Il faudra l'écrire sur les paquets de préservatifs ou mieux encore sur les frontispices des mairies, des églises ou de tout autre lieu où on célèbre un mariage.

Ton père l'a usée aussi. Tu le sais, elle le dit. Elle le dit dans chaque phrase qu'elle formule même si elle ne l'exprime pas directement. « Va chercher du pain » veut dire dans la langue de ta mère : « Ton père m'a pourri la vie. »

Ils se sont pourri la vie ensemble et ça tu le sais. C'est une des caractéristiques des gens qui s'aiment : pourrir ensemble. Quand on n'a pas été formé pour l'amour, ou entraîné, ou immunisé, on fait tout ce qu'on peut pour que cet état insupportable de dépendance à l'autre cesse. Alors on brûle tout. On commence très tôt et avec chaque mot et avec chaque geste et chaque regard. On ne fait que ça, c'est rassurant. Tu étais là, tu les as vus faire et ensuite tu les as observés séparément. Deux individus qui se sont aimés tout en cassant leurs sentiments.

Tu voudrais lui dire tout ça maintenant. Peut-être que ça lui ferait du bien. Ça l'aiderait à avancer. Où? Vers quoi? Il y a un endroit dans la vie où tu regardes devant toi et il n'y a plus de marge. Juste la balustrade de ton balcon. Alors tu te tais. Tu respectes son mensonge. Il faudrait davantage respecter le mensonge. Il faudrait même le cultiver. C'est une des rares choses qui nous permet de vivre. Pourquoi tu devrais dire à une femme qui a dépassé les deux tiers de sa vie: tu as raté ton existence. Tu es passée à côté. Tu t'es oubliée dans les gestes mécaniques du quotidien, dans les fêtes surchargées de graisses, de sucre et d'alcool, dans les séries télé, dans les après-midi ensoleillés où tu as traversé le parc municipal en regardant les canards s'empiffrer, dans les étreintes rapides et les draps sales, dans les discours de propagande, dans les publicités pour les produits de beauté que tu n'as jamais pu te payer, dans tes heures sup et dans tes feuilles d'impôts, dans ton amour raté, dans ton métier précaire et même dans moi, même dans moi tu t'es perdue et moi je me suis perdue dans ton ventre. On s'est perdues ensemble tout en continuant à se regarder dans les yeux et un jour on s'est éloignées pour pouvoir continuer à se regarder chacune dans une glace. Autrement ça serait devenu impossible. Il faut cultiver le mensonge mais il faut aussi respecter la dose. Quand ça devient énorme et qu'on ne peut plus y croire, on se barre. C'est ce que j'ai fait et c'est ce que je vais faire, maman. Je vais partir pour sauver ce qui peut être encore sauvé, pour ne pas me retrouver un jour dans une cuisine au lino sale et aux tasses fêlées, avec un homme au bide gonflé par la bière et les boulettes de porc. Je suis fatiguée de me faire enculer dans des salles de bains moisies. Il faudrait changer de temps en temps de position, sinon ça devient trop douloureux.

Tu voudrais lui dire tout ça, pour une fois lui dire, pour une fois lui parler vraiment de toi et de tout ce qui bloque dans ta gorge, dans ton ventre, dans ton sexe, mais tu ne peux pas le faire. Tu continues à lui parler du beau temps, de la fac, de cette opportunité de bourse à l'étranger, de ta réussite professionnelle, et de tout ce qui pourrait lui faire plaisir. Et elle te félicite, sa voix tremble, elle se dit : je n'ai pas vécu pour rien. Oui j'ai raté ma vie, mais ma fille elle ne le fera pas. C'est la moindre des choses. C'est le prix à payer. Et après, elle va vider une bouteille de vodka pour que ça passe. Elle va écouter Angela Similea et elle va pleurer devant sa photo de mariage. Mais toi tu seras loin de tout ça.

Tu l'embrasses. Tu lui écriras des lettres, elle n'a pas de compte mail, à quoi ça lui servirait ? Tu passeras la voir pour Noël, tu lui en fais la promesse, ça ne te coûte rien, Noël est loin et on est amnésiques, personne ne note sur des calendriers les mots jetés pendant un appel téléphonique.

Tu raccroches et tu te sens mieux. Comme si tu avais vomi un kebab pourri après une nuit de fête trop chargée d'un mélange d'alcools.

Et pourtant un regret plane au-dessus de ta tête. Tu aurais aimé passer quelques heures dans la ville de ton enfance, pas pour voir ta mère, mais pour faire un tour dans la forêt avant de repartir. Est-ce encore nécessaire ? La fille qui voulait aller ailleurs prendra dans quelques heures vraiment la route. Plus besoin de cacher ses rêves à l'ombre des arbres désormais.

Tu montes dans le train, tu enfonces tes écouteurs dans la tête pour annuler toute pensée parasite et tu te laisses balancer par le mouvement de la locomotive. Radiohead passe à nouveau et là tu as envie d'écouter autre chose, comme si tu avais fait une overdose. Même les sons doivent changer dans ta vie.

Tu regardes les paysages défiler en vitesse et tu éprouves de la tendresse pour ce monde délabré qui tombe et qui continuera à tomber sous les yeux indifférents des voyageurs. Tu vois les arrière-cours des maisons des villages, tout est vide, la vie a foutu le camp depuis des siècles et tu te demandes où sont les humains ayant habité ces terres. Sous les décombres. Inertes, les yeux rivés sur un écran télé des années 1980 en train de regarder une connerie à forte audience, dans l'espoir de gagner une machine à laver, un four à micro-ondes ou un autocuiseur, même s'ils n'ont pas encore l'électricité dans le coin. Ils vont les installer sur la table du salon et ils vont les vénérer comme un crucifix ou une Vierge Marie. C'est l'illusion qui a tué l'espèce humaine dans ce territoire. Ils espèrent en attendant, repentis. Ils n'y croient plus. Ils espèrent juste. Ils croient seulement à leurs icônes pendues au mur. Ils les regardent et ils prient. Ils prient sans savoir ce qu'il faudra leur demander. Alors ils attendent. Ils attendent que ça arrive. Ils matent la chaussée poussiéreuse de leur village en attendant et le seul véhicule qui passe est le camion Coca-Cola qui va ravitailler la boutique du village. C'est tout. Même la poste a déserté les lieux, l'hôpital est à deux cents bornes et le dispensaire au village d'à côté, l'école au-delà des collines, la maison de la culture a été reconvertie en casino, il leur reste l'église et le minimarché où ils achètent des tomates venues d'Espagne et du lait français. Les champs, ils les ont brûlés, car le pays a bien négocié son entrée reportée dans l'Utopie européenne et c'est plus vendeur d'acheter des fruits et des légumes à deux mille kilomètres que de les cultiver chez soi. Et même s'ils voulaient le faire, ils n'ont plus l'argent pour acheter leurs graines. Qui croirait encore que la terre donne des choses comme ça ? On a bien pris soin de la conditionner aussi. On est un peu foutus. Tu connais tout ça, tu l'as lu dans tes livres d'économie. Ce n'était pas dit exactement comme ça, mais tu as chopé l'idée et le pire c'est que tu travailles aujourd'hui pour ce système. Toi aussi tu attends. Je ne sais plus si tu espères quoi que ce soit, mais attendre, tu sais faire. L'espoir est un peu honteux pour ceux qui ont lu quelques bouquins et là-dessus tu as dépassé la norme. Alors il nous reste à attendre. Regarder les aiguilles des montres bouger d'un millimètre et attendre, même quand on dort, on attend. On attend que les cauchemars passent, que la nuit s'évapore et que de meilleurs jours surgissent à la surface de la vie. Et rien ne change mais nous, on continue à attendre tout en s'interdisant la moindre forme d'espoir. L'attente est notre héritage. C'est un sport national. Nos grands-pères ont attendu l'unification, nos pères les Américains et nous l'Europe.

Les grands-pères ont eu un morceau de leur rêve, mais ils ont dû balancer des grenades sur les deux fronts : d'abord ils se sont fait niquer par les Russes et ensuite ils ont niqué leurs alliés allemands.

Les pères n'ont rien eu. Ils ont guetté le drapeau américain et ils ont reçu en échange les chars russes. Et avec le temps ils se sont faits à l'idée qu'ils n'allaient pas bouffer tout de suite des hamburgers.

Et nous, nous, on a eu l'Europe. On nous l'a vendue dans des paquets colorés bourrés d'additifs alimentaires. L'Europe avait le goût de Nutella. On a goûté, on a aimé et on a attendu la suite. Et depuis, on attend encore.

Le train s'arrête à la gare du Nord. Tu ne veux pas descendre. Tu n'as pas le courage de le faire. Tu voudrais traverser tout le pays, tu voudrais aller à la mer, tu voudrais te perdre dans des paysages vidés de toute présence humaine. Il y a quelque chose qui bouge en toi, quelque chose qui se déplace, quelque chose qui se détache et ça c'est douloureux. Une partie de toi se déchire, comme la mue d'un serpent. Tu laisseras ta peau sur les quais de cette gare habitée par des clochards et des enfants qui sniffent la colle.

Tu fais partie de ce corps malade et tu ne peux rien faire pour le soigner.

Tu avances sur les quais de la gare ; tu ne sais pas ce que tu veux faire. Tu fais un pas, et ensuite un autre. Tu laisses couler le temps. Il s'occupera du reste, comme d'habitude. Celui qui a inventé l'horloge a été fort. Il savait bien ce qu'il était en train de faire. On ne supporte pas le poids du temps.

Tu marches. Tu respires l'air moisi de cette gare et tu essaies de ne penser à rien, comme dans une tentative hygiéniste de sauvegarde personnelle. Tu contractes tes muscles ; tu vas contracter tes muscles encore longtemps. Tu vas marcher sur d'autres territoires. Avec le même mensonge dans la tête. Tu vas juste changer de décor. Tu le sais, mais tu le fais, tu vas le faire, tu vas foutre le camp et tu vas contracter tes muscles ailleurs.

Tu arrives devant la gare. Ça sent la poussière cramée par le soleil d'été. Tu attends le bus sans savoir où tu voudrais aller. Tu vas prendre ce qui te tombe sous la main sans réfléchir. Tu n'as plus le temps de mettre en route ton cerveau. Tu n'as plus le temps pour rien.

Il était une fois une petite fille dans une ville de province. Tu écris ton histoire calée sur les horaires de la régie autonome des transports urbains. Il y a une tonne d'histoires d'amour calées sur ces horaires.

Tu montes dans le premier bus, tu reconnais le chiffre, tu connais par cœur le trajet. Tu sais où ça te mène et tu te laisses faire comme une petite conne qui avale ce qu'on lui crache dans la gueule. Tu ne peux pas faire mieux que ça. Tu t'installes côté fenêtre et tu attends. Tu attends comme une spectatrice dans une salle de cinéma devant la projection d'un blockbuster américain avec Leonardo DiCaprio et Kate Winslet. Le décor est moins glamour que le carton-pâte américain mais ça te va, tu as un billet d'avion dans la poche et avec ça tout va un peu mieux pour toi.

Tu te retrouves dans la cage d'escalier de son immeuble. Ça sent la bouffe. C'est votre odeur. Ton histoire d'amour a l'arôme des poivrons farcis. Ça te fait sourire. Et pourtant tu l'aimes. Même avec un billet d'avion dans la poche.

Il t'ouvre la porte, tu le regardes depuis le palier et tu te demandes pourquoi ça ne peut pas rester comme ça. Pourquoi tu as besoin de partir ? Tu vas t'éloigner de ce corps et pourtant c'est le corps qui t'a le plus aimée, qui t'a le plus donné, qui a comblé ton vide, et détourné tes frustrations. Le corps qui a corrigé une partie de ton passé, qui a écrit dans les points de suspension laissés par ton père. Ton corps à toi. Avec ses faiblesses, ses manques, son odeur de bière et d'ail cramé, son air de philosophe raté trop tôt, son désir précaire et ses mots de trop. Tu le regardes et tu as envie de tout arrêter. Rester ici dans cet appartement de banlieue, lui faire trois gosses et contribuer à la pérennité du système de retraites du pays comme tout citoyen responsable, comme tout citoyen respectable ayant bénéficié d'une scolarité gratuite et d'une bourse sociale et qui doit à son tour cotiser. Tu le regardes et tu veux, tu voudrais, comme ça, ici, sans plus, dans un logement crade de trente mètres carrés, avec trois mômes qui courent et crient et qui te ressemblent et qui vous ressemblent. Il te regarde sans rien comprendre, mais il sent ta peur et l'hésitation de ton corps. Alors, comme chaque fois quand il a du mal à cerner ce qui lui arrive, il te colle à son corps et te roule une pelle. Tu sens sa langue dans ta bouche comme un serpent qui essaie de dénicher un nid. Il ne l'a jamais fait comme ça.

Vous faites l'amour comme deux inconnus qui se sont croisés à une fête sur une plage. Il entre rapidement dans ton corps, il cherche une place, sa place, il voudrait rester le plus longtemps possible comme s'il savait que tout ça ne résistera pas.

Tu le regardes sans le reconnaître, perdue dans ce plaisir que tu n'avais jamais éprouvé auparavant et tu sais que ça devrait être la dernière fois, tu le sais mais tu ne te l'avoues pas, pas encore, tu ne peux pas, malgré ce billet qui traîne dans ta poche.

Il s'endort dans tes bras et son corps est trop lourd cette nuit. Tu roules dans les draps et tu te détaches de sa peau. Tu devrais partir sans aucun mot, qu'est-ce que tu pourrais lui dire, comment expliquer ta fuite, aucun départ n'est logique, tu devrais partir et pourtant tu ne peux pas le faire, alors tu le réveilles en plein milieu de la nuit et tu lui dis tout.

Presque tout. Plus que tu devrais lui dire. Tu emballes ton départ dans des promesses. Tu ne mens pas, juste tu te laisses porter par un mensonge. Tu lui vends tes propres illusions, pour pouvoir les avaler toi-même, car tu aimerais y croire encore. Tu aimerais vivre cette vie que tu lui racontes à trois heures du matin, tous les deux dans une ville à deux mille kilomètres loin d'ici dans un monde calme, sain et serein.

— Tu viendras.

— Tu m'oublieras.

Tu le regardes dire ces mots et ce n'est pas leur sens qui te frappe c'est le calme de celui qui les porte vers toi. Parfois, dans les moments les plus rudes de l'existence, la lucidité a une force si tranquille.

— Tu pars pour m'oublier.

Tu te tais. Tu te lèves. Tu t'allumes une clope. Tu ne fumes pas souvent, mais parfois tu as besoin de t'allumer une clope juste pour donner un sens au mouvement chaotique de tes mains, comme une actrice médiocre dans le film d'un débutant.

— Je pars pour m'oublier. Pour oublier mes échecs. J'ai trop raté dans ce pays.

Tes mots portent un pathos qui te surprend, mais tu continues à fouiller là-dedans, car quelque part tu as besoin de cet état. Tu joues ton propre rôle et tu le joues bien, si tu pouvais l'écrire il serait repris plus tard dans le théâtre de répertoire.

Tu enchaînes des mots, ils s'accumulent, il t'écoute sans te croire et vers la fin, quand il a épuisé ses capacités d'écoute, il te demande le jour de ton vol.

— Lundi prochain.

Il n'y a plus de place pour la vérité cette nuit. Tu veux lui donner du temps, le temps que tu n'as pas. Tu partiras dans moins de quarante-huit heures, c'est marqué sur ta fiche de vol, mais là tu ne peux simplement pas vivre encore une déchirure.

Ta réponse l'accable quand même malgré la douceur de ta voix.

— Pars maintenant. On se reverra demain, après-demain, je ne sais pas, là ce n'est plus possible pour moi.

Tu attendais ces mots, comme une permission de ton départ, tu attendais ces mots comme un enfant qui attend l'autorisation de foutre le camp et de rejoindre ses copains dans la rue ou à la lisière de la forêt. Parfois on attend des années pour que quelqu'un nous demande de partir. On attend à deux surtout. Juste ces mots : pars maintenant, on se reverra plus tard. Mais on sait tous qu'on ne se reverra pas. On gaspille nos promesses, ça ne nous coûte rien, on a besoin de mots, on a perdu nos corps.

Tu pars et tu connais la suite, mais maintenant tu ne te racontes plus rien.

Les jours suivants, tu emballes tranquillement tes bagages et tu fais en sorte de ne pas surcharger tes valises de trop de sentiments. Tu vides tout.

2

Tu traverses les couloirs de l'aéroport, l'air porte une odeur inconnue, tu aimes cette nouvelle sensation. Pour la première fois dans un aéroport étranger, d'un pays étranger, tout t'est étranger, même ton corps qui avance dans des espaces aseptisés. Tu suis les autres passagers, tu ne feras que ça pendant un temps, suivre le mouvement de la foule, te laisser absorber dans son ventre, te laisser couler dans un tronc commun inconnu à ta peau. Les langues se mélangent dans ta tête et, une seconde, tu ne sais plus où tu te trouves, mais tu es bien. C'est bien comme ça. Tu perds les dernières gouttes de ta vie d'avant dans les couloirs d'un aéroport et ça te semble juste.

En attendant le contrôle des passeports, tu regardes ta montre et tu te demandes ce que Seb fait en ce moment. Est-ce qu'il a découvert ton départ ? Quelque chose bouge dans ton ventre, ça monte vers la poitrine, dans ta bouche. L'air monte dans ton corps en provoquant un vide bizarre, tu aimerais vomir cet air qui porte encore les traces de son corps. C'est comme si le dernier souvenir de vos étreintes ressortait devant le bureau neutre de la frontière. Tu n'as pas encore digéré ton mensonge et tu le porteras encore longtemps avec toi. Comment lui expliquer ta fuite et surtout comment lui expliquer ta lâcheté? Même toi tu ne peux pas l'entendre. Tu t'es cachée des années dans les habits de tes personnages imaginaires. Tu étais bien dans ce mensonge prolongé de l'enfance.

Tout a commencé dans la cage d'escalier où tu attendais le départ du voisin de palier de l'appartement de ta mère. Elle, elle se faisait baiser par un chauffeur et toi tu te disais que tu n'étais pas sa fille. Tu étais l'héritière d'une famille princière qui avait été emprisonnée. Anastasia ni plus ni moins. C'est là que ton théâtre a commencé, dans les couloirs d'un immeuble soviétique où les odeurs de bouffe se mélangeaient à celles des poubelles. C'est ça que tu veux oublier. Tu aurais dû lui dire. Il n'aurait pas pu te l'interdire. Lui aussi il veut oublier. Vous auriez pu tout oublier ensemble, c'est ce qu'on fait, non? On se choisit par rapport à la quantité de son oubli.

Le garde-frontière te regarde longuement. Il confronte ton visage avec la photo de ton passeport. Il prend tout son temps. Le temps a une tout autre vitesse près des douanes. Tu entres dans ta nouvelle vie, dans ton nouveau territoire avec un sentiment aigu de peur et tu le garderas longtemps, comme un dernier lien avec ta vie d'avant. On se reconnaît dans le monde par la peur cachée dans nos regards, par ce mélange d'inquiétude et de paranoïa, par ce complexe devant l'autorité et le pouvoir, par le mouvement humble de nos épaules et l'abaissement de nos yeux.

Il te laisse passer, tu avances et tu oublies. Tu l'oublies. Qu'il reste dans son pays, à des milliers de kilomètres de ton présent, tout ça ne te regarde pas, c'est ce que tu dis, c'est ce que tu crois, tu avances, il faut le faire, tu n'as pas d'autre choix. Tu ne sais pas encore que les choix sont toujours arbitraires. Celui qui prétend avoir choisi tout seul, il se fout de ta gueule, on ne choisit rien vraiment, je veux dire rien d'important, on ne choisit que des détails, des moments, des actes mineurs qui s'entassent et tracent, longtemps après, le paysage de notre existence.

Tu suis les panneaux qui indiquent « *Paris by train* » et tu analyses cette nouvelle odeur qui remplit l'espace. Chaque aéroport a son odeur, je ne sais pas si ça fait partie de l'image nationale créée par les meilleurs experts en marketing, comme l'hymne, le drapeau et les guides touristiques subventionnés, mais ça existe, c'est une réalité.

Les visages s'accumulent autour de toi, tu n'arriveras pas à t'en souvenir plus tard, ça reste abstrait mais présent, c'est le signe de ton passage dans une autre dimension culturelle.

Tu essaies d'associer un lieu sur une carte pour chaque passant que tu croises, mais tu n'y arrives pas, alors tu balaies plus large, tu les situes sur un continent. La plupart du temps, tu te trompes comme chaque Européen qui croit qu'un individu aux yeux bridés vient d'Asie, une peau mate d'Afrique et tout ce qui est métissé des îles. Tu ne sais pas pourquoi tu te lances dans ce jeu stupide. D'où vient ton besoin de coller des corps à des cartes géopolitiques ? Tu n'en sais rien mais tu te laisses aller dans les turbulences provoquées par ta pensée libérée d'un poids. L'étrangeté des visages que tu aperçois te fait du bien, ça casse la monotonie du paysage urbain d'où tu viens et depuis longtemps tu avais besoin de casser quelque chose, ne serait-ce qu'une image, l'image qui envahissait ton esprit chaque fois que tu sortais.

Tu arrives à la gare, tu cherches le guichet de vente de tickets, il n'est pas question de commencer ta vie ici par un délit mineur. Tu veux être en règle, c'est un des traits les plus marquants de ton caractère, alors tu te mets dans la file d'attente, qui s'étale sur plusieurs mètres, sans aucune frustration. Maintenant tu as le temps, personne ne t'attend dans cette ville, cette pensée te rassure. Tu as toujours couru le regard rivé sur l'écran d'une montre et aujourd'hui tu n'as plus besoin de le faire. Le temps aussi est une affaire de géographie, en lien étroit avec le rapport de ton propre corps à l'espace ou à ceux qui s'entassent dans le même périmètre que toi. Ç'a été toujours comme ça : ta liberté ou plutôt le sentiment de liberté que tu as pu éprouver a toujours eu un effet de causalité avec la distance qui t'éloignait des corps aimés ou aimants, peu importe. Parfois, il est plus dur de supporter l'attente des autres.

Les paysages filent, tu te perds dans d'autres façades aussi grises que celles de ton pays. Les banlieues ont la même image partout, rien ne peut changer dans ces territoires voués au désespoir. Tu voudrais rencontrer un jour l'architecte d'une cité pour comprendre comment on a pu construire des édifices aussi laids sur une plaque infinie de béton. Comment on a eu l'idée d'entasser les gens à la verticale dans des boîtes en carton.

Tu te poses toutes ces questions sans te donner le temps d'y répondre. Tu ne peux pas le faire, tu n'as pas encore les épaules pour cela. Tu ne fais que fuir. La vitesse du RER décompose l'image extérieure et toi tu t'oublies, c'est ça que tu cherches au fond, et tu n'es pas la seule à le faire, on vit sur une planète peuplée d'amnésiques.

Tu aimerais que ce train ne s'arrête plus, qu'il traverse la terre entière, et vivre ta vie comme ça en regardant autour. Tu as besoin de silence intérieur. Le bruit a trop cassé ton ordre intime et tu veux vivre désormais hors de toi. Vivre dans un espace neutre déchargé de souvenirs, loin de ton enfance.

Mais le train s'arrête aux Halles et tu dois changer ici. Tu aimerais rester collée à ton siège et aller jusqu'au bout, mais voilà, il y a quelque chose en toi, un moteur interne caché dans ton cerveau ou dans tes entrailles, qui te pousse à faire ce qui a été dit. Dit par qui ? Par toi-même, par ton emploi du temps imposé par ta volonté, par ton besoin de respecter les règles, par ta peur de l'inconnu, par ton incapacité à écouter ton vrai désir et par tant d'autres choses. Tu commences une autre vie, ici tu la commences, personne ne t'attend et pourtant tu dois descendre. Tu ne veux pas mais tu descends.

Tu traînes ta valise dans les couloirs souterrains en cherchant à ne pas te perdre dans la foule. Tu as le vertige. Tu te sens perdue, tu es perdue, tu t'es perdue. C'est par là que ça commence. Pour la première fois depuis ton atterrissage, ton corps refuse le changement. Tu étouffes dans ces souterrains, tu as du mal à avancer, on te bouscule, ta valise est lourde et l'entrée dans ta nouvelle vie est plus banale que prévu. Tu voudrais l'avoir avec toi, Seb. Il te manque maintenant. Tu voudrais t'effondrer dans ses bras. Tu voudrais lui parler. Tu voudrais avancer avec lui ou plutôt qu'il avance pour toi, qu'il t'ouvre la voie. Seb a toujours porté tes valises et maintenant il n'est plus là.

Tu marches et la panique s'intensifie et un mot devient récurrent : jamais. Aucune phrase ne s'articule autour, juste ce mot tout seul qui pulse au même rythme que ton cœur. Et tu te souviens quand enfant, dans ton lit, tu regardais les murs et tu imaginais les sensations d'après la mort : un brouillard blanc et épais où rien n'existe. Cette perception du vide t'angoissait jusqu'aux larmes, tu as compris pour la première fois le mot jamais.

On reste toujours prisonniers de l'enfance. Rien à faire, juste tenter de déplacer un peu les barricades. À la longueur d'une vie ça se mesure en centimètres.

Tu prends un autre train et tu as l'impression qu'à partir de maintenant ta vie ne sera qu'un enchaînement de trains.

Une vague douleur monte sous ta peau, mais ça a quelque chose d'agréable, on est fait de paradoxes, impossible de garder un état d'équilibre plus de deux matins. On aime et on hait en même temps, on est l'espèce la plus étrange de la terre. Comment pouvoir nous comprendre tout seuls ?

Tu avances vers la résidence universitaire, la tête remplie de bouts d'idées et le cœur morcelé de sensations. Tu as peur mais tu n'arrives pas à nommer ce sentiment. Tu as peur de ta peur alors tu la caches, tu la dissimules dans une multitude de mots, tu la pervertis, tu la détournes, tu la tais, mais elle, elle n'écoute pas, elle est plus forte que toi et elle résiste, elle se cache dans des endroits abscons de ta conscience et elle guette comme un prédateur. Tu as peur car tu as perdu ton seul spectateur.

Tu entres dans une nouvelle dimension et tu devras affronter toute seule ton image, plus personne ne te tiendra un miroir qui embellirait tes échecs.

Tu ne comprends plus ton départ. Tu aimes Seb, ça c'est clair, ça dépend bien sûr de la définition qu'on pose sur ce concept abstrait. Chacun a sa propre vision et on ne fait que l'imposer à l'autre. Tu pourrais lister tout ce qui te fait croire que tu aimes Seb, mais maintenant ça ne sert plus à rien. Le mal est fait. Tu croyais l'amour synonyme de sacrifice, de renoncement, et ton départ prouve tout le contraire. Tu es partie pour casser la chaîne, pour foutre à la poubelle l'héritage de ton ascendance, pour vivre une vie exceptionnelle que tu as tenté de trouver dans l'art et qui t'a été systématiquement refusée. Seb n'est qu'une victime collatérale. On est tous des victimes collatérales. On est des prédateurs, rien à faire, et depuis qu'on ne doit plus chasser directement on fait la guerre à d'autres endroits. On a besoin de conquérir, de dominer, de mâcher, d'avaler, de cracher et de recommencer. On a besoin d'être frustrés, rejetés, de se cogner à des corps qui résistent, de tomber, de se relever, de pénétrer l'intimité de l'autre, de sévir, de violer, de cracher, de hurler, d'affirmer notre souffrance, d'aimer notre douleur, de sentir la vie à l'intérieur de nos muscles. Tout ça pour oublier la peur de la mort. On ne vit qu'un seul amour, on le répète et on le revit et quand on ne sait pas comment jouer le texte on choisit un autre corps comme partenaire de jeu. Ce qu'on a ne nous satisfait pas, il faut toujours remonter le taux d'adrénaline. C'est trop fatigant d'aller loin dans la profondeur des êtres, car il n'y a qu'une seule personne qui nous intéresse au monde. Une seule personne qui t'intéresse : toi. Une seule personne qui m'intéresse : moi.

Seb t'aimait, tu l'aimais, mais votre amour était épuisé. L'amour ne dure pas plus longtemps qu'un été. Le reste, ce n'est que de la volonté. Tu l'avais perdue ta volonté et dans les moments où on perd ça, il n'y a qu'une issue : la fuite.

Tu regardes la fonctionnaire de l'accueil et tu as du mal à la suivre, tu es paumée entre les fragments de ton monologue intérieur. Elle te donne tes clefs, tu lui souris un peu faussement et tu montes ta valise sur les quarante-sept marches de l'escalier. Tu les as comptées pour te calmer.

Tu entres dans la chambre, un rectangle de vingt mètres carrés qui contient tout le nécessaire : un coin cuisine sommaire, une cabine de douche, un lit, un bureau, une table pliante et une armoire. Rouge et gris Ikea. Tout a l'air neuf, propre, neutre. Rien à voir avec ton autre chambre du foyer universitaire de Bucarest, avec ses chaises dépareillées et ses tables rayées. Là-bas, tu avais une chaise qui portait un nom en dessous : un nom étrange de femme. Elle l'avait écrit sur sa chaise pour que tout le monde sache que ça lui appartenait. Si on pouvait tous le faire, on serait rassurés à jamais, on respirerait plus profondément, surtout si on pouvait écrire nos noms sur les corps qui nous ont touchés un jour. Tu as été hantée longtemps par le nom de cette femme. Elle s'était jetée du cinquième étage du foyer. Elle s'était jetée dans le vide sans aucune explication. Pourquoi laisser des lettres d'adieux, il n'y a rien à piger dans le désir de la mort. On le porte tous les jours même sous les plus beaux couchers de soleil, c'est la seule manière d'échapper à notre condition d'esclave limité dans le temps. Chaque fois que tu posais ton corps sur cette chaise tu te demandais si elle était montée là-dessus pour sauter. Tu essayais de sentir son énergie, tu restais des heures assise comme ça, le regard dans le vide comme dans ton enfance, ça t'aidait à sortir de ta tête et à entrer dans un corps mort. Tu restais des heures comme ça et tu te disais : on ne peut habiter que les morts, tous ceux qui bougent dans l'espace ambiant fuient, c'est le sens de notre vie. Avancer seuls, oublier tout ce qui nous touche, tout ce qui nous prend, tout ce qui nous tient, l'illusion, toujours l'illusion d'être libre, d'écrire tout seul sa vie, on n'accepte pas le rôle de figurant.

Tu te poses sur ta nouvelle chaise qui ne porte aucune trace, comme si elle était tout juste sortie de la chaîne de fabrication. Tu regardes la fenêtre, toujours à la recherche de ce même vide, et tu te demandes si on peut sauter d'ici, de cet espace qui sent l'eau de Javel et la possibilité d'autres vies. Tu es envahie par ta solitude alors tu branches ton ordinateur, tu te connectes sur Internet et tu ouvres ta boîte mail.

Tu espères un mot de sa part, tu as besoin de voir son nom s'afficher sur ton écran mais il n'y a rien.

« Pars maintenant. On se reverra demain, après-demain, je ne sais pas, là ce n'est plus possible pour moi. »

Sa phrase te revient, sa dernière, il n'y a rien eu après. Tu regardes le ciel mat et tu te demandes si Seb t'oublie. Cette pensée te trouble, tu ne supportes plus d'être enfermée entre ces murs blancs, lisses, c'est la première journée d'une nouvelle vie et tu n'as pas envie de la salir avec tes larmes, alors tu sors, tu avances dans les rues de Nanterre, et cette concentration de béton te fout la trouille. Est-il possible de se déplacer de deux mille kilomètres pour le même paysage urbain ? La vie a quand même une certaine dose de perversité.

Tu marches et tu écoutes les sonorités de l'espace, tu chopes des phrases, tu les traduis, tu les tortilles, tu les répètes comme si tout ça n'était qu'un texte que tu devrais apprendre par cœur.

Seb revient dans ta tête, tu n'acceptes pas la possibilité de l'oubli, tu voudrais maintenant qu'il se batte, qu'il arrive, qu'il te prenne, qu'il t'emmène, qu'il reste acculé à son rôle de certitude. Tu projettes enfin ta vie avec lui, sa vie avec toi, c'est un nouveau décor, ça pourrait fonctionner.

Les jours passent comme ça avec de longues balades dans ta nouvelle ville, tu ne dépasses jamais la place de la Bastille, tu parcours le même chemin, tu as d'abord besoin de te rassurer, d'apprendre ce nouvel espace. Tu traverses la Défense, l'Arc de triomphe, les Champs, la Concorde, les Tuileries, la Cour carrée du Louvre, Rivoli, quatorze kilomètres en quatre heures. Tu t'arrêtes sur les mêmes bancs, tu regardes les mêmes vitrines, tu rumines les mêmes pensées, c'est juste les corps qui changent. Et ensuite tu rentres chez toi, tu allumes l'ordinateur et tu attends un signe. Rien qui porte son nom.

Le matin, tu te plonges dans tes bouquins de français, tu entres dans cette nouvelle langue comme on entre dans un nouveau corps, en force, avec le désir brûlant de l'abstinent.

Tu es dans le no man's land de ta vie, entre deux frontières, tu attends qu'on te donne accès à une autre existence. Le temps te traverse librement, sans obstacle, pour la première fois, tu as le temps. Tu l'inventes comme tu le respires.

Tu écris à Seb une semaine après ton arrivée, nourrie par l'errance dans la ville, par l'absence des corps autour de toi, par ce silence profond qui t'entoure.

Depuis que tu es là, tes échanges se limitent aux contacts avec les vendeurs, avec les serveurs, avec les gardiens du foyer. Tu retournes à la condition essentielle de l'humanité.

Il ne répond pas. Tes mots se perdent dans l'éther, tu te cognes contre un mur invisible, tu ne sens même pas la douleur, tu ne sens rien, juste un vide qui prend de la place à l'intérieur.

Tu veux quoi ? Tu ne peux pas retourner en arrière, pas maintenant, l'humain n'est pas capable de reconnaître tout de suite ses erreurs, il mâche ses choix avec une volupté exceptionnelle et tu ne peux pas trahir les attentes de ta propre espèce. Tu resteras là, tu ne bougeras pas, le temps et les événements vont parcourir ton corps, les ruines de cet amour, de cette douleur vont s'éroder et, à la fin, tu seras vide encore. Page blanche, sexe vierge, premières chutes de neige de l'été.

Tu ne sais même pas ce que tu veux. Tu te dis que tu veux Seb ici, avec toi, mais il ne peut pas faire partie de ce nouveau paysage. C'est tout ou rien. Renoncer à tout ou ne rien avoir. Annuler cette vie mal fabriquée qui te sautait à la gorge les après-midi blafards d'automne. Depuis le début de ta vie, tu n'as vécu que des automnes, les autres saisons passaient comme dans un rêve. Un automne infini. Tes parents se sont quittés au mois de novembre. Tu te souviens. C'était un dimanche. La plupart des couples se séparent le dimanche. L'ennui peut-être, ou juste le temps de réfléchir à sa vie paumée entre les plis des draps. C'est comme ça. Ils se sont séparés un dimanche de novembre, après le déjeuner. Ça n'a même pas été violent. C'était juste une fin reportée depuis longtemps. Ils avaient commencé à se séparer depuis un moment. Par étapes, et là en ce dimanche pluvieux, après s'être lancé des « tu es insupportable », ton père s'est levé, il a fait son sac, il t'a embrassée sur le front et a claqué la porte. Depuis ce jour, tu détestes être embrassée sur le front, ça a le goût des séparations. Ça marque l'entrée dans un automne sans fin. Pour changer de saison, tu as changé de pays.

Seb ne répond pas. Il essaie lui aussi de changer de saison. Alors tu marches, tu ne fais que ça, marcher et t'oublier dans les corps des autres. Faire des spéculations intérieures sur des existences qui ne te concernent pas. Répéter les mêmes gestes, les mêmes mots, les mêmes leçons du cours intensif de français, les mêmes trajets. Comme une actrice tu répètes sans cesse ce que tu es censée retenir, ce que tu devrais intégrer dans ta nouvelle structure moléculaire, ce qui te rend légère, plus légère et te permet de continuer à marcher.

Tu as encore une semaine à tenir comme ça avant le début de l'année scolaire. Sans événement, sans accident, totalement libre.

Tu deviens presque une marathonienne qui subit le même rituel chaque matin : douche, petit déj, vocabulaire, grammaire, dictée, conversation avec l'ordinateur, vérification des mails, rien à signaler, déjeuner, vaisselle, vocabulaire, grammaire, dictée, conversation avec l'ordinateur, ménage, marche quatorze kilomètres, retour en métro, lecture, sommeil. Les horaires sont figés aussi, tu es une machine parfaitement huilée et tout ce mécanisme te permet de retrouver ton calme. Tu as toujours eu une dose de psychorigidité, mais là tu es presque hors norme. Tout élément bordélique a été écarté de ta vie : Seb, ton père et tout autre élément masculin qui fout la merde.

Et dans tout ce chaos bien rangé, un jour tu pénètres dans une autre zone. C'est la zone. C'est le noyau de nos existences, c'est l'endroit qui nous rend la vie médiocre, l'endroit qui bloque l'amour, l'endroit de la folie et de la haine, l'endroit de la peur et de la perdition de tout élément raisonnable. Tu entres dans la zone administrative pour la première fois. Dans ton pays c'était simple, tu suivais la route, tu suivais la foule. En tant qu'étudiante tu ne payais même pas d'impôts, sur ta carte d'identité il y avait l'adresse de ta mère, tu ne figurais pas dans trop d'annuaires. L'enfer de l'administration n'existait pas. Ça commence aujourd'hui. Ça commence maintenant et ça ne va jamais finir.

Tu regardes la liste des documents à fournir et tu ne comprends rien. Tu voudrais comprendre, tu as besoin de comprendre, tu as besoin de parler à un être humain mais on te renvoie toujours à cette fiche.

Tout est marqué là-dedans. Lisez-la attentivement.

Et tu la lis attentivement mais tu n'arrives pas à comprendre cette langue, ces mots tordus, ces concepts. Qui a inventé ce système? Ça n'a rien de logique, ça n'a rien d'humain, des mots sur une feuille blanche, des mots impossibles à atteindre.

Tu t'assieds sur une chaise en plastique à côté d'autres corps qui attendent. C'est comme une antichambre de la mort. Vous êtes entassés les uns contre les autres, avec des dossiers épais sur les genoux, un bruit sec et aigu rythme votre temps et vous avez même oublié de vous regarder. Vous matez les murs. On a dressé des murs pour avoir un endroit où accrocher son regard. Elle est belle l'histoire de l'humanité, toute une industrie pondue pour fournir des béquilles à nos regards. L'industrie du mur: toute la peinture doit son existence au mur. Remplir la blancheur avec des signes et des couleurs pour remplir notre profonde solitude. Tu regardes les murs à ton tour et tu ne vois que des messages administratifs et plus loin, dans un coin, la photo d'un président qui te sourit infiniment. C'est pour ça qu'on vote: pour qu'un président nous sourie depuis un bout de papier glacé, pour qu'un président nous rassure à travers un écran de télé, pour qu'un président nous protège en renforçant les frontières, en déclarant des guerres, en signant des accords commerciaux, en serrant les mains des plus grands hommes de la planète, en accrochant des décorations aux vestons, pour qu'un président nous prête sa femme, pour qu'on danse avec elle aux bals de charité, pour qu'on lui donne dix euros par mois pour combattre la faim dans le monde ou le sida.

Tu regardes le visage de ce président et ensuite tu le compares aux visages de tes voisins et tu te rends compte que son sourire bienveillant ne pourra pas apaiser leur souffrance et leur peur. L'angoisse transpire dans toutes ces peaux et ça commence à puer. Toi aussi tu pues et tu ne reconnais même pas ton odeur. C'est une nouvelle sensation que tu commences à apprendre et tu vas vivre avec elle tes prochaines années et plus loin peut-être, plus loin encore. Chaque vie est une accumulation de papiers circonscrite entre un extrait de naissance et un certificat de décès.

Le numéro 197 clignote sur l'écran et tu regardes ton papier froissé dans ta paume, la transpiration de tes mains a presque effacé l'écriture, mais c'est à toi. Tu te lèves et tu te rassieds quelques pas plus loin devant une fonctionnaire. Tu lui souris, un peu crispée, en espérant un sourire en échange, mais son visage reste figé dans la même expression neutre. Elle examine ton dossier, elle regarde une page après l'autre, elle regarde encore une fois, elle classe, elle ordonne, et après elle range tout, elle te regarde et elle se lève. Et toi tu restes comme ça, assise sans savoir ce qui se passe. Aucun mot échangé, le langage est parti à la poubelle, on n'a pas besoin de mots dans ces lieux-là, tout se résume aux papiers, tout reste collé à une surface blanche, rien n'y échappera. Elle revient avec un bout de carton, elle met un tampon puis un autre et ce bruit sourd, sec, te renvoie à une réalité crue, comme si on chargeait un pistolet pour le décharger dans ta nuque deux secondes après…

Elle te tend le papier et là pour la première fois elle ouvre sa bouche et toi tu regardes profondément à l'intérieur et tu vois ses caries.

Ceci est un récépissé.

Tu auras appris un nouveau mot aujourd'hui et c'est le mot qu'il faut apprendre en premier si tu veux t'installer en France. Récépissé, rien de plus utile dans la vie; titre de séjour, autorisation de travail. Tu as ces trois syntagmes tu peux dormir tranquille.

Cours d'intégration linguistique:

J'ai un récépissé / Tu as un récépissé / Il a un récépissé / Elle a un récépissé, et ainsi de suite.

Je veux ma carte de séjour / Tu veux ta carte de séjour / Il veut sa carte de séjour / Elle veut sa carte de séjour, et ainsi de suite.

On devrait commencer avec ça. À la place, on nous donne:

J'aime la France / Tu aimes la France / Il aime la France / Elle aime la France, et ainsi de suite.

Mais c'est bon. Tu as ton récépissé. Pour avoir ta carte plastifiée dans deux mois, il te faudra encore un paquet de documents, mais pour l'instant ça va comme ça. Tu peux rentrer tranquille. Tu la remercies et, au moment où tu te lèves, tu entends les cris d'une femme. Tu la regardes, elle est trois guichets plus loin et elle hurle sa colère devant un fonctionnaire qui n'y peut rien. Il lui dit ça: Je n'y peux rien. Et il lui répète cette phrase encore et encore, mais elle ne veut rien comprendre, car elle ne peut pas comprendre, l'être humain a aussi ses limites, quand on le vire d'un territoire.

Tu sors dans la rue, tu t'éloignes de la zone et tu commences à te sentir bien. L'air circule enfin dans ton corps. Tu as quitté la zone transitoire, tu es dans ta nouvelle existence, ça démarre difficilement, mais ça démarre.

Tu marches dans la rue, tu te cherches dans les yeux de chaque passant et tu deviens une autre à chaque croisement de regards. Ça te procure une jouissance extrême, profonde, comme une bonne dose de drogue injectée en pleine journée sous un soleil brûlant, avec la musique à fond dans les baffles.

Tu regardes les hommes qui passent et tu deviens la femme de chacun dans ta tête.

Seb revient dans ton esprit. Il meuble tes journées vides, son absence devient une tumeur que tu n'arrives pas à éjecter. Tu as un besoin vital de son regard, de son soutien, de ses applaudissements, mais il continue à se taire. Malgré tes lettres, tes mails, tes textos, tes appels, Seb se tait, il disparaît sans un mot, il marque bien le côté définitif de cette séparation et ça te rend dingue. Ça te renvoie à ce sentiment de vide profond que tu expérimentais dans ton enfance, assise sur ton lit, le regard collé à une fenêtre, à un ciel blanc et opaque qui ne t'offrait aucune promesse.

Un soir, assise dans la Cour carrée du Louvre sur un banc en pierre, sur le point de devenir statue, tu vois un homme s'approcher de toi. Il te demande une adresse, tu regardes sur ton plan et ensuite tu lui expliques en balayant la surface plane avec ton doigt. Il regarde le mouvement de ta main en faisant semblant de ne pas comprendre et après il te demande si tu veux venir avec lui à cette fête. Tu le regardes et tu te reposes la question dans ta tête.

Oui je viens.

Tu le suis ou plutôt il te suit, vous marchez côte à côte sans trop parler, dans une semi-gravité qui annonce une rencontre un peu ratée. Il y a de la timidité dans l'air ou un début de peur, qui pourrait faire la différence, les émotions se mélangent, vos corps bloquent avant de se rencontrer.

Tu enchaînes des verres pour pouvoir supporter le groupe, la banalité des conversations, tes silences, tes manques de spontanéité, tu te sens exposée sur un plateau en pleine lumière et tu ne sais pas trop où placer tes bras. Tu as un peu honte quand tu dois dire d'où tu viens, tu n'arrives plus à identifier la source de cette sensation, tu sens juste que ce n'est pas trop intéressant d'être Roumaine ici dans cet appartement, étudiante en master pro français langue d'intégration et d'entreprise n'est pas trop glorieux non plus, alors tu enchaînes des verres pour assumer cette condition et après tu danses. L'alcool a libéré ton corps de ses sangles et tu peux danser, tu peux t'exprimer librement, tu peux cracher tes frustrations dans ce mouvement chaotique. Les gens te regardent et tu commences à te sentir bien. Tu sais qu'ils voient en toi quelque chose qui n'existe pas.

Tu as perdu de vue l'homme qui t'a emmenée à cette fête, il sera rangé désormais dans le rang des figurants, et c'est très bien comme ça, ça te va.

Tu danses seule, des corps s'approchent de toi, des bras t'encerclent, l'alcool monte, un visage se distingue de la foule, une langue entre dans ta bouche et ensuite elle glisse sur ton cou, sur ta nuque, sur ton dos, tu restes seule avec cette langue et avec ces mains qui se font de la place sous tes vêtements, tu te retrouves dans un taxi et après dans un autre appartement, tu es projetée sur un lit, il entre en toi et tu jouis au bout de quelques mouvements. Tu te sens bien comme si un poids tombait de ton ventre, comme si une pierre se cassait en mille morceaux, une pierre qui commençait à couvrir ton cœur, une pierre qui bloquait ton sexe, une pierre que tu traînais depuis si longtemps.

Tu as besoin de ce nouveau regard.

Tu t'endors avec cette phrase et avec ce corps et avec cette sensation de soulagement temporaire.

Seb squatte ton rêve sans faire grand-chose, il s'approche juste doucement de ton visage pour s'éloigner après. Il exécute ce mouvement flottant de plus en plus lentement, son visage se dilue, il perd ses contours et toi tu perds le contrôle de ton corps. Une nausée monte dans ton ventre, ça te réveille, les acides lacèrent tes muqueuses internes, tu cours dans la salle de bains, tu te penches sur la cuvette et tu vomis. Cette convulsion te prend toute l'énergie, tu te sens faible, consommée, épuisée, tu remplis la baignoire et tu te caches sous l'eau en apnée totale. La température de ton corps descend, la peau est soulagée, une sensation d'apaisement s'empare de toi, les muscles se détendent, la pensée se volatilise, Seb sort de ta tête. Tu retournes dans la chambre et tu te colles à cette peau nouvelle. Il bouge mollement. Tu t'endors avec lui.

Le matin est un peu difficile, l'effet de l'alcool mélangé à la montée des endorphines s'estompe, vous avez fait connaissance mais tu as oublié son nom, lui aussi, vous vous regardez bêtement comme deux étrangers coincés dans un ascenseur.

Subitement il s'approche de ta bouche et vous reprenez tout à zéro. Tout devient normal, c'est comme avec Seb, et en même temps c'est différent. Les mouvements et les sensations changent, mais c'est la même perception solide d'une issue de secours en dehors de ta conscience abîmée par des crises d'angoisse à tendance narcissique. Tu sais que tu es à l'endroit juste, que c'est l'homme juste, que c'est simplement le même homme qui change de visage et de langue. On passe d'un corps à l'autre en cherchant les mêmes sensations, tu le sais mais tu n'arrives pas à te convaincre. Il te faut beaucoup de choses pour accepter tes vérités, il te faut beaucoup de choses pour rester tranquille dans ton corps, pour accepter la traversée de tous ces états étranges qui s'entassent et débordent.

Dans ces moments d'intimité crue, tu oublies d'améliorer ta personne. Tu es dans l'être. Tu es légère.

Et tu voudrais que ça n'en finisse pas. Ce n'est pas le plaisir, ce n'est pas l'orgasme, c'est juste cette simplicité, cet oubli, ce manque de langage, cette absence de peur, cette ivresse que tu trouves dans le regard d'en face qui te voit toi et pas une autre.

Il jouit et vous retournez à la médiocrité des gestes quotidiens. Tu le regardes enlever sa capote et tu as l'impression que ça devrait finir là. Tu n'as pas le courage pour l'après. Ça devrait s'arrêter là, ce moment de vérité aveuglante ne peut pas être prolongé en dehors de ce face-à-face brutal, alors à quoi ça sert tous ces mensonges, tous ces cafés bus ensemble, toutes ces conversations stériles, toutes ces balades dans les parcs désertés de la ville, tous ces dîners en tête à tête, tous ces voyages, tous ces projets, tous ces mots qu'on oubliera après, tous ces textos, toutes ces promesses, toutes ces chansons écoutées, tous ces films partagés, tous ces cadeaux emballés dans du papier glacé, à quoi bon tout ce consumérisme qu'on appelle couple ou vie à deux, peu importe, je m'en fous du terme, on est fort en langage, tant que ça ne touche pas nos âmes. À quoi ça sert, pourquoi on ne se résout pas à rester l'un dans l'autre le temps que ça dure et pourquoi je me demande pourquoi on n'a pas le courage de vivre seuls après en attendant la prochaine étreinte passagère. Au moins, on serait plus sincères.

Toutes ces idées se baladent dans ta tête mais tu décides de te laisser porter par le courant.

Il te propose de sortir prendre le petit déjeuner dehors. C'est si français tout ça, avec Seb tu ne le faisais jamais. Voilà ce qui change, la manière de faire passer le matin d'après. C'est tout.

En sortant de son appartement, tu aperçois son nom sur la porte. À ton arrivée, trop aveuglée par les vapeurs de l'alcool, tu ne l'as pas remarqué. Il s'appelle Khaled mais il a raccourci son nom :

— Appelle-moi Kal.

Vous avancez dans les rues sans que vos corps se touchent, en échangeant quelques mots simples pas trop chargés de sens. Pourquoi tu aurais besoin de beaucoup plus ? L'invention du langage a été une erreur, autant l'interdire au maximum sur le terrain amoureux. On devrait s'exprimer par des gémissements, par des cris, par des onomatopées, comme les animaux. Accepter le retour à l'état animal, renoncer à la conscience, aller au fond de ce puits obscur dans lequel on a peur de tomber, goûter le vide de nos êtres en acceptant jusqu'au bout de la moelle que deux solitudes ne se rencontreront jamais. On avance en parallèle tout en rêvant de perpendicularités absurdes.

À la lumière du jour, tu deviens une autre, tu te coinces dans l'impossibilité d'avoir accès à toi-même, quelque chose te ferme le passage, c'est instinctif. Tu es incapable de t'accepter telle que tu es, avec ta beauté et ta médiocrité, avec ton ennui et tes fulgurances, avec tes peurs et tes manques. Tu aspires l'énergie des autres et tu la replaces, sans cesse tu la replaces à un autre endroit de ton être. Tu engendres des hybrides qui s'étalent sur ton visage comme une crème hydratante qui assèche ta peau.

Kal te parle avec la banalité exigée par la situation et toi tu réponds à un autre endroit car tu es une autre. Tu inventes une fiction pour pouvoir supporter ce quotidien qui t'irrite, tu mets un masque, tu construis une barricade, un jour tous ces murs vont s'effondrer sur ton corps mais pour l'instant tu ne sais rien, alors tu continues à emprunter les mots des autres.

Tu lui parles de Seb, tu lui parles de cet amour gâché, tu lui parles de tes impossibilités, tu lui parles de ta fuite, tu lui parles en récitant par cœur des bouts de littérature slave. Tu es un personnage, même pas une actrice, un personnage. Tu perds ta chair et tu la remplaces avec de la cire et Kal t'écoute et il te croit et il inscrit toutes tes paroles dans sa mémoire et ça restera là.

Il t'accompagne au métro, vos langues se rencontrent ça dure et ça te rassure, tu retournes pour quelques secondes à toi. Tu restes avec toi-même plus loin, dans les bas-fonds du RER, en contemplant le mouvement chaotique des rails. Tu as un sentiment de soulagement, tu sens ta nouvelle vie s'ouvrir à toi, une promesse de bonheur prend contour, enfin tu goûtes à la joie, mais c'est trop tard. Tu l'ignores pour l'instant, tu vas l'ignorer des années plus tard, ce n'est pas grave, on avance comme on peut, et la plupart du temps les révélations arrivent quand on n'a plus grand-chose à sauver. Qui a la prétention de réparer les blessures du passé ?

Tu retournes dans ta chambre, d'abord sous la douche, ensuite dans ton lit, tu te laisses envahir par ta solitude, tu la convoques même, tu en as besoin. Pour commencer une nouvelle tranche de ton existence, tu devrais tuer celle qui traîne encore au fond de ta gorge, comme un serpent qui enlève sa peau. C'est douloureux, ça prend du temps, ça se fait à l'horizontale dans un état de demi-sommeil.

Le lendemain, les cours commencent, tu prends ta place à un autre endroit, tu écoutes, tu notes, tu tries.

Cette nouvelle langue se glisse sous ta peau, la tienne, tu l'emploies de plus en plus rarement, ça fait avancer ton travail sur l'oubli. La phonétique modèle le corps et la grammaire bâtit le cerveau. Tu éprouves cette sensation jour après jour en te découvrant dans les regards des autres, en passant du temps isolée avec toi, en déchiffrant tes rêves. On devrait inventer une thérapie linguistique, guérir en apprenant de nouvelles langues, ça enterrerait complètement Freud et Lacan.

Kal apparaît et disparaît sans laisser de l'espace à une possible interprétation. Tu ne demandes rien, tu attends, tu apprends à attendre, chaque rencontre a son rôle formateur. Dans son absence, tu commences à projeter ta fiction avec lui.

Il te parle peu, lui aussi il apprend quelque chose avec toi, il apprend à se taire. Tu remplis son silence avec tes mots inventés pour lui plaire.

Tu sais peu sur lui et presque tout se résume à ce qu'il t'a dit le premier matin au café en bas de chez lui, devant un crème un peu amer, tu te souviendras longtemps de ce goût.

Tu sais qu'il est perdu dans ses origines : un père moitié marocain musulman moitié juif tunisien, une mère un quart française un quart juive polonaise, un quart américaine un quart portoricaine. On se trouve par moitiés. On se cherche dans l'histoire brisée de nos pays en guerre, c'est la seule liberté qui nous reste, l'amour n'a peut-être rien résolu dans ce monde, mais au moins il a laissé des traces sur nos peaux et ça parle, ça contredit le sens de la pensée unique, ça dit haut et fort : on ne vit pas dans une unique vérité, on est en dehors des statistiques, des prévisions climatiques, des prophéties et des livres saints. On est là à tenter de réparer les blessures qu'on nous a fabriquées, à nous trouver et à nous perdre, à nous regarder pour ne pas nous oublier après, quand la marche de l'histoire reprendra sa route en dévastant nos corps. Que reste-t-il de ces gens maintenant, ils sont tous morts, que reste-t-il ? Kal. Il est là, tu peux raconter ton histoire avec lui, tu peux la fabriquer, tu peux l'inventer et te réinventer avec.

Mais tu sais quoi sur lui ?

Tu sais qu'il a un travail bizarre, qu'il monte dans un avion ou dans un train tous les deux ou trois jours pour assurer la maintenance de quelque chose. Tu ne connaissais pas le mot maintenance avant. Tu l'as appris avec lui. À chaque fois que tu entendras désormais ce mot, qui plane assez souvent dans l'espace ambiant, tu penseras à lui. Je te maintiens, tu me maintiens.

Kal maintient. Il maintient des machines qui sont conçues pour mélanger des substances dans l'industrie pharmaceutique, chimique ou autre et, entre deux plans de vol, il te maintient aussi.

Kal est imprévisible, insaisissable, inattaquable. Il passe et toi tu voudrais qu'il reste, alors tu fais tout le contraire.

C'est ça ta mécanique : tu agis pour obtenir quelque chose, en prenant la direction opposée. Les héroïnes qui ratent ont toujours été ta spécialité. Tu as raté à leur côté chaque concours au conservatoire, mais tu continues à les aimer profondément.

Tu regardes Kal et tu rates. Tu lui parles et tu rates. Tu rates encore quand tu places tes sourires, quand tu inventes tes silences, quand tu cherches son regard, quand tu lui résistes, quand tu laisses s'accumuler des confusions et des abstractions et des dispersions. Le seul endroit où tu ne rates pas c'est quand tu le laisses se glisser dans ton corps. Là tu reviens à toi, c'est juste, c'est beau, c'est simple. À chaque fois que tu oublies qui tu voudrais être, tu deviens qui tu es et ta force le saisit comme un ouragan. C'est le seul endroit où Kal ne peut pas te résister. C'est pour ça qu'il revient.

Parfois, il y a des jours sans lui, des semaines sans lui, son absence est lourde, tu la sens, elle noue un nœud dans ton ventre et pour atténuer cette impression, tu lis des pages entières sur sa culture, sur ses cultures, sur les lieux dont il te parle, sur les religions qu'il a côtoyées ou les idées qui se sont approchées de lui.

Tu lis pour le comprendre, pour pénétrer son intimité qui reste verrouillée à tes perceptions, pour voler quelque chose de son âme errante.

Le temps passe et Kal s'éloigne de toi et plus tu cours à sa rencontre plus il s'écarte.

Ton désir est grand, tu te noies à l'intérieur de ce nouveau vide, tu oublies de respirer, tu bloques dans ses refus et dans ses fuites.

L'urgence de sa présence. C'est presque une transe. Ça devient obsessionnel, tu tombes malade de son absence.

Un soir tard, il arrive chez toi. Vous écoutez de la musique, le regard plongé dans le vide, et vous fumez un joint. Ton corps est en alerte, tu as dans ta tête un chronomètre qui se met en route, qui te rappelle le temps que tu as pour le faire rester. Pas ici dans ton lit, ici dans ta vie. Sa présence devient obligatoire.

Que dire pour que cela se produise, que faire pour accéder à cet état permanent ? Où trouver le mode d'emploi pour rendre cette réalité définitive ? Comment être et surtout quelle identité emprunter ? Tu rates le présent en fouillant le sol de toutes ces questions.

Kal se lève, va dans la salle de bains, tu entends le bruit de sa pisse, celui de la chasse d'eau et ses pas vers la porte.

— Tu fais quoi ?

— Je pars.

Tu sautes sur son corps comme un animal enragé. Tu le colles au mur, tu pousses ta langue contre sa langue, ta main contre sa cuisse.

— J'ai pas envie.

Il sort et toi tu restes avec cette vérité crue au milieu de ta chambre. Tu restes plantée là sans bouger, en apnée totale. Tu écoutes les bruits de ton corps, ils deviennent de plus en plus forts, ton cœur frappe à une vitesse croissante, tu perds le contrôle de tes mouvements. Tu t'allonges par terre, impossible de bouger, tu restes sans salive, tu as l'impression d'avaler ta langue, tes muqueuses se collent, ton sang brûle, mille aiguilles terrassent ta peau, c'est la mort c'est ça c'est la mort tu te dis. Tu fermes les yeux et le plancher commence à bouger, tu ouvres les yeux et ta vue est cassée, tu ne sais pas quelle position adopter.

Un vague souvenir du training d'acteur remonte à la surface de cet état d'angoisse et tu commences à respirer, tu comptes tes respirations, tu essaies de ne penser qu'à ça malgré tes « c'est la mort c'est ça c'est la mort ». Ce n'est pas la mort c'est la vie, la difficulté de vivre, la maladie de la vie que tu portes depuis ta naissance. C'est la maladie de la vie, de ta vie, de cette vie qui ne t'appartient pas, cette vie que tu n'arrives pas à choper, à mastiquer, à regarder en face pour lui dire : tu es à moi putain tu es à moi et c'est moi qui décide comment je vais faire avec toi, c'est moi qui te mène, c'est moi qui t'emporte, c'est moi qui te vis.

Tu rampes vers la salle de bains, tu t'accroupis sous la douche et tu ouvres un robinet. L'eau glacée choque ton corps, ça te soulage les nerfs, tu fermes le robinet et tu ouvres l'autre et ta peau brûle et c'est bien. Tu répètes ce mouvement plusieurs fois. Ça monte et ça descend. La pensée évacue ton corps, tu es vide à nouveau, nettoyée de tes obsessions, de tes peurs, de ton désir haché.

Kal disparaît un temps. Un voyage à l'autre bout du monde pour réparer une machine qui tourne dans le vide, un peu comme toi. Tu es la seule qu'il ne répare pas, tu es irréparable, tu es hors fonction.

Ta vie devient attente. Tu te mets en veille jusqu'au prochain événement marqué dans ton agenda ou dans la sonnerie du téléphone. La résidence universitaire est à deux minutes de la fac, ton monde rétrécit, tu te déplaces dans une surface d'un kilomètre carré. Tu vis dans des cubes. La température baisse et ton corps préfère les cubes à l'espace ouvert, ta peau est recouverte d'une lumière blafarde de néons, tu t'enfermes dans une langue, dans des livres techniques, dans une nouvelle syntaxe. Tes contacts avec les autres étudiants se résument à des bonjours, ça va, ça va et toi, sympa, à demain, au revoir. La politesse est une belle invention quand même, un tas de formules pour masquer notre impossibilité d'aller au fond des choses, de résister à côté d'autres corps en silence, d'assumer un certain égoïsme et une dose prononcée de froideur. Tu ne comprends pas, tu n'arrives pas à comprendre pourquoi ici les gens sourient autant. Pourquoi ils te demandent ça va et passent ensuite à autre chose sans même écouter la réponse. C'est un vide culturel quand même. Comment on a réussi à assécher une expression de son sens ? Toute interrogation exige une réponse. Alors autant ne pas la poser si on trace comme des voleurs. Ça va ? Oui et toi ? Ça va. Et ça finit comme ça une grimace plus tard. Juste pour écouter la voix de l'autre, comme si le bonjour était trop court pour entrer dans la matière. Juste pour se rassurer de son humanité, de son bon sens ou de son empathie. Alors tu restes sur ça, tu ne vas pas plus loin, tu prends ce qu'on te jette et tu lances à ton tour des phrases soigneusement emballées, ça ne te coûte rien, c'est les soldes.

Ta vie est bien rythmée, synchro avec les horaires des établissements publics. Le matin, tu occupes la place au premier rang en marge de l'amphi, à midi, tu t'assois à la même table de la cantine premier étage salle « cuisine du monde », devant la fontaine à eau, côté fenêtre, dos à la foule, après la fin des cours, tu traînes dans les fauteuils de la bibliothèque entre deux piles de bouquins un peu froissés, tu retournes le soir à la cantine cette fois-ci deuxième étage salle « cuisine française », au même emplacement, pour finir une heure plus tard dans ton taudis.

Les appels de Kal cassent un peu la monotonie de ce programme cloué dans ta tête, comme si tu avais un profond désir de t'enfermer dans cette passion et de la vivre seule sans aucun témoin extérieur.

Tes crises d'angoisse reviennent de temps en temps...

Et une nuit ça éclate. En plein sommeil. Kal est dans ton rêve. Il te parle dans une langue inconnue. Par le mouvement de son corps, tu comprends qu'il te demande de le suivre. Tu le fais. Tu te perds dans une ville labyrinthique, ça grouille de serpents, tu marches entre leurs corps en faisant attention de ne pas les écraser, Kal avance, tu le suis, et les bêtes commencent à monter sur tes jambes. Tu es encerclée de serpents et lui s'éloigne sans regarder en arrière. Réveil brutal. Ton cœur frappe fort, tu manques d'air, tu commences à compter dans ta tête.

Sans prendre conscience de tes mouvements, tu te glisses sous la douche, tu t'habilles et tu sors. Tu marches dans la nuit vers la station de RER, les grilles sont fermées à cette heure-ci, ton souffle est court, tu continues à compter tes respirations pour vider les angoisses dans ta tête.

Tu sors sur la route et tu guettes un taxi. Les phares des voitures t'aveuglent, deux ou trois klaxons te prennent pour une pute et cette pensée soulage un peu ta tension nerveuse.

Tiens je pourrais être une pute. Je pourrais être autre chose. Je pourrais sortir de cette souffrance tiède qui remonte dans ma gorge à chaque appel raté.

Tu listes des pourquoi et un taxi s'arrête au moment où tu es sur le point d'en rajouter un autre. Tu lui donnes l'adresse de Kal et tu colles ta tête à la vitre. Tu es enfin en mouvement. Les images défilent devant tes yeux et ça relativise ton combat intérieur. Tu ne t'appartiens plus, tu appartiens à l'espace ambiant et la résolution de toute névrose se réduit à ça, à ne plus s'appartenir, à s'abandonner tranquillement. Alors tu le fais, tu te laisses tomber sur le bitume de cette banlieue, sur le goudron du périph, sous les roues des voitures qui errent à cette heure bizarre de la nuit, dans le son de l'autoradio qui diffuse une musique langoureuse, dans les pubs délavées par la pluie et dans les écrans clignotants, dans le désarroi des passants qui promènent leurs solitudes en laisse, dans les canettes de bière oubliées au bord du canal Saint-Martin, dans les sacs de couchage des clochards, dans la folie des femmes qui chantent pour les statues des parcs, dans le sommeil des bourgeois, dans la danse frénétique des fêtards, tu tombes, tu te laisses tomber, tu te laisses glisser dans un rêve qui ne t'appartient pas, dans une fiction écrite par d'autres, dans une fresque historique qui atteste l'échec de notre temps.

Le taxi s'arrête devant chez Kal. Tu le payes et tu descends.

Il n'y a pas de lumière à sa fenêtre. Tu visualises son sommeil. Est-ce qu'il rêve de toi comme tu rêves de lui? Est-ce qu'il est en train de se faire bouffer par des serpents dans un cauchemar?

Tu appuies sur le bouton qui indique son nom, le son de l'interphone t'irrite et tu recommences à compter tes respirations jusqu'à ce que sa voix te parvienne.

— C'est qui?

— Moi.

— Qu'est-ce que tu fous là?

— Je peux monter?

— Pas maintenant. Je descends.

Et Kal descend dans un short et un t-shirt à tête de lion et dans ses tongs chinoises.

Tu lui souris, il est touchant avec son t-shirt à la con, se prenant pour un enfant qui cherche la protection du roi de la jungle. Tu touches son visage avec tes doigts, il s'écarte de toi, il est froid, il te regarde en fronçant ses sourcils et il te dit : Qu'est-ce que tu fous là ? Le même texte, comme un acteur qui ne connaît pas bien son texte, alors il répète la même réplique banale en s'accrochant à son partenaire.

— Je voulais te voir.

— Tu aurais dû appeler avant.

— Je peux monter ?

Toi aussi tu n'as qu'une seule réplique et elle tourne dans ta tête à une vitesse hallucinante et par mimétisme tu attends la même chose de ton partenaire.

— Je suis avec quelqu'un.

Il dit cette phrase tranquillement comme s'il te disait la chose la plus banale au monde et tu continues à le regarder comme si vous étiez en train de vivre en pleine normalité. Tu le regardes et tu ne dis rien. Il te regarde et il ne dit rien et ce silence devient immense, vous vous retrouvez de part et d'autre d'un précipice sans fond en train de contempler la possibilité de votre chute.

— On ne s'est rien promis.

Ses mots tombent dans l'abîme creusé entre vos corps.

On ne s'est rien promis, car on ne se promet jamais rien, car personne ne nous a rien promis, car le monde n'a rien à promettre, car on est des êtres sans avenir, on pend au cou du présent en traînant le poids du passé et on attend la fin de l'impossible.

Tu fonds en larmes. Kal te prend dans ses bras et te lance un « ça ira » comme si tout ça ne le concernait pas, les pleurs sont toujours une affaire personnelle, on reste dehors à l'endroit du spectateur. Il prend son portable et commande un taxi et tes larmes trempent son t-shirt. Tu coules sur son corps et tu trouves ça beau d'oublier tes gouttes sur sa peau, au milieu de toute cette douleur tu as la force de trouver ça beau, et d'embellir.

Kal te fait monter dans la voiture, tu lui obéis, tes muscles n'ont plus la force de résister, il t'embrasse dans le cou et te dit :

— On se verra demain

Et il se fait avaler par sa cage d'escalier.

Il n'est pas venu le lendemain. « On ne s'est rien promis. » Même ses promesses ont un goût de faux. Tu ne l'as pas attendu. À partir du moment où on entend trop de fois le mot « rien », on arrive à l'accepter. Il entre dans le logiciel interne et bousille tout le système. Tu as chopé la maladie de Kal c'est comme ça, tu dois vivre avec désormais.

Il est venu après, comme d'habitude sans donner une explication, entre deux vols, entre deux femmes, entre deux.

Kal est entre deux, c'est la plus simple manière de le décrire. Même dans le sexe il reste entre deux, à l'endroit où la tendresse devient violente, dans ce point de basculement sans jamais bouleverser l'équilibre. Tu es son entre-deux et les entre-deux ne parlent jamais, ils n'ont pas l'aptitude des mots, ils restent immobiles dans cette zone d'indécision, ce sont les êtres les plus voués au bonheur, ceux qui s'accrochent au présent comme à une bouée de sauvetage. C'est cette capacité insensée à vivre à l'endroit où la vie le place avec les émotions qui surgissent dans son ventre, qui te fait l'aimer à ce point-là.

Tu aimes Kal, maintenant tu le sais.

Tu n'aimes pas avec légèreté, tu aimes dans la gravité la plus sombre, c'est une tumeur qui se place à l'endroit le plus critique de tes connexions nerveuses.

Quand il s'éloigne de tes coordonnées géographiques, la douleur baisse d'un cran, son absence devient le plus fort des analgésiques, mais à chaque fois son retour anonyme, sa présence dans le même périmètre urbain que toi, ajoutée à la distance qu'il pose entre vos corps, reportent ta rémission.

Aujourd'hui, tu es dans une zone calme, il ne rentrera pas avant deux jours.

C'est ton anniversaire, il le sait, et tu aimerais tellement qu'il débarque, mais il se trouve à deux continents d'ici.

Tu te réveilles, tu fais le tour de ta salle de bains, tu manges les restes qui traînent dans le frigo et ensuite tu te caches entre les inconnus d'un amphithéâtre.

Un vieux professeur aux lunettes dorées fixe un point au milieu de l'assemblée et parle. Il parle des valeurs boursières, il lance des graphiques et des tableaux, il reprend les définitions, il insiste sur les termes nouveaux et toi tu le regardes et tu ne te sens pas du tout concernée. Tu retournes au même point. Assise dans un amphi à recevoir un discours en onomatopées qui te touche moins que les titres des journaux distribués gratuitement dans le métro.

Quelques heures plus tard, tu manges les mêmes raviolis aux épinards à côté de la fenêtre de la cantine et ton portable sonne. Tu entends une voix qui vient de loin et qui cogne à l'endroit le plus proche de ton intimité. Seb.

Tu ne comprends pas ce qu'il dit, ton cerveau n'arrive pas à décoder les messages transmis, il reste sur l'émotion ressentie au contact de sa voix.

— Tu es où ?

— À la cantine.

— Regarde dehors.

Tu tournes la tête et tu vois des corps qui s'agitent, comme d'habitude, rien de spécial, la marche habituelle de cet endroit. Et pourtant un vide se creuse dans ton ventre, ce vide où on a l'impression de tomber à chaque fois quand le corps comprend plus vite que la tête, quand un mécanisme bizarre se met en place et qu'on communique avec d'autres énergies inconnues, en se laissant traverser, terrasser par cette force. Tu regardes et tu vois Seb s'approcher de la porte de la cantine. Il te regarde aussi et dans ton appareil, tu entends son souffle, il te parle et le son est en décalage avec l'image comme dans les films doublés.

Tu voudrais le rejoindre en bas mais tu as peur de t'éloigner de la vitre, tu as peur de ne plus le voir, tu as peur qu'il disparaisse le temps que tu arrives en bas et que tout ça se délite, ce n'est peut-être au fond qu'un mirage.

Seb entre dans le resto U et tu ne le vois pas, tes peurs prennent vie, elles deviennent concrètes, tu pars à sa recherche. Tu descends l'escalier jusqu'en bas mais tu ne le trouves pas, tu remontes, tu te glisses dans la foule d'étudiants, tu as envie de pousser tous ces corps, que tous ces corps tombent pour que tu restes seule avec le corps aimé.

Tu retrouves Seb dans la salle « cuisine Méditerranée », quelle ironie, vos retrouvailles ont l'odeur du couscous merguez, tes amours se mélangent dans une sauce trop grasse.

Tu te colles à son dos et vous restez comme ça un temps et après vous vous regardez, il caresse ton visage, tu trempes ta main dans ses cheveux, tout ça dans ce décor de bouffe pourrie, vendue pas cher.

Il vous faut du temps pour sortir de cet endroit, un temps vide, sans parole, rempli juste par tout ce qu'il y a à lire dans vos regards.

Une fois arrivés sur la pelouse, tes muscles commencent à se crisper. Tu ne sais pas où aller. Ce serait logique de l'emmener dans ta chambre, de faire l'amour dans ton petit lit et de recommencer une vie ici au point de basculement. Mais tu ne peux pas emmener Seb chez toi, c'est un territoire qui porte l'énergie d'un autre homme, et la promesse d'une autre vie.

— On peut pas aller chez moi. C'est interdit. Le règlement intérieur.

Tu mens avec la légèreté d'une survivante. Tu mens pour continuer à vivre, pour continuer à te mentir, pour avoir la force de te réveiller le matin et de tout recommencer à nouveau, de t'asseoir dans le même amphi entre les mêmes corps qui portent une transpiration si différente de la tienne, d'écouter les mêmes conneries qui vont t'aider à booster les chiffres d'affaires des grands salauds, de bouffer les mêmes surgelés surchauffés et de t'émerveiller devant les pubs télé sur la beauté du monde.

Seb propose de prendre une chambre d'hôtel. Vous fouillez sur Internet depuis l'ordinateur en libre accès et vous tombez sur un Formule 1 pas loin.

Tu es surprise par le côté préfabriqué du bâtiment, par l'odeur de plastique, par la moquette à coquelicots, par le sourire niais du couple des gérants de la photo pendue au-dessus de la réception et par la violence des murs coloriés en bleu, jaune, rouge.

En regardant ce décor aseptisé, le petit appartement de Seb paumé dans la banlieue la plus crade de Bucarest, ce coin inondé de fumée et de vapeurs d'oignon brûlé te revient violemment. Malgré les différences de propreté, déco et odeurs, les deux espaces font partie de la même famille, les deux espaces sont conçus pour abriter la même détresse et tu te dis : comment l'amour pourrait entrer dans ces endroits ? Et après l'avoir dit dans ta tête tu rougis. Tu regardes Seb et tu sens l'amour en toi, et tu sens l'amour en lui et entre vous deux et peu importe l'espace que vos corps traversent, il est là c'est sûr et ce n'est que ça qui compte, qui devrait compter, mais au fond de toi tu sais que tu ne peux plus vivre comme ça. Au fond de toi, tu ne peux plus te mentir, tu sais qu'il y a des gens pour qui le contexte est plus important que le contenu et tu fais partie de cette catégorie, malgré tes efforts répétés à te raconter une autre existence.

Il faudra apprendre à regarder la merde qui s'étale sur nos cœurs, à accepter sa présence dans nos corps, à tirer moins souvent la chasse pour que son odeur nous oblige à se nettoyer un peu, à se nettoyer vraiment, à se regarder dans la glace et à se dire : J'ai un cœur de merde, mais je vais essayer de faire mieux.

Tu t'allonges à ses côtés dans le lit qui sent l'adoucissant à la fraise et vous restez comme ça un temps, sans vous toucher comme deux adolescents qui n'ont jamais fait l'amour et qui se partagent une chambre d'hôtel dans un voyage du genre « l'Europe en sac à dos ».

Ton regard est bloqué par le troisième lit superposé, pas de ciel en vue, un bout de placo vert qui te donne des nausées.

Seb commence à parler.

— J'ai voulu t'oublier. Juste après ton départ j'ai voulu supprimer ta présence en moi. Chaque fois quand je fermais les yeux, ton visage apparaissait comme une image au cinéma. Ça floutait, ça ondulait, ça se décomposait. Ta peau virait de toutes les couleurs comme les portraits d'Andy Warhol, et moi qui voulais juste effacer ton regard rivé sur moi. Tu revenais dans mes rêves. Je t'ai égorgée mille fois, tu m'as bouffé mille fois, on est morts ensemble mille fois, c'est le dernier territoire qui m'est resté pour vivre quelque chose avec toi. Il était lent mon temps. Je le faisais passer en errant dans les rues, j'ai apprivoisé cette ville, cette ville qui est la nôtre, avec ses plaies, et ses abîmes, avec sa laideur et ses accès de violence, avec ses murs gris et ses chiens errants, avec ses vieux qui fouillent dans les poubelles et les jeunes qui sniffent de la colle, cette ville est la nôtre, on a projeté notre amour sur sa surface, je me suis réconcilié avec elle en cherchant à oublier ma douleur entre ses ruines et sa végétation cramée. Et quand mon corps tombait, j'entrais dans le cinéma de l'Institut français, comme toi avant. Je pense que je suis entré dans ta ville en clandestin, dans cette vie que tu as abandonnée en partant. On ne vit pas une seule vie, on vit des fragments de vie, ou plutôt il y a des fragments de notre vie qui vivent sans nous, on part d'un endroit, on part du quotidien de quelqu'un et tout ce qu'on a vécu continue à vivre dans l'imaginaire de ceux qu'on a laissés derrière. J'essayais de comprendre, de te comprendre en regardant les films que tu aimais, en traversant les rues que ton corps balayait. Un jour, ils ont projeté un film bizarre, il n'y avait que moi dans la salle. C'était la première fois que je vivais ça. *Sans soleil,* de Chris Marker. Il faudra que tu le voies. Il y a une phrase qui a cogné fort et c'est pour entendre cette phrase que je suis retourné le voir. J'ai enregistré ce passage, j'ai appris cette phrase, ce sont les seuls mots que je peux dire en français et je trouve beau de rester à ces mots. On pourrait parler une langue avec une dizaine des mots, ces mots qui ont frappé une fois au bon endroit. « Qui a dit que le temps vient à bout de toutes les blessures ? Il vaudrait mieux dire que le temps vient à bout de tout, sauf des blessures. Avec le temps, la plaie de la séparation perd ses bords réels. Avec le temps, le corps désiré ne sera bientôt plus, et si le corps désirant a déjà cessé d'être pour l'autre, ce qui demeure, c'est une plaie sans corps. » Ça m'a fait avaler ton absence et j'ai réalisé que ton corps ne me disait plus rien. Je n'ai pas aimé ton corps, j'ai aimé ton âme, ton corps j'ai commencé à l'aimer car il enfermait ton âme. Et là j'avais un bout de ton âme dans cette plaie sans corps et je n'avais plus envie de toi. Je lisais tes mails, mais je ne pouvais pas te répondre. J'étais en dehors de la parole. J'ai repris la photo. Je n'ai fait que ça, prendre des images en désordre, revenir aux sources, revenir à moi. Et là je suis à côté de toi, j'ai senti ta solitude. Il y a des jours où on ne peut pas être seuls, tout simplement.

Seb s'est arrêté brusquement, il a continué à fumer sa clope en silence, tu regardais toujours le placo vert sans pouvoir tourner ta tête vers lui. Tu voyais votre vie tourner sur la surface plane du lit supplémentaire. La possibilité de votre vie, l'avenir qui était inscrit quelque part dans l'espace entre vous. Tout semblait juste, logique et cohérent, ton cœur s'était mis à battre fort, comme s'il se préparait à exécuter un virage. Tu avais lu quelque part que le cœur accélère dans les moments de peur pour préparer la capacité du corps à s'enfuir vite, mais tu as chassé cette pensée :

— Tu penses qu'on pourrait vivre à nouveau ?

Tu avais oublié le mot « ensemble ».

Seb a déplacé sa main vers toi, ses doigts ont touché les tiens, tu as saisi son poignet, il t'a tirée vers lui, tu as grimpé sur son corps et vous êtes restés comme ça collés comme un bloc de pierre. Ensuite, vous vous êtes endormis comme ça, sans bouger, sans savoir où un corps s'arrête et où l'autre commence. Sans faire l'amour, juste comme ça dans la posture la plus simple où deux êtres perdus peuvent se rencontrer à la tombée du temps.

Tu as emménagé dans cette chambre du Formule 1, tu séchais les cours, tu prenais les douches dans les cabines étroites du couloir, tu mangeais au lit des conserves du Leader du coin et vos étreintes étaient rythmées par les coups de poing dans les murs que vos voisins donnaient pour vous signaler que vous faisiez trop de bruit.

Tu as commencé à goûter à cette vie coupée d'un *road movie* américain.

Vous parliez avec Seb des projets communs, d'une vie à deux que vous aviez du mal à placer sur une carte et tout avait l'air possible dans ce décor en pâte à modeler, mais quelque part au fond de toi, tu savais que ce n'était qu'une séquence de cinéma, qu'un jour quelqu'un crierait fort : « Coupez ! », que tu retournerais dans ta caravane pour te démaquiller et que tu prendrais un taxi pour aller à l'autre bout du monde. Mais tu croyais ce jour reporté à des années-lumière, pour l'instant tu étais bien ici comme ça, dans cet équilibre précaire avec Seb.

Une nuit, ton portable sonne, tu réponds, Seb dort, tu sors dans le corridor. C'est Kal, c'est sa voix, ses mots lancés comme des ordres, ses « viens » auxquels tu ne peux jamais échapper, ses respirations hachées qui hypnotisent, ses accents graves qui frappent dans ton ventre en déclenchant le chaos total. Tu raccroches, tu retournes dans la chambre, Seb ne dort plus, il te regarde, tu le regardes et ensuite tu baisses ton regard et lui il se retourne en fermant les yeux. Tu t'habilles à la va-vite et tu ressors.

Dans les draps de Kal, tu es une autre, tu parles une autre langue, tu joues un autre jeu, même ton nom dans sa bouche a une sonorité différente. Tu oublies celle d'avant et tu es bien. Dans les draps de Kal, tu es une autre, celle que tu ne connais pas, l'étrangère, l'inachevée, le mystère de l'avenir avec lui t'excite tellement que même à l'endroit de ta sexualité tu changes. Avec Seb c'est doux, tendre et long, avec Kal c'est court, violent et dangereux. Ton corps perd l'emprise sur lui-même, il est secoué par des sensations fragmentées, hachées, que tu n'arrives plus à maîtriser. Avec Kal, tu affrontes tes peurs, ça fait mal mais tu as besoin de te confronter à ces démons.

Le lendemain matin à huit heures, Kal te met à la porte. Il doit partir, tu dois sortir avec lui. Tu aimerais rester, l'attendre, flâner dans son appartement, te glisser entre ses objets, dormir à sa place dans son lit, vivre encore en présence de ses odeurs, te laver avec son gel douche, lire ses livres, repasser son linge, le contaminer doucement du virus de ton rêve. Mais Kal te met à la porte et une fois dans la rue ton corps prend le chemin qu'il connaît et une heure plus tard tu te retrouves dans le hall du Formule 1.

Tu entres d'abord dans une cabine de douche et tu restes accroupie au sol sous l'eau pendant une heure. Tu as besoin de temps pour retourner en arrière, pour redevenir ce que tu étais, pour reprendre le fil de ta vie là où tu l'avais laissé.

Tu as peur d'affronter le regard de Seb. Tu devrais lui expliquer les choses, mais comment on peut décortiquer les sentiments ? Tu l'aimes, mais tu aimes Kal aussi, une partie de toi appartient à chaque homme, ils ont tous les deux des bouts de toi, c'est comme ça et tu ne peux rien changer. Tu as besoin de lui, tu as besoin de Kal, tu as besoin de cet aller-retour, tu as besoin de retrouver l'être manqué en toi, recoller les morceaux qui se sont cassé la gueule, prolonger les vies qui se sont éteintes.

Tu pousses la porte de la chambre et tu affrontes le vide.

Seb n'est plus là, ses affaires non plus. Les tiennes sont pliées au milieu du lit et au-dessus il y a un papier noirci.

Tu le prends et tu lis :

« Si un jour tu revenais je t'aimerais comme je t'aime maintenant, la présence de ton corps ne changerait rien dans ma vie. Je t'aime au-delà de ton corps, ton corps je ne le connais plus, j'entre à l'intérieur et je ne le connais plus, ton corps n'est plus là, ton corps n'est plus à moi. Ton corps ne m'appartient plus, ton corps ne t'appartient plus, ton corps est loin, mais si un jour tu revenais je t'aimerais autant. Je suis en dehors de ta vie, tu es en dehors de ma vie, on est en dehors de notre vie et c'est bien comme ça. Je traînerai ma solitude dans notre ville brisée, je traînerai ma solitude loin de toi, on ne peut plus partager le même espace, on ne peut pas marcher dans les mêmes rues, on ne peut pas entrer dans les mêmes surfaces, on ne peut pas voir les mêmes visages, on ne peut pas écouter la même musique, car nos corps doivent s'éloigner maintenant. Ton corps bouffe mon corps, mon corps bouffe le tien, ta tête est envahie par mes rêves, ma tête est envahie par tes cauchemars. On doit vivre séparément, se trouver chacun séparément et on verra plus tard, l'avenir n'est connu par personne. Garde le silence un temps, ne m'écris plus, résous ta vie et reviens si jamais un jour tu te sens prête. »

3

Le temps s'est vidé de sa consistance. Tu as renoncé à le remplir. Les journées ont rétréci, la lumière s'est désintégrée, ta vie a commencé à perdre ses contours. Tu répètes la même mécanique imposée par les sautes d'humeur de Kal, par tes horaires, par la marche extérieure, par tout ce qui fait qu'on continue à se réveiller sans trop se poser de questions. Tout fuit et on fuit avec sans regarder la défaite de nos actes quotidiens.

Tu étais partie d'un territoire, car son inertie te bouffait, tu ne reconnaissais pas tes rêves d'enfance, trop d'erreurs s'étaient entassées dans les parages. Tu étais partie pour tout recommencer à zéro en croyant pouvoir laisser ta vie sur un paillasson. Ta vie te suit et te poursuit, et plus tu cours plus elle s'agrippe à ton cou, elle te griffe, elle t'avale. Tout acte du passé reste durci dans ton ventre et ça grandit comme une tumeur mal soignée.

Tu es à deux mille kilomètres de ton lieu de naissance et rien ne s'arrange, tu nages dans le même vide, sans comprendre l'utilité de ta présence ici.

Tu mémorises aveuglément des mots, des termes et des concepts que ta tête rejette, mais tu t'obstines à ne pas l'écouter. Kal est un produit hallucinogène qui apaise de temps en temps ton conflit intérieur, mais dans les périodes de carence la chute devient encore plus violente.

Tu ne sais pas ce que tu cherches. Tu regardes l'intitulé de ton master sur ta carte d'étudiante et tu ne sens plus la justesse de ton choix. Langue d'intégration dans l'entreprise. S'intégrer comment et surtout pourquoi? Se faire avaler par le tronc commun, par une mélasse d'idées préfabriquées, dépourvues de sens et de poids, vendre des concepts pour boucher les déficits, facturer des services pour rembourser des crédits, mettre une jupe noire courte et un tailleur serré, s'asseoir pendant des heures à un bureau éclairé par des néons pâles, se figer devant un écran d'ordinateur aveuglant et tromper son temps en compulsant des applications. Le paysage change, mais le contenu reste le même.

Tu t'inscris à un atelier de théâtre en te disant qu'ici tout pourrait recommencer. Tu aurais la force de tenter des concours, des castings, des rencontres, tu aurais la force de tout tenter, tu as tout brûlé derrière toi pour tenter encore, pour trouver cette force perdue. « Si tu veux vraiment tu peux », cette pub débile qui a bercé ton enfance postrévolutionnaire te hante encore. Il y a des pays et des contextes où un slogan devient prophétie. C'est le cas de ces mots entassés comme des conserves sur un présentoir presque vide. Ta mère qui débarquait furieuse dans ta chambre avec le bulletin scolaire en te citant cette pub pour Adidas. On ne citait pas Nietzsche ni Socrate, on ne citait même plus nos classiques oubliés dans les manuels scolaires, on citait des slogans publicitaires. Si ça passe à la télé, c'est vrai. « Si tu veux vraiment tu peux. » C'est une vérité universelle et ta mère t'a même fabriqué un poster accroché sur le mur en face de ton bureau. Débrouille-toi avec ça, et tu t'es débrouillée, tu as franchi les marches, tu as poussé les limites, tu as trompé le système car il s'agit de ça, tromper, avoir l'autre dans sa poche, à sa botte, se glisser entre les mailles, ramper sur le ventre pour ne pas se faire voir, passer inaperçu et frapper là où ça fait mal pour marquer des points.

Cette leçon, tu l'as bien apprise car elle se transmet par l'air, l'eau et le contact avec une personne atteinte du syndrome. Tu n'arrives pas à l'appliquer tout le temps, mais elle est là en toi et jusqu'à présent tu as bien appliqué le théorème.

Un jour, Kal te dit ces mots froidement :

— Je vais partir. Je vais rentrer chez moi. Ici plus rien n'est possible. J'ai fait le tour du monde deux fois avec ce job pourri. C'est long et il est temps de s'arrêter. Je ne peux pas changer de pays toutes les cinq minutes. De tout ce que j'ai vu, il n'y a qu'un seul endroit où je suis bien. Je dois vivre là-bas, peut-être pour récupérer un passé incertain. On ne m'a jamais parlé de la Tunisie, c'est un terrain vierge, il ne demande qu'à être rempli. Et moi je veux la même chose, me remplir d'une autre vie, celle-là pourrit en moi. Tu dois comprendre. Tu es une réfugiée aussi, comme mes parents, tu auras des enfants et un jour, ils auront besoin de créer une fiction autour de ton pays. On part tous d'un endroit, après on se débrouille comme on peut. J'ai besoin de saisir ce point. Mon père m'a toujours dit que la Tunisie était un point de non-retour et pour moi aujourd'hui, cette ville où j'ai grandi, elle est devenue mon point de non-retour. Alors je retourne au point de non-retour de mon père et je laisse le mien derrière moi. Longtemps j'ai cru être un nomade, aujourd'hui je suis un homme fatigué. Si mes ancêtres ne s'étaient pas déplacés je ne serais pas celui que je suis, je le sais, mais moi j'ai besoin de faire marche arrière, de trouver mon endroit. Les identités, on les choisit tout seuls. Je pars demain. Je ne voulais pas te le dire avant. Toi, tu as un penchant pour la tragédie, je n'aime pas ça, moi je viens du soleil, j'ai toujours fui les drames, les gens du Nord sont loin de moi.

Les mots sont tombés en toi. Tu avais devant toi ton miroir. Quelques mois auparavant, tu avais choisi la même fuite, en sens inverse. Tu avais quitté ton amour en lui crachant dans la gueule une liste d'explications sans fin. Pas de répit possible : départ imminent pour demain, maintenant les rôles changent, tu passes de l'autre côté, tu subis la lâcheté de l'autre, son monologue parfaitement ficelé, son regard coupable, sa honte, sa disparition.

Vous avez fait une dernière fois l'amour comme deux condamnés dans les couloirs de la mort, qui attendent l'application de leur sentence. Tu t'es oubliée complètement dans sa bouche, tu as oublié le temps qui vous était compté désormais, le manque qui allait couvrir ton corps dans deux ou trois matins, la peur de perdre le seul point d'ancrage de ta vie, tu as oublié de laisser tomber tes larmes, de courir après ton cœur, de chercher des certitudes, de t'égarer dans ta pensée.

Tu tombais dans l'amour comme on tombe dans une maladie, sans espoir, sans solution de guérison. Tu savais qu'au bout du temps autorisé, tu ferais peut-être ton entrée dans la mort.

Kal s'est habillé rapidement, il a jeté un regard vers toi et il a regardé sa montre.

Tu as compris son message, alors tu t'es levée, tu as cherché tes vêtements éparpillés sur le parquet de sa chambre et au moment où tu as commencé à t'habiller il a parlé :

— Tu peux rester. Moi je dois filer. Le temps court. J'ai deux ou trois choses à faire avant... Ce soir, je voudrais rester seul. C'est mieux pour moi. J'ai besoin de cet espace vide avant la coupure de courant. Merci pour tout ça. C'était bien... tout ce temps avec toi... Tu as beaucoup donné. Tu es quelqu'un de bien. Ne pleure pas, tu ne perds rien.

Ta bouche est restée fermée. Il est parti tout de suite après sa dernière phrase. En tout cas, il avait dit trop de mots, tu n'avais plus besoin de rien.

Quelqu'un de bien. Tu aurais aimé être quelqu'un de vil et qu'il reste. Tu aurais aimé avoir des choses à perdre dans ce départ, mais c'était vrai, tu ne perdais rien. Kal ne t'a jamais rien donné en dehors de ces instants volés de sa vie en vrac. Tu étais devenue un terrain de jeu, une femme à faire venir quand la solitude devient insupportable et à faire partir quand la présence de l'autre est insurmontable. Tu as accepté ce rôle avec enthousiasme, sans trop de commentaires, ça correspondait à une case de ton identité en cours d'assemblage.

Tu aurais aimé vomir ses mots trop mièvres, ces mots dits à toi pour lui, pour son soulagement, pour panser les plaies laissées par sa lâcheté.

Tu aurais aimé changer le cours des choses mais tu n'avais rien à faire là-dedans, la décision de Kal ne te concernait pas, comme ta décision n'avait pas concerné Seb. On décide tout tout seul et on a beau s'enivrer de promesses et d'engagements, les grandes conclusions on les tire pour sa gueule. À deux, on peut choisir la couleur de la moquette, l'île de nos vacances, les options de la voiture, les prénoms des enfants, le plan d'épargne logement, la marque de la tondeuse, la race du chat, les placements en Bourse, la playlist des noces d'argent, les chèques cadeaux, le cabinet d'avocats, et les plaques funéraires. Le reste, c'est un travail en solitaire.

Alors retourne à ta place et essaie de faire avec.

Tu avances dans les rues de cette ville où la lumière se cache en cette saison avec la résignation du soldat battu. Tu rentres dans ta caserne, tu t'enfermes dans tes draps, dans ta musique ringarde, dans tes amphis peuplés par des gens qui ont oublié le sens de leur marche et le nombre de leurs pas et tu continueras comme ça le temps qu'il faudra. Tu restes dans une attitude passive, où tu attends que quelque chose se passe à un endroit extérieur à toi.

Tu places toutes tes attentes dans l'atelier de théâtre, comme si c'était le seul espace où on t'autorisait à être libre, mais ce n'est qu'une liberté empruntée. Tu choisis les mêmes personnages russes déchirés, tu voles leurs mots pour soigner tes blessures.

Le prof parle, mais ses mots ne t'atteignent pas.

— Tu es au service d'une idée et c'est ça que tu as à porter. Sinon c'est vide. On n'est pas là pour nous. Ça doit dépasser nos vies, sinon ça sert à rien. Si vous n'avez rien à défendre, ne restez pas ici. Faites autre chose, vivez vos vies, consommez le monde, ne restez pas coincés à cet endroit.

Tu ne comprends pas ses discours, tu ne veux pas les comprendre.

Tu ne portes pas des idées, tu portes tes failles, tes douleurs, tes actes manqués, toutes ces choses que tu n'es pas arrivée à mener jusqu'au bout, toutes ces choses non assumées qui restent dans ton ventre en montant parfois vers ta gorge. Tu les avales encore comme si tu avais peur de perdre l'essence de toi-même. Tu es faite de bribes, de fragments, de boules de souffrance mélangée à des peurs ancestrales, des peurs héritées de tes parents, de tes grands-parents, des arrière-grands-parents et de toute une lignée d'ancêtres qui ont marché sur une terre pas trop ferme et ont guetté l'ennemi dans l'obscurité des forêts.

À l'école, tu as appris comment les habitants de ce coin se battaient contre l'envahisseur turc en jetant des pierres du sommet de la montagne. Ça ressemble à l'histoire des filles daces qui se transformaient en pierres dès que les Romains s'approchaient d'elles. Tu as été nourrie jusqu'à l'overdose de ces fictions et, que tu le veuilles ou non, elles font partie de toi maintenant.

À part ça, le silence, l'ennui, la répétition du même quotidien blafard.

Tu ne te demandes même plus ce que tu as à faire, tu suis tout simplement les événements, tu traînes ta solitude sur l'asphalte de ta nouvelle ville en essayant de maîtriser ta respiration pour tenir le plus longtemps possible. Et tu attends sans savoir ce que tu veux, tu attends que le temps passe, comme on attend la neige qui fond, le printemps et l'été, la disparition d'un événement malheureux et l'effacement d'un traumatisme.

Un jour, à la cantine, tu croises un ancien camarade de Bucarest. Il est là aussi pour un master à la con, pour remplir un peu plus son CV avant de le poster aux plus grandes multinationales. Vous êtes assis l'un en face de l'autre et vous mangez des pâtes. Chacun regarde son assiette, vous parlez peu. Malgré la pauvreté de vos échanges, vous décidez de vous revoir, pour passer le temps, comme la majorité des êtres vivants. Mal fabriqués, incapables de supporter la solitude, inaptes pour un face-à-face radical avec soi. Celui qui a inventé le miroir a eu beaucoup de courage. Comment ne l'a-t-on pas condamné à la pendaison ?

Désormais, tu vas balader ta tristesse à côté de la sienne. Vous traversez des parcs et des jardins, vous posez vos corps sur des bancs ou sur des marches, parfois vous buvez une bière ou deux ou vous poussez la porte d'un cinéma. Tu sens son désir éclopé sur ta peau, mais tu décides de l'ignorer. Tu ne peux pas. Ni avec lui, ni avec un autre. Ni maintenant ni après. Kal est encore trop présent dans ton sexe. Parfois tu aimerais te forcer, tu penses que ça pourrait te donner un peu d'élan, mais dès que tu t'approches de sa peau, dès que tu sens son odeur trop âcre, tu as envie de gerber. Ses mains moites et froides te font peur et son regard délavé par trop de gentillesse te file le cafard. Alors tu le fuis tout en marchant à ses côtés.

Tu ne lui parles ni de Kal, ni de Seb, ni de toi, tu ne lui parles presque pas, mais sa présence te fait du bien, ça t'oblige à sortir de ta tête et tu te dis que c'est comme ça, que les gens restent ensemble pour ça, doucement sans se rendre compte, pour passer le temps tranquillement en dehors de leurs obsessions.

Un jour, il t'invite à une fête, dans une cave, un rassemblement bizarre d'étudiants roumains. Par habitude, tu le suis sans trop d'envie et tu te retrouves au milieu d'une foule homogène. Ils sourient tous dans leurs habits du dimanche soigneusement repassés et toi tu les observes de loin sans trop les approcher. Ils ont l'air bien et ils rigolent, ils s'amusent, ils dansent, ils sont traversés par un flux d'énergie que tu es incapable de saisir. Tu aimerais pouvoir être là avec eux, partager ce moment de joie ou d'oubli de soi, peu importe, sans ruminer incessamment les mêmes idées, mais ton corps reste en dehors du groupe. Ton collègue se fond dans le corps commun sans te perdre des yeux et toi, tu le repousses constamment.

Vers minuit, ils sont tous bourrés et toi, malgré les verres accumulés, tu n'arrives à rien, toujours en dehors de tout. Une danse traditionnelle commence, ils se mettent tous en cercle et ils dansent et ils chantent et ils hurlent : « On est Roumains, on est Roumains, on est là depuis longtemps. » Tu connais ce refrain par cœur, il meuble chaque mariage, baptême ou fête traditionnelle, tu ne l'as jamais chanté, tu n'as jamais aimé l'entendre, mais ce soir-là, ça devient insupportable. Sa sonorité touche à un endroit fragile de toi-même, là où tu ne descends presque jamais, et ça provoque en toi une violence sans marges.

En regardant la foule danser, tu te dis que tu n'appartiens pas à ce groupe et tu n'appartiens pas non plus aux groupes de dehors.

T'es pas Roumaine, t'es pas Française, t'es rien en fait, t'es une sorte d'apatride sans statut.

Les larmes montent et ça serait si pathétique de les laisser tomber ici. Un type s'approche de toi et te parle en français et t'explique des choses que tu sais déjà et ça te soûle. Tu lui dis que vous partagez la même langue, pas la peine de faire des efforts en français, il est un peu surpris, il ne comprend pas. Tu te débrouilles pour mettre fin à la discussion très vite et tu sors.

Tu marches au milieu de la nuit sans savoir exactement où tu es, tu as juste besoin de t'éloigner de ce lieu, d'oublier les visages de ces gens, de t'oublier toi, ta paralysie, ta gêne, ton inconfort.

Rien n'est à toi, tout est plaqué, tu es un personnage sorti d'un conte folklorique.

Tu voudrais te laver de tout ça mais tu as peur de n'être plus rien à la fin. Ce sera le vide, l'abîme, le néant. « Je ne suis rien, je ne suis personne. » Cette phrase commence à taper dans ta tête. Elle devient obsessionnelle. Tu répètes le mot *rien* jusqu'à l'épuisement. Tu le désarticules, tu le tords, tu le casses, tu veux le décomposer, qu'il n'existe plus, que tu ne te cognes plus à son concept stérile. Et au milieu de cette opération chirurgicale, tu te rends compte que tu le dis en français. Tu es entrée dans cette langue ou cette langue est entrée en toi, peu importe, elle gagne du terrain maintenant, elle ronge ta langue maternelle et l'anglais, elle tente de devenir souveraine. Ça te plaît. Tu as quelque chose. Tu as une langue et elle est à toi. Plus qu'aux passants de la rue qui sont nés avec elle dans leur tête, plus que la langue de tes parents. C'est la langue du hasard, la langue qui est tombée sur toi un après-midi morose où tu as poussé la porte d'un cinéma abandonné de Bucarest, la langue qui t'a portée loin de ton territoire, la langue d'un amour renouvelé, la langue de la fuite, la langue de la fin, la langue du début. Tu n'appartiens pas à un groupe, mais tu pourrais appartenir à une langue et ça pourrait te suffire. Te laisser porter par le souffle des mots.

Le lendemain, tu as la gueule de bois. Tu n'as pas bu énormément mais ta tête pèse lourd; ce n'est pas l'alcool qui l'abîme, c'est ton état intérieur. Tous les matins c'est comme ça. Tu ouvres les yeux et tu veux les fermer à nouveau, t'abriter encore un temps à l'intérieur de ton sommeil, t'égarer dans tes rêves ou dans tes cauchemars, mais être loin, très loin de ta réalité. Tu n'as pas les épaules pour affronter le monde, alors tu reportes chaque jour la confrontation.

Tu vis par réduction. Tu élimines progressivement tout ce qui nuit à ton équilibre, parfois tu effaces des choses tout en continuant à les faire, comme ton master. Tu n'as pas envie de t'intégrer dans l'entreprise, tu n'as plus envie de t'intégrer nulle part, même pas dans un autre corps.

L'atelier de théâtre, tu l'interromps brutalement. Tu n'es pas au lieu juste, ce n'est pas pour toi. Tu as suffisamment menti. Il est temps de te l'avouer. Il est temps de partir. Il est temps de laisser ta place. Il est tout simplement temps de trouver ton chemin. Le théâtre, tu l'as fait par lassitude, pour te guérir de ton impossibilité de vivre, de ton incapacité à t'aimer, pour quémander des regards et des confirmations, pour enterrer le manque d'amour de tes parents et de tous les autres connards qui sont passés par ta vie sans laisser de traces. Tu l'as fait pour ta gueule. Pas de place pour l'autre. Pas de place pour une idée. Il avait raison ton prof. Tu t'es aimée dans l'art, tu n'as pas aimé l'art en toi et c'est pour ça qu'à chaque fois l'art t'a craché à la gueule, il t'a rejetée, il t'a fuie, il t'a fermé les portes du conservatoire, il t'a poussée dans le vide, il t'a injuriée, il t'a trompée, il t'a quittée. C'est comme ça, l'art est méchant, il défend son territoire, et là il t'a collé une expulsion irrévocable.

Cette fois-ci, tu ne sens pas de frustration. C'est un balayage nécessaire et tu l'exécutes en bon soldat discipliné.

Tu deviens une combattante solitaire qui œuvre en silence sur un terrain de guerre vierge. Tu ne sais pas au nom de quelle cause tu te bats, mais tu continues à le faire chaque matin en ouvrant les yeux et en regardant le mouvement des nuages noirs.

Ça devient de plus en plus lourd. Chaque matin. La force gravitationnelle augmente et tu tombes de plus en plus bas. Ton corps refuse de bouger. Tu répètes les mêmes déplacements dans la surface réduite de mètres carrés qui contient ta chambre universitaire. Tu t'imposes le même rituel pour arriver à sortir de cet état inerte. Tu te réveilles sur le même côté du lit, dans la même position, avec les mêmes pensées qui se heurtent les unes contre les autres. Tu n'arrives plus à finir tes phrases intérieures, tu as juste des mots qui s'accumulent.

Au supermarché, tu achètes les mêmes choses pour ne pas avoir à choisir et chaque matin tu te forces à manger le même pot de yaourt accompagné d'une compote de pommes. Ton corps rejette le solide, tout est tellement sec à l'intérieur que rien ne passe. Des soupes, des purées et des pâtes. Parfois tu oublies même de manger.

Tu restes sous la douche une heure, c'est le seul moment qui réchauffe ton corps. La peau se détend et oublie le manque de tendresse, tu te détaches de toi, et surtout tu te détaches de cette voix qui parle à Kal sans cesse. Tu l'entends moins, le bruit de l'eau qui frappe le carrelage te donne un autre rythme, c'est le rythme de la vie et tu as besoin de l'entendre, vu qu'en toi tout est en train de s'endormir.

Le plus difficile est de sortir d'une situation, de mettre fin aux actions, tu as du mal à couper l'eau et à avancer vers autre chose. Juste à l'idée de t'essuyer avec une serviette et t'habiller, tu perds le peu d'énergie qui t'anime.

Et la même musique en boucle, un Tom Waits fatigué, que tu as découvert un soir en squattant la déprime de

Kal. Tu entends les paroles de la chanson en boucle sans savoir exactement de quoi ça parle. Tu ne comprends que les mêmes phrases coupées du contexte : « *You became my wife* [...] *pretend that you owe me nothing* [...] *bring back the old days and all the world is green* » et tu n'as même pas besoin d'entendre davantage, la voix rouillée de Waits et la mélancolie profonde de la chanson sont en parfait accord avec toi. Son monde est vert, le tien est incolore. La tristesse des autres te réconforte, c'est la seule chose que tu arrives à supporter, la joie ambiante t'agresse et surtout le théâtre du bonheur, tous ces gestes mimés, répétés, mal représentés, toute cette foule qui sourit bêtement quand le taux des antidépresseurs augmente dans leur sang.

Tu t'endors dans les amphis surchauffés en écoutant les discours qui t'apprennent comment contrôler le cerveau des consommateurs.

Tu avales des mots dénués de sens, des mots kidnappés, violés, outragés, des mots que tu ne pourras plus dire.

Tu t'es acheté une vie préfabriquée en cochant les options qui défilaient sur l'écran, sans avoir choisi vraiment son contenu. Maintenant tu es obligée de la vivre.

Parfois, tu te demandes combien de temps tu pourras tenir encore comme ça. À chaque pas, tu es sur le point de tomber, une fatigue envahissante te traverse, tel un brouillard qui rend la vie opaque.

Un jour, sur une affiche quelques mots attirent ton attention : « Bureau d'aide psychologique universitaire ». Tu lis une fois, deux fois, et tu n'arrives pas à imaginer comment un fonctionnaire perché derrière un bureau pourrait t'aider, et en même temps tu veux y croire. Tu notes le numéro et dix jours après tu trouves le courage de le composer. Une voix te répond et tu raccroches par réflexe. Tu recommences et cette fois-ci tu raccroches avant même que la voix arrive. Tu poses le téléphone, tu te lèves, tu bois un verre d'eau, tu fais quelques pas dans la chambre, mais rien n'apaise cet état d'anxiété. Tu as besoin de quelques minutes pour prendre conscience de ta peur et cette révélation t'éclate au visage avec une puissance aiguë. La peur est le point névralgique de ton existence. Elle a balayé ton enfance, entre la surveillance permanente d'une dictature où on ne pouvait faire confiance à personne, les disputes de tes parents où ta présence était complètement effacée, les absences de ton père, le système d'enseignement centré sur le contrôle ou le regard troublant que les autres ont posé sur toi. Et maintenant elle éclate sur le terrain de la liberté où tu te sens plus emprisonnée que jamais. Tu as peur. Tu as peur de tout. Tu as peur d'être blessée par cette voix à l'autre bout du fil qui pourrait te reprendre à cause de ton accent, ou te rejeter, ou t'annuler, ou te cloîtrer dans un jugement ou une injonction. Et si ce n'était pas cette voix ce serait une autre : celle du boulanger, de l'épicier, du caissier, du contrôleur, du serveur, du policier, du fonctionnaire, du gardien, du médecin, bref, de tout être qui se trouve face à toi, alors tu anticipes à chaque rencontre la possibilité du rejet et pour le neutraliser tu arbores un sourire figé maladroit et faux, une petite voix hésitante et mièvre qui ne fait qu'agacer ton interlocuteur.

Tu respires profondément et tu recomposes le numéro. Ton cœur se met à s'agiter mais cette fois-ci tu tiens jusqu'au bout. La voix est douce, tu peux même deviner un sourire derrière, ton corps se calme, on prend tes coordonnées et on te demande d'attendre : des mois peut-être, personne ne sait, c'est en fonction des disponibilités.

Et tu as attendu quarante-cinq jours.

Tu marches dans un quartier inconnu, tu n'es jamais arrivée jusqu'ici, c'est un endroit neutre pour toi, une zone inconnue, avec des poussettes identiques remplies de gosses habillés de grandes marques, des couples qui n'osent pas se tenir par la main, des vieilles peaux liftées qui ont oublié leur âge depuis longtemps. Tu ne colles pas du tout au paysage mais ça ne te fait plus rien. Quand tu es arrivée en France, tu voulais qu'on te prenne pour quelqu'un d'ici, maintenant tu t'en fous. Tu n'as même pas ouvert la bouche qu'on te demande d'où tu viens comme si c'était inscrit sur ton front que tu ne viens pas d'ici.

Tu viens de nulle part. C'est ça que tu aimerais leur dire. De nulle part, d'un pays inexistant, d'un pays inscrit dans ta tête. Tu n'appartiens à aucun territoire et c'est ça la source de ton mal.

Un homme d'une trentaine d'années t'ouvre la porte, et ensuite une deuxième porte, et ensuite une troisième porte. Ça va être ça ta thérapie, pousser des portes pour finir par se cogner à un mur.

Tu t'assieds dans un fauteuil, c'est confortable, il s'assied devant toi, il te regarde et lance un « alors » suivi de points de suspension. Alors rien, tu lui réponds mécaniquement :

— Rien à signaler.

— Pourquoi vous êtes là ?

— Pour une tristesse profonde.

Tu es surprise par ta phrase. Elle a un côté poétique qui t'échappe et tu te demandes si on peut vraiment soigner cette tristesse qui est là depuis toujours, que tu arrives à oublier parfois quand le corps jouit sous la pression d'un autre corps ou d'un événement ou d'un lieu, mais qui fait partie désormais de ta morphologie. Est-ce qu'on naît avec ce genre de tristesse ou on la chope avec la vie ?

— Qu'est-ce qui vous rend triste ?

— Tout. Absolument tout. Chaque matin, chaque geste, chaque mot entendu dans les amphis bourrés de monde, le goût de la bouffe, l'odeur du foyer, le manque d'amour, mes hésitations, l'absence d'horizon, l'échec au théâtre, le fait de porter une existence aride qui ne sert rien ni personne... Je ne me reconnais pas, je ne suis pas celle que je voulais être, ma vie n'est rien de ce qu'elle aurait dû être...

Il t'arrête et tu es surprise du débit verbal qui t'a emportée, ça fait des jours que tu n'as pas articulé autant de mots. Tu ne comprends pas sa question. Tu es trop isolée en toi pour l'entendre, alors il la répète.

— Comment elle aurait dû être votre vie ?

Tu ne sais pas.

— Je voulais être actrice.

Tu as honte. Tu ne sais pas pourquoi mais cette sensation est très claire et elle devient visible par ton mouvement de tête vers le bas pour fixer le bout de tes chaussures.

Et tu te demandes soudain pourquoi tu as honte. Et d'où vient ce sentiment troublant ? Tu redeviens une petite fille qu'on gronde en l'envoyant au coin pour lui faire comprendre que son comportement n'est pas bien. Tu n'es pas bien. C'est ça.

Le silence devient grand. Il tousse, ça te fait peur.

— Votre père, il fait quoi ?

Tu ne veux pas parler de ça. Ça te déclenche même une réaction violente. Qu'est-ce qu'il a à foutre là-dedans ton père ? Tu avais même oublié son existence.

Il répète sa question débile.

— Je ne sais pas.

Il marque une pause, tu ne veux pas le voir, tu ne supporterais pas son regard interrogatif sur toi, tu aimerais passer inaperçue.

— Vous ne savez pas.

Sa phrase est à la base une question mais il la tourne à l'affirmatif et tout ça donne une nuance d'étonnement qui t'agace tellement que tu aimerais lui sauter à la gorge.

Il insiste mais tu ne sais vraiment pas.

— Je ne l'ai pas vu depuis très longtemps. Il était au chômage. Ingénieur dans une usine qui a fermé ses portes, comme toute l'industrie lourde de mon… enfin de… l'endroit où…

Tu haches tes phrases, tu les suspends, tu les projettes dans l'air comme si tu croyais qu'ainsi tu pourrais passer le balai sur tout ce qui te blesse.

— Vous vouliez dire quoi ? De mon… ?

Tu te sens à l'école, devant un prof chiant qui essaie de te tirer les phrases au forceps pour t'obliger à accoucher de quelque chose qui n'existe pas.

C'est le vide, tu ne comprends pas ? Il n'y a rien à fouiller dedans. C'est un trou dans lequel je tombe depuis le commencement. Depuis les après-midi où j'attendais que ma mère finisse sa baise avec le voisin de palier et que mon père se souvienne que c'est dimanche et qu'il est temps de promener sa fille tel un chien au parc. Depuis les nuits à odeur d'alcool où je me laissais pénétrer dans un lit sale par l'homme que je n'arrivais plus à aimer, depuis les matins où je signais les feuilles de présence dans des salles mal éclairées par les néons, depuis mes balades à la dérive dans les rues d'une ville qui brillait moins que prévu et les heures volées à un homme qui foulait le monde pour se cacher. C'est vide et j'ai beau tenter de remplir, tout s'écoule comme dans des tuyaux très rouillés.

Tu cries tout ça dans ta tête sans oser le formuler et lui, il te regarde en essayant de provoquer ta parole qui reste cloîtrée. On t'a trop bien appris à te taire, à dire juste ce qui est bien noté, à parler pour plaire.

— De mon... Continuez la phrase...

— De mon pays mais ça veut rien dire.

— Pourquoi ça ne veut rien dire ?

— Parce que je n'ai plus de pays.

Il se lève. Tu le vois contrarié. Tu te sens bien dans ce fauteuil et tu aimerais y rester encore et puis cette phrase qui traîne dans ta gorge comme si elle n'avait pas vraiment existé.

— À la semaine prochaine.

Longtemps dans la rue et après dans le wagon du RER, cette phrase continuait à faire sa vie. Tu aurais pu dire : « Je n'ai pas de pays. » Mais tu as dit : « Je n'ai plus. »

Tu avais un pays et un jour tu l'as perdu. Comme ça, comme on perd un mouchoir. Tu ne sais pas à quel moment et comment, d'ailleurs ça te semble invraisemblable qu'on puisse perdre un pays.

Le RER sort de la terre, tu approches de Nanterre et le paysage urbain t'aide à aller plus loin. Tu regardes la laideur des tours et tu te sens chez toi. Tu as parcouru deux mille kilomètres pour vivre là entre les mêmes morceaux de béton, entre des gens indifférents et tristes qui ne font que penser au lendemain.

Ton pays, tu ne l'as pas perdu en arrivant ici. Tu l'avais paumé depuis longtemps et tu as cru qu'en changeant de latitude tu pourrais en acheter un autre en claquant des doigts.

Tu essaies de saisir le moment exact où tu as perdu ce sentiment d'appartenance à un territoire, l'endroit où tu en as pris conscience tu le connais, c'est cette fête stupide où tout le monde s'enlaçait autour d'une danse traditionnelle nationale, et où ton corps n'éprouvait aucune impulsion à s'intégrer dans le mouvement commun. Pourquoi tu restais en dehors du troupeau ? Parce que tu ne te retrouvais pas dans la foule ou au contraire parce que tu avais peur de lui ressembler ?

Tu ne sais pas qui tu es, tu sais juste ce que tu ne veux pas être.

Ça a commencé avec ta mère. Au moment où tu t'es rendu compte que tu n'avais pas envie de lui ressembler, tu as commencé à t'éloigner de ton pays. Elle était la Roumaine type. Tu regardais son corps : plus tu y trouvais des similitudes, plus tu voulais les gommer.

Un pays commence avec une mère et un père, or toi, tu ne penchais ni d'un côté ni de l'autre. Tu voulais être neutre et tu l'es devenue. Tu passais tes après-midi à imaginer que tu n'étais pas leur enfant, qu'il y avait eu immixtion dans ton arbre généalogique.

Ensuite, il y a eu l'école avec ses poèmes appris par cœur qui commençaient tous par « mon pays ». Plus tu répétais ce mot, plus tu t'écartais de son sens. Pour pouvoir écrire tes devoirs – « décrivez votre pays » ou « parlez de votre amour pour votre pays » –, tu imaginais un autre pays très différent du tien. Comment était-il, tu ne t'en souviens pas, c'était un puzzle de toutes les images vues dans les livres de géographie, de toutes les descriptions lues dans les contes fantastiques et des fragments de ton imagination. Un puzzle dont les pièces ne s'emboîtaient pas complètement.

Tu attends les séances du Bureau d'aide. Il n'y a qu'à cet endroit que tu te retrouves devant une vérité. Cet homme est le seul que tu voies en tête à tête. Comment ça va avec la douleur ?

— J'arrive à la gérer. Je m'habitue, mais ce n'est pas la douleur qui me gêne, c'est le manque d'horizon. Je ne vois rien devant, je sais que je ne suis pas au bon endroit, mais je ne sais pas par où aller.

— Vous utilisez souvent la négation.

— Peut-être. Je me suis construite comme ça. J'ai tout nié dès le départ.

— Pourquoi ?

— Je n'aimais pas, alors je le niais et comme ça, ça passait. Je sais ce que je ne veux pas, mais je ne sais pas ce que je veux. Je sais ce que je ne veux pas être, mais je ne sais pas ce que je veux être. Je sais ce que je ne veux pas vivre, mais je ne sais pas ce que je veux vivre.

— Vous utilisez souvent le verbe « vouloir ». Vous aimez contrôler.

— Je viens d'un pays où on ne fait que contrôler et être contrôlé.

— Vous venez d'un pays, c'est nouveau.

— Enfin… je viens d'un pays mais je ne lui appartiens pas.

— Et pourquoi il faudrait appartenir à quelque chose ?

— Je ne sais pas, pour tirer sa force de quelque part, ou de quelqu'un. C'est comme ça qu'on est fait, non ?

Tu le regardes. Tu aimerais tellement qu'il te donne aussi des réponses ou des diagnostics, comme un vrai médecin dans la vraie médecine, mais dès que tu le regardes, il se tait.

— Je ne sais pas. Et l'important n'est pas ce que je sais moi, mais ce que vous savez vous. Quand vous étiez petite que répondiez-vous à la question des adultes : « Qu'est-ce que vous voudriez faire plus tard ? »

Tu souris et tout un pavé de ta vie revient. Finalement ce n'était pas si mal à cette époque, tu avais encore cette innocence qui permet à l'être humain de croire que tout ne dépend que de sa volonté, que sa vie sera belle et simple, et que rien ne lui manquera.

— Tzigane, je répondais. Ça énervait ma mère.

— Pourquoi ?

— Parce qu'elle n'aime pas les Tziganes. Comme beaucoup de Roumains.

— Je ne demandais pas ça. Je demandais pourquoi vous vouliez devenir tzigane.

— Je ne sais pas. Je pense que j'aimais leur liberté ou leur différence… Oui c'est ça, leur différence, le fait que je ne comprenais rien à leur langue et aussi qu'on les regardait tout le temps.

Il se lève brusquement. Les vingt minutes ne sont pas passées mais il se lève avec ce regard triomphant de celui qui sait qu'il arrive quelque part.

Mais toi tu ne sais pas où tu vas et, petit à petit, tu commences à accepter cet état. Ces séances te font du bien, elles apaisent tes tensions nerveuses, tu te sens écoutée, tu éprouves la même satisfaction qu'au moment où tu montais sur scène. Et tu te dis que ça pourrait continuer comme ça. Tu pourrais te réveiller à la même heure et chauffer la chaise du même bureau. Après le travail, tu pourrais t'allonger lundi sur un divan pour déballer tes crises, mardi tu pourrais faire une heure de yoga, mercredi vingt longueurs de bassin, jeudi hammam, vendredi volontariat et samedi dimanche expos, pièces de théâtre, concerts, blockbusters, formules de soin de beauté, week-ends évasion, soirées dégustation et salons spécialisés. Tu t'intéresserais aux choses en fonction de l'offre et du moment de l'année.

On peut tous le faire alors tu peux aussi. Il s'agit juste de l'intégrer, d'accepter, de se laisser porter par le torrent. Relâche juste ton corps et allonge-toi sur la vague, elle te portera, tu ne contrôleras rien, tu flotteras là où les courants voudront t'emmener. Apprends juste à te mentir bien, à t'inventer des activités, à remplir le temps et surtout à oublier.

Tu pourras le faire et pourtant tu restes scotchée à ton lit à regarder le ciel qui a oublié de bouger.

La seule qualité du temps est qu'il passe. Tu déposes ton mémoire, un copier-coller subtil d'une dizaine de livres spécialisés, et tu obtiens un diplôme supplémentaire.

Tu te sens délivrée d'un poids lourd. Plus de matinées figées dans un amphithéâtre où rien de ce qui est dit ne t'intéresse, plus de corps entassés dans les bruits de cantine. Tu entres enfin dans la vie d'adulte, tu vas t'acheter un quotidien sympa, des rêves empruntés et des promesses faciles à tenir.

— « Un jour viendra où tous les hommes apprendront pourquoi tout cela, pourquoi ces souffrances, où il n'y aura plus de mystères, mais en attendant il faut vivre... il faut travailler, rien que travailler ! Demain je partirai seule, j'enseignerai à l'école et je donnerai toute ma vie à ceux qui en ont peut-être besoin. »

J'ai joué ça il y a longtemps, c'est bizarre comme le texte de Tchekhov me revient, il est toujours là. Je voulais être actrice pour donner ma vie à ceux qui en ont peut-être besoin. Ça n'a pas marché, je vais trouver autre chose, mais entre-temps je vais travailler, je vais oublier ces conneries, l'amour, le sens.

Tu t'arrêtes, tu le regardes, il est en train d'arroser sa plante. Il ne t'écoute pas et tu sais que ça fait partie de la thérapie, mais ça te heurte quand même. Il te regarde :

— Ce sont les mots des autres. Parlez avec vos mots.

Tu te tais, tu n'as plus envie de parler. Tu as envie de te rebeller contre cet homme qui te renvoie la figure de ton père, qui te ramène à la surface de la mémoire ses remarques stériles sur ton manque de talent, ta banalité et ton incapacité de sortir du rang.

— Pourquoi parlez-vous avec les mots des autres ?

— Pour qu'on ne me juge pas directement. On jugerait des mots qui ne m'appartiennent pas.

— Et si on vous jugeait, alors ? Quelle importance ? Pourquoi vous avez peur du jugement ?

— Je n'existe que dans le regard des autres. Je ne sais pas qui je suis, alors j'ai besoin des autres pour me le dire.

— Il y a une phrase de Nietzsche : « Deviens qui tu es. » Ça vous parle ?

— Beaucoup mais moi je ne sais pas…

— Pourquoi ?

Tu te tais encore, irritée par cette question qui ne mène nulle part. Pourquoi ? Parce qu'on t'a fabriquée comme ça, avec ce défaut, cette incapacité à avoir accès à ton moi profond, ou parce qu'on t'a interdit l'accès à cette zone cachée de ton être, peu importe pourquoi, voilà tu es là et ça ne change rien de parler de ces causes. Tu te dis ça dans ta tête sans le formuler. Alors il reparle à ta place.

— Pourquoi vous avez peur de savoir qui vous êtes ?

— Je n'ai pas peur. Du tout. Je n'ai pas peur.

Une négation répétée fait toujours une affirmation, mais tu continues à nier dans ta tête pour te convaincre que tout va bien comme ça.

Il ne dit plus rien. Il te regarde juste et ce regard t'irrite, il devient une force d'oppression. Tu veux lui résister. Tu vas lui résister. Alors tu ne dis plus rien. Tu te tais en le regardant. Tu as lu quelque part il y a longtemps que deux humains qui se regardent pour la première fois plus de trente secondes, droit dans les yeux, n'ont que deux issues : faire l'amour ou se battre. Mais tu ne vois pas cet homme pour la première fois, alors d'où te vient cette pensée ? Tu continues à le regarder et tu as envie de lui sauter à la gorge. Il soutient ton regard.

— Ne me regardez plus comme ça.

Tu lui dis en sifflant les mots à travers les dents, mais il continue et ça te fait mal, alors tu lâches violemment une phrase :

— J'ai envie de vous frapper.

Et ensuite tu baisses ton regard. Tu as honte.

— Vous voulez me frapper. Pourquoi donc ?

— Excusez-moi, c'est... juste...

Et tu te tais encore. Si tu pouvais tu te lèverais, tu quitterais la pièce et tu ne reviendrais plus jamais, mais son regard te colle à ta chaise.

— Pourquoi voulez-vous me frapper ?

Son ton est très bizarre. Il laisse entendre quelque chose qui s'approche d'un état de satisfaction, comme s'il attendait ta réaction depuis longtemps.

— Je ne supporte pas l'autorité.

— Ah… Vous vouliez me frapper parce que vous m'avez identifié à une figure autoritaire.

Tu acquiesces par un mouvement de tête.

— Qui est cette figure autoritaire ?

Tu te tais. Encore tu te tais, mais il ne te lâche pas, il ne lâche rien, il répète sa question.

— Mon père.

Il se lève en émettant un son proche du guerrier qui a planté son drapeau dans un nouveau territoire conquis. Tu te lèves aussi et tu déambules dans les rues de ce quartier inconnu. Tu ne sais pas où tu vas. Tu marches en suivant la route de tes pensées. Tu marches et un désir étrange remonte à la surface : tu aimerais te retrouver dans la forêt de ton enfance, revenir à ce point de non-retour où tout était encore à écrire, rien n'était figé dans la vie, dans la mort, dans le passé et dans ce présent sans avenir. Marcher et oublier, te perdre dans la beauté de cette nature sauvage et te laisser baigner dans la lumière filtrée par les feuilles des arbres qui tremblaient au rythme de ton cœur. Tu marches dans cette ville en la prenant pour ta forêt, tu marches et tu parles. Tout est fragmenté dans ta tête, mais tu arrives parfois à extraire des bribes de phrases et elles sont toutes adressées à ton père.

Depuis que tu es en France, tu l'avais oublié, il n'était qu'un souvenir effacé d'une enfance diluée, un meuble poussiéreux du passé, recouvert d'une grosse couverture rongée par les mites.

Les enfants ont parfois le pouvoir d'oublier l'impossible. Ton père était devenu quelque chose de cet ordre-là, sa présence rare ne laissait pas de place au fantasme ou à l'espoir, alors tu t'es faite à l'idée d'une vie sans lui. Avec le temps, il est devenu un fantôme, une carte postale, une adresse sur laquelle tu ne peux coller aucune image. La douleur avait disparu mais quelque chose continuait de te miner en dessous. Une galerie souterraine avait pris place dans ton inconscient et tu déambulais dans ce grabuge.

Ton monologue intérieur n'était qu'une liste de reproches à ton père, un mélange de colère, manque et frustration, saupoudrés des restes d'un amour inconditionnel. C'est ça qui te fait mal, cette ambivalence, cette incapacité à lui fermer une fois pour toutes la porte dans la gueule.

« Allez le voir. »

Ses mots sont tombés comme un hachoir.

Tu as résisté à cette injonction. Tu ne savais pas de toute façon par où commencer pour aller le voir. Comment coller des morceaux cassés à des années d'écart quand il ne reste qu'une poudre tranchante de ces dégâts.

Tu rejetais l'idée mais elle cognait dans ta tête, elle rôdait, elle te hantait. Elle faisait partie de cette famille d'idées qui nous poussent à taper un jour sur Internet le nom d'une compagnie aérienne. Un jour, tu as craqué. Tu as appelé sa fausse blonde en Roumanie. Sa voix rouillée par le tabagisme a un peu hésité avant de te donner sa nouvelle adresse tout en te décourageant dans ta démarche sous prétexte qu'il bouge beaucoup et que tu risques de ne pas le trouver sur place. Tu lui as raccroché au nez, plus de temps pour les formules de politesse, tu étais à l'endroit juste de ton mépris.

Tu as acheté un vol Ryanair Beauvais-Trapani à moins de cent euros et ça t'a calmée. Ça te paraissait juste. L'école était finie, tu étais forcée d'entrer dans la vie active, de te lancer dans une épuisante recherche d'appartement, de travail et de tout ce dont un individu a besoin pour se donner la force de remonter le réveil chaque soir. L'entrevue avec ton père était placée à la frontière de deux tranches de vie. Ça casse ou ça passe. Tu ne savais pas ce que tu allais lui dire, ni pourquoi tu devais le voir, tu sentais juste que ça allait débloquer des choses, tu cherchais à défaire cette lourdeur qui flottait au-dessus de ta tête, en t'empêchant de respirer.

Tu es montée dans l'avion avec une image sépia : toi adolescente devant ton père paumé qui ne savait pas comment te parler, qui détournait le regard trop souvent pour ne pas avoir à subir tes questions tacites et ta ressemblance avec la femme perdue.

Tu as dormi dans un petit hôtel du port et le matin très tôt tu as frappé à sa porte.

Un autre homme t'a ouvert, l'air un peu surpris, tu lui as dit bonjour dans ta langue, tu savais qu'il était Roumain, ça se voyait. Non ce ne sont pas les vêtements, la couleur de cheveux ou de peau, c'est le regard, ce regard que tu pourrais reconnaître parmi un million d'êtres entassés dans une surface carrée, ce regard où la peur, la frustration, l'autoflagellation, l'agressivité, le manque de confiance, la victimisation, la paranoïa, le sentiment d'infériorité et une tentative échouée de dominer les autres pour cacher ses failles se mixent dans un cocktail empoisonné.

Tu te reconnais dans ce regard et c'est ça qui t'est insupportable. C'est la seule appartenance ethnique que tu connais, les seules attaches avec les gens qui possèdent le même passeport que toi, ce regard perdu, écartelé dans une contradiction de sentiments, engendré par un passé commun, par une histoire écrite à un autre endroit. Cioran et toute sa génération parlaient du complexe d'appartenir à une culture minoritaire. C'est ça la plaie qui n'arrive pas à cicatriser, c'est ça que tu lis dans le regard roumain : des gens qui n'ont pas encore fait le deuil d'appartenir à une nation laissée en dehors de l'Histoire.

— Je cherche monsieur...

« Je cherche mon père », tu aurais dû lui dire, mais ce mot, ce mot « mon père », tu n'arrives pas à le lâcher ailleurs que dans le cabinet de ton psychologue. Tu dois payer pour dire « mon père » et ici devant cet inconnu au regard flouté tu l'appelles par son patronyme.

L'homme referme la porte et appelle ton père par son prénom.

— Il y a quelqu'un pour toi, dit-il derrière le mur en bois.

Tu es quelqu'un, pas plus que ça.

La porte s'ouvre. Il est là devant toi et tu le reconnais à peine. Il a vieilli depuis la dernière fois et tu ne sais même pas quand c'était cette dernière fois, tu as oublié de compter les années et de peser le poids de son absence.

— On va au café.

Ce sont ses premiers mots.

Ton père t'emmène au café, c'est une preuve d'intégration quelque part, ton père qui devient un Occidental poli qui emmène sa fille au café pour lui épargner une trop grande émotion en la faisant entrer dans son univers intime.

— Il y a une femme chez toi ?

Ton agressivité te surprend un peu. Tu lui adresses cette question comme si tu parlais à un amant perdu de vue. Il te regarde sans rien comprendre et vos corps se mettent en route, portés par la tension de vos retrouvailles ratées.

— Comment tu m'as trouvé ?

— Ta femme.

— Je t'ai écrit.

— Où ?

— Chez ta mère.

Ses mots t'agressent. Tu ne veux pas les entendre. Tu aimerais pouvoir lui dire de les reprendre, de les avaler, de les enfouir dans ses entrailles. Leurs histoires de couple ne t'intéressent pas, elles ont pourri ton enfance, mais ça non, ça tu ne peux pas l'entendre.

— Ta mère… C'est comme ça que tu l'appelles. Ta mère. Tu as aimé une femme. Elle t'a aimé, vous vous êtes enfermés dans une fiction commune, vous vous êtes promis l'impossible, tout ce qu'on nous a appris à nous promettre pour dompter la peur de notre mort imminente. On s'aime pour accepter de mourir un jour, c'est ça papa ? C'est ça que j'ai appris en vous regardant faire. Ce sont vos histoires, ça ne me regarde pas, tous les mots que vous avez posés entre vous pour sauver les meubles vous appartiennent. Votre déchirure, tout cet amour transformé en haine quand les mots sont devenus pauvres, quand la réalité a violé la légende, c'est comme ça, on ne sait pas se mentir trop longtemps, tout ce quotidien trop petit pour vos sentiments, cette odeur de café moisi, de frites cramées, de viande périmée, ce paysage de fin de monde, les tours de l'usine, les grues qui érigent l'œuvre commune de la nation, les frustrations du manque de couleurs, tout ça ne me regarde pas. Ce sont vos arrangements. Je ne suis qu'un dégât collatéral, un élément de votre fiction mal écrite. Elle a été la femme que tu as aimée à une époque révolue, appelle-la comme ça, ou appelle-la par son prénom ou par son nom si ça te dit. Appelle-la camarade Lupu comme au temps de votre jeunesse communiste si ça te chante, mais ne l'appelle pas « ta mère », pas devant moi. Ne me la lègue pas comme un colis abandonné dans une gare de la périphérie urbaine. Je n'en veux plus de ça. Et ce n'est pas pour elle que je te le dis. C'est pour moi, parce que j'ai besoin moi aussi de croire à cette fiction, j'ai besoin de croire que les histoires d'amour ne finissent pas toutes aux chiottes, qu'un homme qui t'a baisée une fois ne va pas oublier complètement ton nom une fois que l'odeur de ton sexe ne lui fait plus rien. J'ai besoin de ce mensonge à ce moment de ma vie et toi avec ton... « ta mère » tu m'écrases toute tentative d'y croire. Oui je sais, je lis dans ton regard, je suis devenue une individualiste, l'Occident m'a pourrie. On apprend les mêmes choses au même moment, papa, la liberté on l'a testée ensemble, on a la même ancienneté là-dedans, c'est ça qui est dur pour ma génération... on n'a pas un grand écart avec nos parents là-dessus. Je suis désolée pour vous, vraiment désolée, on vous a volé votre jeunesse, on vous l'a emballée dans du papier journal comme la viande reçue en rations alimentaires en début de mois après avoir fait la queue une nuit entière. On est né au même moment, papa, ce mois de décembre où on a fait semblant de faire la révolution comme on fait semblant de faire la fête sans savoir comment mélanger les alcools. On apprend à être libre ensemble, et on n'a pas encore dépassé le stade de l'enfance. C'est cruel, d'apprendre à être libre en même temps que ses enfants, je sais, c'est injuste, mais on n'y est pour rien, nous. Je n'y suis pour rien dans votre échec collectif et je ne peux rien faire pour récupérer votre jeunesse dissipée dans le vent. Ça s'arrête là, papa. Ça doit s'arrêter là. C'est à moi de faire la fête maintenant.

Ton corps tremble dans une fébrilité accrue. Tu es assise devant lui au café et tu ne sais même pas quand ton corps a changé de position et de localisation dans l'espace. Tu courais dans ta tête, tu cognais dans ta tête ancrée dans le sol et maintenant tu flottes devant ton père en buvant une tasse de café.

Il ne dit rien de ton soliloque, il fait comme si rien de tout ça n'avait existé, il fait comme il a toujours fait, il fait comme il sait faire. Et pour une seconde, tu te demandes si tu lui as vraiment balancé tous ces mots ou s'ils se sont juste baladés dans ta tête.

Ton père te pose des questions polies, tu lui réponds de même, tu lui racontes ton arrivée en France, tes études, tes projets d'avenir.

— Et le théâtre dans tout ça ?

— J'ai arrêté.

— Pourquoi ? Tu avais du talent.

C'est la première fois qu'il te parle de ça. Tu as toujours eu l'impression qu'il voulait pour toi une carrière administrative qui te mettrait à l'abri de toute incertitude matérielle et tu te demandes pourquoi en ce moment, quand c'est trop tard de toute façon, il t'en parle sur un ton vague qui ressemble au regret.

Tu n'as plus le temps de lui poser des questions, il se lève en regardant sa montre.

— Je dois courir au chantier. On se voit ce soir ?

Tu lui dis oui en bougeant ta tête, il fouille dans ses poches, un peu inquiet, et tu lui fais signe que c'est bon :

— Laisse, je t'invite.

Tu le regardes s'éloigner et, pour la première fois, tu te sens une adulte devant lui.

Il fait beau et le soleil te fait une promesse, comme s'il te disait que tout est en train de se résoudre.

Tu te balades dans le port en regardant les bateaux et, sur un panneau, tu lis le nom d'une ville qui fait accélérer les battements de ton cœur.

Tu achètes ton billet sans savoir si tu pourras embarquer. Tu auras peut-être besoin d'un visa ?

Tu entres dans un cybercafé, tu vérifies les conditions d'accès sur le territoire et tu découvres qu'il y a encore des endroits où le possesseur d'un passeport d'un pays à l'autre bout du monde peut avoir accès sans trop de formulaires à remplir.

Quelques heures plus tard, tu es sur le bateau. Tu n'as rien dit à ton père. Il t'attendra peut-être pour t'emmener au restaurant dans une tentative de récupérer un passé éclaté, c'est pas grave, toi aussi tu l'as attendu, c'est son tour maintenant. Tu lui as dit tout ce qu'il y avait à dire à ce stade de ton développement affectif, le reste c'est pour plus tard.

Le bateau s'éloigne de la terre et tu t'éloignes aussi de cette montagne de frustrations qui te sanglait en empêchant l'autonomie de tes mouvements. Tu es à ton endroit juste, dans un état flottant, dans un équilibre précaire imposé par les vagues, sans attache, sans ancrage, en chute libre. Tu ne peux plus contrôler la direction de ta route, tu te laisses porter par le vent, la mer et la décision du capitaine et ça te soulage, c'est ce que tu voudrais faire avec ta vie, la poser dans les mains d'un autre, t'abandonner à l'arbitraire.

Le soleil brûle la surface de l'eau et par ricochet ta rétine et cette sensation simple, un peu violente, te délivre de tout le poids qui t'écrasait ces derniers temps. Tu frôles la transe.

Et au milieu de tout ça la phrase de ton père qui resurgit : « Tu avais du talent. » Le verbe au passé. Tout est au passé dans le vocabulaire de ton père. Tu viens d'un endroit où on annule le présent, on s'interdit l'avenir et on idéalise un passé lointain qu'on n'a jamais vécu. Tout est perdu d'avance dans le vocabulaire de ton père. Plus rien à faire. Tu as raté. Il ne te reste qu'à composer avec les résidus de tes rêves.

Tu regardes la mer et une autre couche se pose sur ton rapport au théâtre. Ce n'était pas un idéal, juste une ambition, ta manière de dire à tes parents : je vous emmerde, je suis différente, je casse la lignée, ton besoin qu'ils te regardent de loin juchée sur un piédestal et qu'ils te disent : « T'as du talent. »

Il te l'a dit ton père. Huit ans après, il te l'a dit. Au passé, car il n'y a rien à faire, lui-même il ne sait plus vivre autrement, mais les mots sont là et ils cicatrisent ta blessure narcissique. Tu aurais pu le faire, mais tu ne l'as pas fait, cette voie ne s'est pas ouverte à toi et quelque part, ça te soulage. Tu n'as pas à te confronter à la réalité. Ton rêve existe encore planté dans un temps suspendu, annulé par ta peur du concret. Tu vis dans l'abstraction, tu t'approches des choses, tu les vois de loin, elles sont belles comme un mirage et ton imagination nourrit leur beauté. Tu es dans un rapport frontal avec elles, et les autres côtés tu les inventes. Tu t'approches des choses, tu les frôles, tu les sens mais tu ne vas pas plus loin que ça. Tu les laisses t'échapper, tu cultives l'éloignement de cet idéal que tu poses sur tout élément fondamental de ta vie, que ça soit l'amour, le théâtre ou ta voie. Jamais de corps à corps, un regard perdu vers le lointain.

Tu avais du talent. Cette phrase ferme un cercle. Tu avais besoin de cette confirmation de la part de ton père. Une vie entière s'est ouverte à toi pendant quelques secondes, la vie que tu aurais pu avoir, mais ne serait-elle pas fade une fois que tu l'aurais mâchée ? La vivre, la consommer, te confronter à sa réalité aurait peut-être tué cet élan qui te maintient à la surface. Toute chose vécue est un pas vers la mort et toi tu n'as pas encore appris à mourir.

Le soleil est avalé par la mer, tes pensées aussi. Tu te vides, tu deviens légère et cette légèreté te plaît. Au loin, dans le début de la nuit qui se pose sur l'immensité du paysage, tu aperçois l'ouverture d'une autre possibilité de vie. Elle est loin, elle te plaît, auras-tu le courage de l'atteindre ? Tu aperçois le visage de Kal dans le flou, comme une hallucination engendrée par le vide, et la seconde d'après, il disparaît. Le bateau avance, Kal s'éloigne et ton désir devient une pulsion de vie.

Le matin, tu aperçois le port et ça t'attriste. On pourrait appeler ça la nostalgie du vide. Le réel s'ouvre et tu es obligée d'y pénétrer.

Kal t'avait écrit un seul mail depuis son départ. Tu lui en avais envoyé une dizaine, mais tes paroles sont restées sans réponses. Dans le cybercafé de Trapani tu as lancé une recherche dans ta boîte et tu as déterré ce message neutre, où il te parlait des conditions climatiques en Tunisie. Ce ne sont pas ses mots qui t'intéressaient, c'était l'adresse écrite en bas du mail.

Maintenant tu y es. Un petit immeuble blanc aux volets bleus avec les fenêtres grillagées. Tu entres dans le hall et tu cherches son nom sur les portes du rez-de-chaussée et, pendant que tu montes à l'étage, tu te souviens du soir à Paris où tu as sonné à son interphone, qu'il est descendu sans pouvoir t'accueillir chez lui car il était avec une autre femme. L'image est tellement forte que ton cœur se met à cogner et tes muscles se crispent et tu as juste envie de faire demi-tour pour ne pas revivre cette épreuve. L'appel du rêve t'oblige à respecter la distance réglementaire. Tu es devant sa porte et cette fois-ci tu ne peux pas reculer, tu es pour la première fois seule sur un autre continent, un seul mur te sépare de l'homme aimé. Tu restes devant sa porte en fixant bêtement son nom et le temps devient si lourd. Tout bouge à l'intérieur, plus rien n'est à sa place, tu es en désordre. Tu appuies sur le bouton. Et tu attends. Il ouvre.

Tu n'arrives pas à estimer le temps qui a coulé dans son regard posé sur toi. Il a souri, surpris, excédé par l'intensité de la situation, comme un adulte étonné par les conneries innocentes de son enfant, et ensuite il t'a prise dans ses bras. Vous êtes restés collés, vos peaux n'arrivaient plus à se détacher, elles essayaient de se dissoudre au contact de l'autre dans cette tentative utopique de devenir un corps unique.

Vous ne vous êtes pas parlé, vous étiez l'un en l'autre avant que les mots fassent leur chemin. La réalité perdait son contour, tu n'avais plus aucune emprise sur ton corps, il ne t'appartenait plus, il bougeait au rythme de son corps, porté par son énergie et son souffle. Tu déposais ta vie entre ses mains et ça te provoquait une sensation enivrante de liberté. Tu étais la cible de son mouvement, un prolongement de son corps pulvérisé dans sa pensée. Un instant, tu as cru que la vie s'écoulait de toi, que la mort s'approchait, qu'elle allait te sauter à la gorge et cette sensation ne te faisait pas peur.

Il est sorti de ton sexe brusquement et ça a fait mal. Son absence soudaine t'a renvoyée dans le vide. Seule, égarée dans ses draps un peu sales. Une tache minuscule de sang te ramène à la réalité, d'autres femmes sont passées par là avant et d'autres passeront après toi. Vit-il les mêmes choses avec elles, est-il possible de confondre les êtres à tel point que leur présence devienne secondaire? Tu le sais, les expériences on les vit séparés, on est borné dans notre propre subjectivité, tout s'opère dans la tête. L'autre n'est qu'une surface de projection, cet idéal qui surgit comme un mirage à la lisière du possible. Ces idées t'attristent, tu te lèves et tu cherches Kal, il fume une cigarette sur son canapé, en regardant dehors. Tu aimerais te blottir contre son corps mais ça ne fait pas partie de votre langage commun. Il n'y a pas de place dans ses bras. Alors tu allumes la plaque chauffante et tu prépares un café. Tu prends possession de l'espace, car il s'agit de ça, coloniser le territoire de l'autre, laisser ses traces sur ses effets personnels, et que les taches ne s'effacent pas, qu'on reste, qu'on devienne une évidence, une dépendance, une présence impossible à rejeter.

Tu te sens bien dans sa cuisine, tu pourrais y passer ta vie, rester là dans ce pays inconnu, devenir son ombre, sortir des balises de ton existence pour en squatter une autre.

— Tu vas faire quoi?

Sa question te sort de ton délire, tu comprends les mots, mais pas leur sens. Tu ne veux pas le comprendre. Tu veux rester dans l'idéal. Tu le regardes avec tout l'amour du monde, mais cela ne suffit pas, toute la beauté de tes sentiments vole en éclats dans l'espace qui vous sépare. Ça ne l'atteint pas.

— Il n'y aura pas de lune de miel tu sais.

Tu sais, tu le savais déjà. Tu aurais dû le savoir dès le départ. Chaque rencontre porte sa fin à l'intérieur, il suffit juste de la sentir et d'avoir confiance dans ses sens, c'est tout.

— Ne me regarde pas comme ça. C'est impossible. Entre nous, c'est râpé. On a pris un chemin, on peut plus retourner en arrière. Tu as pris un chemin. Tu me l'as indiqué, au début de notre histoire. Tu te souviens ? Tu avais trouvé dans ma bibliothèque un livre à la con : *Les Amants secrets*. Tu l'as choisi, tu me l'as montré, tu as souligné le titre avec ton doigt et tu m'as dit : c'est nous. Voilà. C'est ça. J'ai su à ce moment qu'avec toi ce serait ça. Ces choses-là ne changent pas. Une fois que le rêve est cassé, je ne cherche pas à le rafistoler. Les choses se font ou pas. Je n'ai jamais éprouvé du désir pour ce qui n'arrive pas. Restons là dans ton rêve.

— Non mais j'ai dit comme ça. Maintenant tout a changé.

— En toi. Pas en moi. En moi, ça ne peut pas changer. Je m'accroche au présent. Je fais confiance aux choses qui arrivent. Je suis dans le réel, tu es dans l'idéal, ça ne marchera jamais.

— Si, ça peut, si on veut...

— Ça a l'air d'un slogan publicitaire ton truc. Tu te souviens de nos matins au café quand tu me parlais de l'amour impossible... ? J'ai vu cette fille et je me suis dit : elle n'est pas pour toi. Elle ne peut pas faire partie de ta vie, elle est dans une autre dimension, ton espace ne peut pas la contenir, c'est trop petit pour elle, laisse-la partir.

— C'était pas moi, c'était un jeu.

— Et comment j'aurais pu le deviner ? Moi, quand on me dit quelque chose, je le prends comme tel. Je ne peux pas inventer quelque chose qui n'existe pas. Tu as voulu être un rêve, tu es devenue un rêve et ça, ça se vit par intermittence, ça ne peut pas exister dans une vie normale où on se lève chaque jour pour aller au boulot. Reste ce rêve-là, à cet endroit-là. S'il te plaît, reste là.

4

Attendre. Atteindre. Éteindre. Ces trois mots qui jouent dans ma tête, les paramètres de mon existence. Passer une vie à attendre pour atteindre quelque chose qui va s'éteindre progressivement. J'ai peur du verbe « éteindre » car j'ai vu trop de choses se consumer, à commencer par l'amour des parents. Parfois les enfants sont les arbitres de cette fin.

La première leçon que la vie réelle m'a donnée : tout s'éteint, la mort se cache dans chaque compartiment de l'existence. Alors parfois je préfère ne pas atteindre les choses pour ne pas les abîmer.

J'ai aimé Kal. Depuis le premier moment où je l'ai vu. Je l'ai aimé mais je savais qu'avec le temps nos conversations vireraient au : « Le café est froid le café est chaud » et je n'aurais pas pu le supporter. Alors j'ai enfermé l'amour dans une fiction. Je lui ai inventé un décor pour le maintenir en vie, mais le carton-pâte s'est écroulé sur nos corps.

Quand je suis partie, avant de monter dans le taxi, je l'ai serré tellement fort dans mes bras. J'ai cherché quelque part la même sensation que j'avais au moment de l'amour, à l'endroit de cette fulgurance où mon corps disparaît pour lui rendre sa place, où je ne suis qu'une suspension de son souffle. J'ai voulu arracher un morceau de sa chair pour le garder avec moi. Je porte cette image depuis des mois, comme je porte l'autre image qui s'est installée plus tard : dans l'avion, assise côté couloir, avec le masque de sommeil sur les yeux qui s'imprègne de mes larmes. Je vois de l'extérieur cette image, je la vois zoomée, je vois ce bout de tissu coloré par mes larmes. C'est pathétique, je le sais. Je vis cette vie de l'extérieur, en la regardant comme si c'était un film.

Je ne trouve plus ma place dans cette ville, je ne trouve ma place nulle part, je vais dans toutes les directions pour trouver un sens et il n'y a rien. C'est vide. Je voudrais m'oublier pour une fois et exister dans autre chose en dehors de mon corps et ma tête. C'est possible ? On peut vivre en dehors de son corps et sa tête ? On peut vivre sans cette soif d'exceptionnel ?

Il se lève, tu aimerais rester. Pas pour parler. Juste rester ici, à l'abri de la lumière aveuglante de l'extérieur. Il ouvre la porte et tu suis le mouvement.

Tu as le temps. Tu décides de traverser la ville à pied. C'est la fin de l'automne et ce paysage qui perd ses formes te rassure. L'extérieur est en accord avec ton intérieur délabré.

Les mois ont passé sans que rien change profondément dans ta vie. Juste le décor.

Tu as trouvé une chambre en colocation dans un trois-pièces d'une HLM loué par une Roumaine de la diaspora. Tu n'as pas eu vraiment le choix, alors tu as accepté de ranger tes affaires dans un douze mètres carrés rempli par des meubles roumains. Parfois en regardant autour de toi tu as l'impression que tu retournes à la case départ, tout ce que tu as voulu fuir te rattrape.

Tu t'es inscrite dans un autre master autour de l'entreprise et des sciences de manipulation du consommateur, mais cette fois-ci tu ne fréquentes plus les amphithéâtres. Tu le fais juste pour avoir dans ta poche une carte d'étudiante qui te permet de renouveler ton titre de séjour, ton autorisation de travail, ta carte Vitale et tous les autres papiers qui te donnent le droit de vivre sur le territoire.

Tu cherches du travail, tu cherches de l'argent, tu cherches à satisfaire tes besoins primaires, mais surtout tu cherches un sens et ça c'est encore plus laborieux.

Tu passes ton temps entre la boîte de nuit sur les Champs où tu surveilles les vestiaires, le cabinet de ton psy, les bureaux où tu passes des entretiens, les cantines universitaires et les endroits publics où tu traînes pour éviter de rester trop chez toi.

Chez toi, ça n'existe même pas. C'est un lit et une armoire, un endroit où tu parques ton corps et ta valise.

Depuis quelque temps, un de tes colocataires t'a filé un bon plan : des missions de traduction ponctuelles pour les Roumains qui ne parlent pas français et ont affaire à l'administration.

On peut t'appeler à n'importe quelle heure pour te proposer des missions. Tu passes ton temps dans les couloirs des hôpitaux, des commissariats, des pôles emploi, des préfectures.

Ce décalage entre tes nuits peuplées par des jet-setteurs et tes journées à côtoyer des êtres humains réduits à des statistiques déplace les préfabriqués de ta pensée. Tu ne sais pas où tu te situes, tu ne sais pas où tu devrais être. Tu continues à chercher du boulot dans de grandes multinationales, mais quelque chose à l'intérieur te dit que tu fais fausse route.

Tu te protèges. Malgré tes grands discours et tes coups de gueule. Tu es en dehors du temps présent, dans une fuite incessante vers un ailleurs qui t'échappe.

À ce moment de ta route, tu as cette occasion de prêter ta vie aux autres, mais tu ne le fais qu'à moitié et surtout tu le fais pour ta paye.

Tu traduis les plus atroces histoires dans la langue de l'administration et les mots ruissellent sur ta peau comme les gouttes de la douche du matin. Rien n'a l'air de t'atteindre, tu cours d'un rendez-vous à un autre sans savoir où tu vas.

Tu traduis pour une femme qui vient de perdre la garde de son enfant. La police des mineurs l'a saisi pour le mettre en placement. Tu es à côté d'elle et tu lui énumères ses droits. Froidement. Professionnellement. Avec les mots des autres. Ta langue maternelle devient sèche. Plus ses larmes coulent, plus tu avales les tiennes sans avoir à faire trop d'efforts.

Tu traduis pour un homme accusé d'avoir fait du trafic de drogue. On lui donne cinq mois de prison ferme et il t'implore de téléphoner à sa famille à deux mille bornes de là, juste pour leur dire qu'il va bien, qu'il n'est pas mort, et tu ne le fais pas. Tu as peur de l'autorité qui t'embauche, tu as signé des papiers où tu t'engages à rester neutre et tu respectes ton engagement. Comme une bonne élève. Comme un élément utile au système.

Tu traduis encore : pour des corps malades, pour des abusés, pour des victimes, pour des enfants, pour des migrants, pour des fous, pour des désespérés, pour des désenchantés, pour des sans-papiers, sans espoirs, sans-abri et sans cause. Et tu restes toujours droite, à regarder l'écran de ton portable dans l'espoir d'un message salvateur.

— J'avais un rêve.

— Lequel ?

— Un rêve. Un rêve à moi.

— Il y avait quoi dans votre rêve ?

— Rien de tout ça.

Ça commence toujours pareil. Tu sais ce que tu ne veux pas sans savoir ce que tu veux. Comme la plupart des humains, tu squattes les rêves des autres, tu t'es laissé contaminer par leurs illusions.

La nuit, derrière les vestiaires de ton bar, tu saisis les manteaux des clients et tu les ranges sur les cintres dorés. Parfois, ton regard glisse sur leurs étiquettes. Pour te distraire, il t'arrive de faire des statistiques : cinq Dior, trois Chanel, un Armani, deux Versace… et après tu dresses des portraits comportementaux. Il t'arrive même de spéculer sur la compatibilité des couples : une Yohji Yamamoto peut marcher avec un Jean-Paul Gaultier ? Tous piégés dans les rêves vendus par les publicitaires. Tu te dis ça. Tu as la force de le dire quand il s'agit des autres. Tu vois tout droit dans la profondeur des êtres, mais toi tu es incapable de te lire. Tu restes pour toi-même une parfaite inconnue dans la plus parfaite des ignorances.

Tu penses à Kal, tu le portes en toi, tu le traînes dans les couloirs, les salles d'attente, les stations de métro, les Abribus, les grands boulevards. Il rôde dans ta tête, il la ronge, il parle en continu avec des mots qui ne lui appartiennent pas. C'est toi qui les crées, Kal n'est qu'un figurant dirigé par ton désir ardent de turbulences. Tu n'arrives pas à supporter ta solitude, ton vide, l'absence d'événement, l'inconsistance du temps, alors tu alimentes cette voix avec une combinaison aléatoire de pensées.

Kal n'est qu'une projection. Tu cognes comme dans un sac de boxe, tu inventes ses réponses pour alimenter ta violence. Tu es en guerre contre lui car tu cherches la guerre, tu veux la guerre, tu ne connais que ça et tu n'as pas encore trouvé ton vrai ennemi. La guerre est sous tes yeux mais tu ne la vois pas, tu fuis la souffrance des autres, tu te caches dans tes retranchements, à l'endroit que tu connais le mieux. Le monde te terrorise et pour te mettre à l'abri de sa violence tu plonges dans tes tourments, tu te laisses avaler par les courants.

Chaque jour est un combat perdu d'avance. La sonnerie du téléphone te paralyse, tu y projettes chaque fois une mauvaise nouvelle, les numéros inconnus te donnent la nausée, tu reportes l'ouverture des lettres reçues par la poste, l'odeur des commissariats t'angoisse, la nuit dans les rues, tu regardes derrière toi, même ton corps te fait peur, tu as l'impression qu'il pourrait se dissoudre.

Rester à la surface des choses. C'est ta solution de résistance. Tu te braques contre tout élément extérieur qui pourrait altérer ta vie intérieure. Tu maintiens l'inertie de ton état.

Un soir, dans le couloir de la BRP à la Cité, tu attends à côté d'une jeune prostituée. Tu ne connais pas son dossier, tu remplaces un collègue, tu la regardes furtivement comme un animal qui apprivoise son ennemi. Tu es frappée par l'intensité de son regard, elle n'est pas belle, son teint est rongé par une acné camouflée sous une couche de fond de teint périmé, mais quelque chose au plus profond de son être t'attire.

Vous entrez dans le bureau du commissaire. Son regard tout droit, le tien fuyant, elle ne dit que les mots essentiels. Tu apprends son histoire par la plaidoirie de l'interrogateur. Elle a vingt ans. Elle est venue en France avec son mac, mais elle, elle ne l'appelle pas comme ça, elle nie tout en bloc et pourtant tout est si évident. Depuis deux ans, elle dort sur un matelas dans la cuisine de l'homme qu'elle aime, tandis que lui dort avec sa femme. Elles se prostituent toutes les deux et c'est lui qui empoche tout l'argent. Parfois, à l'aube, il vient la prendre en lui sifflant des mots d'amour à l'oreille pendant que sa femme les injurie à côté. Quand elles sont seules à la maison, sa femme la traite comme une esclave en lui infligeant les pires humiliations.

Le commissaire lui redit les faits tout près, à deux centimètres de son visage, et toi tu traduis en regardant la photo du président pendue au mur.

Dans un moment d'apothéose, le commissaire lui montre les photos d'une villa de trois étages en Roumanie en lui disant :

— Tu vois, c'est avec ton cul qu'il se paye ça et toi tu le protèges comme une conne.

Tu ne trouves pas les mots, tu les as perdus, tu restes figée sur ta chaise sans oser la regarder et elle se tait, elle ne bouge pas, elle regarde l'homme qui la torture émotionnellement et elle reste froide.

Plus tard, dans le couloir, après un silence interminable, elle te dit :

— Et maintenant je vais devoir travailler plus pour lui payer un avocat.

Tu la regardes et tu ne comprends rien. C'est un ovni, ce n'est pas une femme, ce n'est pas un être humain, c'est une lumière aveuglante impossible à regarder et cette force lui vient de l'amour, d'un amour violent, cruel, incompréhensible, impardonnable, immonde. C'est une force, cette force qui la tient encore debout, qui résiste, qui la porte, en la transcendant.

Tu la vois cette force et tu ne la reconnais pas, tu ne l'as pas. Tu ne l'as jamais eue.

Tu la regardes et tu te demandes d'où lui vient cet amour. Tu penses au syndrome de Stockholm, à la psychanalyse, cette fille a été abusée, agressée, abîmée par son père, son grand-père, peu importe, c'est ça, ça doit être ça, elle est enfermée dans un passé d'où elle n'arrive pas à s'évader, un morceau de l'enfance coince dans sa gorge, ça ne peut pas être autrement, c'est une maladie... Tu te dis tout ça dans ta tête pour te rassurer, pour combler le vide qui te ronge depuis que tu as entendu cette phrase qu'elle a lâchée. Ce n'est pas de l'amour, c'est une dépendance pathologique. C'est ça, émets des diagnostics, tu es là pour ça, pour nommer les choses que personne n'arrive à comprendre. Tu passes ton temps à sortir des mots pour colmater les trous. On le fait tous. Tu n'es pas seule. Les sensations innommables nous paralysent, alors on les salit avec les excréments du langage.

Tu voudrais parler à cette fille, mais elle n'a pas besoin des mots. Elle est emmurée dans sa foi. C'est toi qui aurais besoin de parler pour combler ton vide. Tu te sens nue devant elle, mais tu n'as pas encore le courage de regarder ta nudité, alors tu fais semblant d'être parée de certitudes.

C'est pathologique.

Mais l'amour est pathologique. Il n'a rien de raisonnable, c'est pas météorologique, ça commence d'abord par une chute. Cette fille s'est jetée dans le vide et plus elle tombe, plus elle atteint un état d'élévation invraisemblable. Cette impression de lumière vient de là. Son quotidien minable n'existe plus, elle est au-delà de la vie réelle, elle a atteint les limites de la dignité humaine, de la déception, de la trahison et, aux fins fonds des abîmes, elle trouve encore la force d'y croire, la force de ressortir dans les rues, d'ouvrir son sexe et de payer les frais de l'homme. Sans rien demander en échange.

Oui, c'est une maladie, mais elle la porte bien. Elle a traversé le délire et elle se retrouve maintenant libérée. C'est ça ce que tu vois dans son regard et ça te fait peur. La force des autres fait peur. Tu te sens petite, grise et loin de cet état. Tu ne voudrais même pas y accéder, tellement ça te tétanise, mais désormais tu sais que tu ne pourrais plus parler d'amour, de ton amour, de ta souffrance, du manque et de la trahison. Tu as aimé sans savoir aimer. Tu as mal aimé. Tu as aimé en aimant ce que l'amour pourrait t'apporter. Tu as aimé pour devenir une autre. Tu as aimé dans la douleur des impossibles. Tu as aimé un scénario. Tu as aimé une tentative de vie. Tu as aimé avec les mots et cette femme elle aime dans les actes. C'est insupportable de regarder l'autre arriver là où l'accès t'est interdit.

Tu te lèves et tu sors.

Elle t'a hantée longtemps, cette femme. Tu avais peur de la recroiser. Tu ne pourrais pas analyser cette peur, il n'y a aucune explication possible, mais sa présence t'a troublée. Cette rencontre inachevée, furtive, tronquée marque un palier dans ton existence. C'est peut-être la première fois que tu as le courage de te regarder une seconde dans un miroir sans vouloir améliorer ton image. La première fois que tu comprends qu'il y a autre chose à voir en dehors de toi et de ce qu'il y a dans les livres. La vie est là, à portée de main. Il suffit de la toucher, de la prendre, de l'éprouver. Ça a l'air banal, mais c'est tellement difficile à faire.

Tu entrevois tes peurs concrètement, la liste est longue et ça finit en points de suspension : peur de souffrir, d'être agressée, de rater. Rater quoi ? Ne pas être à la hauteur de quoi ? Qui fixe les règles, les paramètres, les chemins à prendre ? Et surtout pourquoi il devrait y avoir tout ça ? La route est libre, on vient de là, d'une route libre, plate, ensoleillée. Qu'est-ce qui fait qu'en deux secondes elle devient impraticable ? Pourquoi tu prends le chemin boueux quand de l'autre côté c'est si simple ?

Tu te perds dans ta tête. Tout vient de ta tête programmée par des logiciels que tu ne maîtrises pas. Une combinaison de codes qui ne représentent rien. Tout ce que tu crois vient d'ailleurs. C'est l'extérieur qui mène le jeu.

Tu zappes. Quand tu t'approches du noyau de ton système, que tu comprends sa mécanique et que tu tentes un début de révolution, ça se referme.

Tu continues à ranger les portemanteaux dorés et les mots traduits comme il faut, et tu intensifies ta recherche d'un vrai boulot.

Vrai, c'est-à-dire stable, répétitif, solide, respecté, validé. Ce boulot qui te fournit une fiche de paye trois fois plus grande qu'un loyer, trente jours de congés payés, des tickets resto et une complémentaire santé.

Tu pousses les portes des multinationales, tu souris à la standardiste et tu attends à ta place bien polie qu'on te fasse entrer dans le bureau des ressources humaines.

Tu as peur d'ouvrir la bouche, qu'on distingue ton accent : la voie ouverte à une série de questions et de blocages liés à l'emploi d'une étrangère. D'habitude cela arrive au bout de ta troisième phrase.

Tu es maladroitement assise dans ton fauteuil, tu regardes en face de toi, mais pas vraiment au niveau des yeux de l'autre, ton regard fuit, glisse et tu t'imposes de le bloquer, mais ça ne marche pas. Tout comme ton corps figé, verrouillé, prêt à se défendre contre une agression. Après chaque entretien, tu as des courbatures comme si tu avais pratiqué un sport de combat. Tu souris faussement dans une tentative désespérée de retourner la situation à ton avantage, mais tu ne fais que refroidir le cadre. Tu t'effondres dans les silences qui s'étalent, les mots ne sortent plus, tu perds la faculté du langage, tes mains bougent dans tous les sens et ce regard extérieur que tu poses sur toi te souffle le même refrain : Raté. Tu ne l'auras pas.

Tu voudrais tuer cette voix, mais à chaque fois elle éclate plus puissante, elle t'étrangle, ton ennemi vient de l'intérieur.

Après chaque défaite, tu reprends ton poste derrière le comptoir des vestiaires, le constat de ton échec devient un abîme. Et si ce n'était que ça ma vie ? Si je restais tranquillement ici à ouvrir les portes aux autres pendant les quinze ans à venir ? Parquée dans une chambrette, avec une vue limitée par un mur, sans l'espoir d'un avenir, dans la répétition mécanique des gestes, à la limite de la survie, vivant entre deux crédits de consommation et une vague promesse de baise régulière avec un autre vaincu de la vie.

Ces phrases viennent en vagues. Elles attendent, tapies dans ta tête, de trouver une issue pour remonter à la surface. Ces phrases ont été semées dès le début de ta vie sans aucune intention destructive, par défaut, il n'y avait tout simplement rien d'autre à mettre à la place. Tu as été élevée par des braves gens, bons soldats du quotidien, enrôlés dans une armée vaincue d'avance dans un pays rayé de la carte. Ils n'ont fait qu'apprendre à survivre. La vie leur est passée à côté. La vie n'était pas faite pour eux. Il y a des gens voués à la vie, c'est marqué dans leur extrait de naissance, il y a des gens qui doivent la prendre de force et il y a les autres, ceux qui regardent la vie des autres sur leurs grands écrans de télévision, les supporters qui frappent des mains et hurlent pour la victoire des autres en buvant un alcool piraté.

Ils sont les plus nombreux. Tu viens de là, de ce monde voué à l'oubli, ce monde qu'on nous montre pendant cinq minutes au journal télé pour nous faire peur et nous rassurer en même temps : Vous avez de la chance, regardez là-bas, il n'y a pas d'espoir.

Tu viens de là et on t'a bercée pendant l'enfance avec ces phrases qui ont poussé si loin en toi qu'elles se sont inscrites dans ton corps à jamais. On te les a répétées pour apaiser ta souffrance, pour bloquer toute tentative d'illusion qui aurait pu empoisonner ton avenir, avec les meilleures intentions du monde. « Les rêves n'amènent que des frustrations », disait ton père. « Ne te fais pas d'illusion », disait ta mère.

Jeunes, ils avaient rêvé et ils sont tombés avec tout un système et pour ne plus transmettre la déception, ils ont tué toute forme d'espoir et ils sont devenus des corps sans vie. Et toi tu es en train de les suivre.

Tu es là derrière le comptoir, la musique est à fond à l'intérieur, personne ne sort ou entre, tu ressasses ces idées désordonnées et au milieu de tout ça la figure de cette prostituée de la BRP revient. Elle aussi elle vient de là, mais au bout de la désillusion elle trouve encore la force d'y croire, la beauté de l'utopie, elle est vivante, elle est belle et tu voudrais avoir une goutte de cette force, juste une, celle qui te permettrait de regarder plus loin.

Dès que tu la convoques dans ton imaginaire, tu deviens un peu plus légère. Tu t'oublies en pensant à elle, en imaginant ses gestes du moment, ses actions, ses rencontres. Si tu pouvais l'écrire, tu l'écrirais, tu changerais sa vie, son destin, son parcours, tu le mélangerais au tien et tu porterais ce nouvel être loin dans le monde, dans un endroit à l'abri de la violence.

Tu recommences à rêver, tu reprends tes traversées nocturnes, tu remets tes écouteurs. Tu te crois dans un film. Tout s'écrit maintenant dans cette marche sans but, dans un temps où tu oublies le contrôle. L'obsession de la réussite disparaît.

Rester en mouvement, se laisser traverser par les énergies qui circulent, capter les sensations qui surgissent, ne rien réclamer en dehors de ce qui arrive au présent.

Tu t'assois sur un banc et tu écris sur des bouts de papier égarés dans ton sac.

Je te sens dans mon ventre. Je ne sais pas si tu y es toujours. Je ne sais pas si c'est toi ou un autre. Je sens ta présence qui rôde au-dessus de mon être. Je sens que tu es là à ma portée. Tu erres et tu me regardes comme si tu n'avais pas encore décidé de me choisir. La guerre s'est arrêtée pour un instant, elle recommencera, je le sais, elle recommencera, je ne sais pas quand mais pour l'instant je ne veux que respirer pendant ces moments de silence. Je ne sais pas ce qui va suivre et c'est ça qui est beau, le reste n'est que de la déco extérieure. Tout s'envole, tout flotte, tout bouge, plus rien n'est solide. Ça n'a jamais été solide à l'intérieur, j'ai toujours essayé d'empêcher le mouvement pour enivrer ma peur de vivre. J'ai avalé les blocages des autres, j'ai mâché leurs doutes, je ne suis qu'un collage d'idées préconçues, un amas de briques sur lequel tout a été écrit. Relâche, respire et oublie.

Tu ne sais pas à qui tu parles. Parfois c'est Kal, parfois Seb, parfois ta mère, parfois ton père, parfois les clients de la boîte ou les responsables des ressources humaines et, assez souvent, c'est toi.

Tu atteins ta blessure, tu y entres et tu regardes à l'intérieur, ça fait mal mais tu as le courage de le faire. Ensuite, tu plies ton papier et tu reprends la marche avec tes écouteurs. Tu te laisses porter par la musique des autres en suivant le rythme de ta respiration. Le chemin est long, tu le sens, mais tu veux le faire. Tu ne sais pas ce qui va t'attendre au terminus, peut-être l'amertume, peut-être le réconfort, mais ça ne te semble pas si important à cet instant. Tu sais que tu ne te tromperas pas de route. Tu es sur ton chemin, à ton endroit, et tu as le choix de changer de direction à chaque instant, alors tu avances, tu regardes autour, tu glisses dans le regard des autres sans vouloir changer leur perception. Tu n'existes plus pour les autres, tu n'es qu'une ombre perdue dans la ville. Tu n'existes que pour toi. Tu retires tes écorces pour arriver au noyau de ton être. Tu n'es plus dans la haine contre tes parents, tes amants et les autres passants qui ont figuré dans ta vie. Ils ont fait ce qu'ils ont pu. Chacun s'est débrouillé comme il a pu. On est seul dans son combat, tu le sais maintenant, on croise des chemins et on marche ensemble pour une même cause et ensuite on va ailleurs vers une autre cible à atteindre.

Tu n'es plus la fille qui fuit dans une forêt pour sortir de l'emprise du réel, tu es une femme qui affronte la ville et ses démons. Tu as atteint le point zéro, ce point où tout est à recommencer.

Tu acceptes tout, tu ne veux plus rien provoquer. Tu te présentes à tes interviews avec plus de légèreté, la peur descend d'un cran.

On te propose un poste de marketing pour des produits de nettoyage. Un contrat de trois ans. La première année sera un peu pénible, tu devras sillonner les grandes surfaces de France pour questionner les consommateurs et surveiller les campagnes promo, mais après tu vas monter comme tout le monde et ça pourrait aboutir à la fin même à un CDI. Ce n'est pas le poste de tes rêves mais tu as grandi. C'est comme ça qu'on nomme le moment où un individu commence à rayer de sa liste ses envies.

Tu es contente. Ces fiches de paye vont te permettre de louer un petit studio, tu seras enfin chez toi, tu commenceras une nouvelle vie. La seule chose qui te reste à faire, c'est le dossier pour le changement de statut, mais ça ne te fait plus du tout peur, tu as confiance. Tu sens quelque chose se défaire autour de toi, comme si enfin tu arrivais à t'extraire de tout ce système prédéterminé qui t'encerclait depuis ta naissance. C'est une illusion mais ça marche, ça te donne cet élan qui te manquait, cette impulsion qui te permet de te lever du lit plus rapidement sans avoir envie de te cacher sous la couette pour ne pas avoir à affronter la réalité. Pour une fois, tu es dans le concret, tu sais ce qui va t'attendre, mais la promesse d'une vie plus cadrée te rassure. Tu n'es plus en souffrance, tu acceptes la banalité qui se montre à l'horizon en ayant la conviction que ton monde intérieur résistera.

Tu appelles ta mère, tu ne l'as pas fait depuis longtemps. C'est d'ailleurs bizarre de l'appeler à ce moment précis de ta vie, où tu es en train de basculer exactement vers le modèle qu'elle a projeté pour toi. Tu n'appelles plus avec la peur au ventre, tu sais qu'aujourd'hui tu réponds à ses attentes, tu n'as plus besoin d'une validation, tu as besoin d'une récompense. Mais tu ne prends pas du tout conscience de ce schéma. Tu penses l'appeler pour lui faire plaisir, pour lui donner une bonne nouvelle, pour la sortir de son quotidien grisâtre, pour lui dire au-delà des mots : Tous ces sacrifices, toute cette vie médiocre, tout ça a un sens, ce n'est pas pour rien, je te donne un morceau de mon existence, vis maintenant à travers moi.

Le succès d'une éducation. L'épanouissement d'une transmission.

Mais tu te trompes. Ta mère reste dans la même apathie, elle te demande juste quel sera ton salaire et elle le compare aux revenus de la fille de sa voisine partie en Italie. C'est moins bien qu'elle.

— Mais maman, elle, elle fait la pute, tu voudrais que je fasse pareil ?

Tu as envie de lui balancer cette phrase dans la gueule mais tu n'oses pas. Tu es toujours collée à cette politesse salpêtre qui s'est déposée en couches multiples sur ta conscience et qui inhibe toute capacité de réagir librement. Tu enfermes ta colère dans ton corps et ce ne sera que le début de la soirée.

Quelques heures plus tard, tu arrives au club, tu mets ton uniforme d'hôtesse et tu essaies de cacher derrière ton maquillage cette amertume laissée par le bref échange avec ta mère.

Tu es derrière ton comptoir, un couple arrive, une Rykiel au bras d'un Kenzo. Il avance devant elle, tu lui prends son manteau, il te sourit et la nana se met à t'insulter car tu aurais dû t'occuper d'elle en premier. Tu t'excuses, c'est la politique, le client a toujours raison, mais plus tu t'excuses plus elle débite des conneries sur toi, ses lèvres se dilatent, elle prend un plaisir fou dans cet exercice d'humiliation. Le supérieur arrive, la Rykiel se met à lui expliquer la situation, tu ne dis rien car ici tu fais partie de ceux qui n'ont droit à rien dire, tu t'excuses encore, le chef te gronde et la nana jouit. Elle est satisfaite, sa supériorité est reconnue et labellisée, elle t'a dominée, annihilée, maintenant elle peut profiter tranquillement de sa soirée. Vingt minutes plus tard, aux toilettes, tu éclates en sanglots. Tu n'arrives pas à te calmer, c'est comme si les frustrations d'une vie entière sortaient de toi. La cuve s'est ouverte et une fumée noire sort à la surface, ça t'étouffe. Toute la construction des jours antérieurs s'effondre et tu replonges à nouveau dans le vide. Tu ne supportes plus d'être à cet endroit, tu as envie de fuir, de t'éloigner du terrain de la chute, mais tu ne le fais pas, tu retournes à ta place et tu continues à sourire à tous ces jet-setteurs qui te tendent avec un regard méprisant leurs habits. Par automatisme, par dressage.

À deux heures du matin, la Rykiel sort, elle s'approche des vestiaires, le sang monte dans ta tête, tu aimerais tellement la frapper, déverser enfin toute cette colère accumulée en toi. Son Kenzo est derrière elle, il te sourit, tu lui souris aussi, il te demande comment ça va, tu lui réponds par un mouvement de tête et ensuite tu te diriges vers le portemanteau et tu reviens avec sa veste. Rien pour la Rykiel. C'est ta petite vengeance pacifique. Tu te postes devant elle et tu lui demandes son numéro. Le type éclate de rire et elle te lance un coup de poing dans le visage. Tu tombes et tu ne bouges plus. On s'approche de toi mais tu ne saisis rien de ces mouvements. Tu sens juste l'odeur du sang. Tu commences à pleurer, ton corps tremble, tu as honte d'exposer ta douleur en public. Rykiel a disparu, on lui a dit de disparaître. Il est hors de question que tu portes plainte, qu'elle passe la nuit en garde à vue, qu'elle parle ensuite à tous ses amis de sa mésaventure et que le club perde une fraction de sa clientèle. Tu n'y aurais même pas pensé. Tu viens d'un endroit où on n'a pas encore intégré l'expression « porter plainte » dans le langage. Tu portes l'empreinte de la domination sur ta peau et c'est comme un tatouage qui a du mal à s'effacer.

L'ambulance arrive, on t'accorde les premiers soins, ça pique, ça fait mal, mais ça apaise. Les gestes apaisent. Depuis longtemps, on n'avait pas touché ton corps. Kal a été le dernier homme à caresser ta peau. En dehors des poignées de main, il n'y a rien eu d'autre. Tu avais oublié la réaction du corps au contact d'un autre corps. Ça te fait du bien même si c'est fait avec des gants en plastique et des masques antibactériens. Tu es prise en charge et tu ne demandais que ça.

Tu te retrouves dans une salle d'attente balayée de néons. Sur trois brancards trois hommes à moitié bourrés ronflent avec des perfusions dans les bras. Tu es la seule femme dans le paysage. Au service gueules cassées, il n'y a pas beaucoup de filles un samedi soir. Les hommes te regardent avec une certaine admiration. Il y en a même un qui te demande si tu as pu placer un poing aussi. Tu dis oui. Tu as besoin de réécrire l'histoire. Oui, tu t'es battue, tu lui as défoncé la tronche, craché dessus, tu lui as fait la totale, ce que tu as ce n'est rien, un nez cassé et quelques hématomes, quelques détails… Elle est KO. Tu réécris l'histoire seule dans ta tête pour évacuer quelques grammes de ta colère avalée, juste le temps de regagner un peu d'estime de soi, mais ça ne marche pas. Tu as envie de pleurer et si un de ces tocards te proposait de partir avec lui tu serais capable de le faire, pour ne pas être seule, pour te cacher dans les bras d'un autre, pour te sentir protégée. Cette pensée intensifie ta blessure.

Tu regardes autour de toi, des visages aigris, abîmés par la souffrance quotidienne, par les petites humiliations accumulées, il n'y a que des accents étrangers, d'ailleurs les panneaux signalétiques sont dans plusieurs langues. Tu regardes et tu te dis que tu appartiens désormais à ce monde, celui des vaincus, des inadaptés, des exclus, ceux qui ferment leur bouche, avalent leurs cris et continuent à alimenter la machine qui fait tourner le monde d'en haut.

Un homme d'une quarantaine d'années se lève violemment de sa chaise toutes les cinq minutes, fait un tour de salle en marmonnant la même phrase : « On n'aurait pas dû me faire ça », et il retourne à sa place. La violence étouffée jaillit de ses pores, mais tu sais très bien qu'il ne l'exprimera jamais, comme toi. Tu as envie de marcher à ses côtés en répétant ce mantra salvateur. On n'aurait pas dû me faire ça. Tout le monde ici pourrait dire ça, et ceux de dehors aussi, ceux qui font les files d'attente, qui remplissent des formulaires restés sans réponse, qui mettent le réveil à la même heure, qui mangent à la soupe populaire, qui forcent les frontières, qui font la guerre, qui offrent leur chair au bien collectif dans l'espoir d'une évolution de l'humanité qui ouvrirait à leur progéniture un meilleur avenir.

À ce moment de ta nuit, tu te dis que l'échec se transmet à l'accouchement. Il n'y a pas forcément un meilleur avenir, mais on est obligés de tenter de se l'approprier, au nom de l'utopie de l'espèce, pour assurer une vieillesse paisible à nos parents, pour couronner des vies hachées par la frustration et le doute.

Quelques heures plus tard, tu es toujours attachée à ta chaise et l'homme qui chante sa phrase dans laquelle tout le monde se reconnaît te crache son histoire. Il s'est fait violer par la bande d'amis de son mec. Son récit tient dans une phrase, tu n'as pas besoin de plus. Tu ne dis rien, tu poses juste ton regard sur lui et une chaleur tiède sort de ton être, c'est ce qui te restait en réserve sans savoir qu'il y en avait encore. Il se jette dans tes bras comme un enfant qui a perdu quelque chose d'indispensable et tu le reçois avec une générosité qui t'est inconnue.

Les jours qui ont suivi, tu n'as pas fait grand-chose. Tu es restée assignée à ton lit. Aucune envie de montrer ton visage outragé aux inconnus des rues. Tu es restée enfermée dans ta chambre miteuse, à regarder le plafond et à attendre une résolution miraculeuse. La peur a remonté de tes entrailles et te tenait fermement par la gorge. Elle habitait tes nuits en prenant forme dans des rêves innocents qui viraient au cauchemar. Un rêve qui finissait toujours pareil: une course-poursuite suivie d'une chute dans le vide. Tu n'avais plus la possibilité de t'échapper autrement. Ce qui est étrange c'est qu'il n'y avait jamais de mur au bout, ça s'arrêtait toujours au bord d'une falaise, d'un pont ou d'une tour, quelque part tu t'offrais à toi-même une issue. Ton rêve se coupait au début de la chute et ton corps réagissait par une pulsion assez violente qui déclenchait ton réveil. Tu allumais la lumière pour te calmer et tu n'arrivais à t'endormir qu'en écoutant un morceau de musique aux oreillettes. Tu ne pensais pas trop au rêve, malgré l'expérience psychanalytique qui s'accumulait, tu n'avais pas envie de le décortiquer alors il revenait encore.

Un jour, tu as été obligée de sortir de ta cachette pour déposer ton dossier de changement de statut au service de la main-d'œuvre étrangère du ministère du Travail. Tu as été incapable de prendre le métro. Tu n'as même pas réussi à arriver à la station, chaque passant était une menace possible, tu ressentais organiquement la violence subie, comme si elle allait se reproduire à l'instant. Tu as pris un taxi. Seule dans une surface confinée tu te sentais en sécurité. Tu n'arrivais plus à tolérer des corps inconnus dans ton périmètre vital.

Dans la salle d'attente tout le monde regardait ton visage déformé. Ç'a été un avantage en face du fonctionnaire qui a été plus tolérant que la norme. Il t'a posé d'abord une série de questions sur ce qui t'était arrivé, tu as répondu à moitié et ensuite il a regardé attentivement ton dossier. Ça va passer, aucun problème. Ça t'a rassurée. C'était le premier humain qui te rassurait après la chute. Même le médecin des urgences n'est pas arrivé à le faire. Tu l'as remercié maladroitement, il n'a pas compris pourquoi, tellement il avait perdu l'habitude qu'on lui dise de tels mots à son guichet.

Tu es rentrée en taxi dans ta grotte et tu as attendu que le temps efface les traces des blessures sur ton visage pour que tu puisses retourner à ta vraie vie. Le temps a fait son travail mais les plaies sont restées ouvertes à l'intérieur.

Tu es retournée un soir au club quand tu n'avais plus de cicatrices pour reprendre ton poste, mais ton chef t'a expliqué gentiment que ce n'était plus possible. Tu avais été remplacée.

— Même pour toi ça aurait été dur.

En gros, on a essayé de t'expliquer qu'on t'avait rendu un service. Il t'a tendu une enveloppe pour écarter toute plainte et il t'a souhaité bon courage. C'est une expression qui n'existe pas dans ta langue. Ça t'a toujours surprise la fréquence d'utilisation de cette formule en France. Quand on sait plus quoi dire, on la sort du placard. C'est comme si on disait : « Vas-y, continue à te battre, ça va être dur mais il faut y aller, tu le feras seule, je ne pourrai pas être là pour t'épauler, mais je suis avec toi, tu peux compter sur ma présence discrète. Appelle-moi si besoin mais pas trop souvent. On pourra se voir dans un mois, mais je devrais consulter mon agenda d'abord. Contacte-moi deux semaines avant pour voir si c'est possible. Ça va aller, ne t'inquiète pas. »

Il t'a dit « bon courage » avec un sourire grimacé et toi tu n'as rien dit. Tu as pris l'enveloppe et tu es partie.

Tu marches dans la rue et tu parles à ton chef dans ta tête, tu lui dis tout ce que tu n'as pu lui dire. Ton monologue sort avec une violence inouïe, dans une parfaite logique, les mots sont justes, tranchants comme des flèches, mais ça vient trop tard. La colère de cette parole ne frappe pas au bon endroit, elle n'atteint pas ton agresseur, elle t'atteint toi. Tu encaisses ta propre violence dans ton corps, tu es piégée par un mécanisme pervers d'autodestruction déclenché par une passivité maladive, ta révolte arrive toujours trop tard, quand l'interlocuteur a disparu de ton champ visuel.

Tu parles encore dans ta tête et tu voudrais que ça s'arrête, mais tu n'as plus de contrôle sur ta voix. Tu regardes autour de toi dans une tentative désespérée de t'accrocher à un détail qui pourrait te sauver et au moment où tu avais presque renoncé, ton attention est captée par une affiche de cinéma : *Sans soleil.* Tu t'arrêtes : des mots posés sur ton état intérieur. Tu vis dans un paysage sans soleil depuis un temps, c'est ce que ton corps te dit. Tu regardes l'affiche de près, c'est un vieux film d'un réalisateur que tu ne connais pas encore, repris dans un petit cinéma d'art et essai. Tu payes ta place et tu t'installes dans un fauteuil au fond de la salle et tu es l'unique spectateur. Les images de Chris Marker défilent et tu t'oublies en regardant les corps vaincus des Japonais qui dorment allongés sur les fauteuils d'un ferry et cette voix grave, qui associe cette image à une guerre du futur, devient la tienne. Tu deviens cette femme qu'on ne verra jamais à l'image qui parle des deux mondes qu'elle ignore à travers les lettres qu'elle reçoit d'un homme étrange. C'est qui cet homme au-delà de ce statut ambigu de voyageur ? Tu essaies de lui créer une histoire à partir des bribes de tes expériences passées, parfois il devient Kal, parfois Seb, parfois un inconnu que tu n'as pas encore croisé. Cet exercice te soulage, tu te laisses porter par les aléas de ta pensée, tu ne contrôles plus rien et enfin tu deviens libre. Vers la fin du film, une phrase te frappe en plein milieu de ton être :

« Qui a dit que le temps vient à bout de toutes les blessures ? Il vaudrait bien dire que le temps vient à bout de tout, sauf des blessures. Avec le temps, la plaie de la séparation perd ses bords réels. Avec le temps, le corps désiré ne sera bientôt plus, et si le corps désirant a déjà cessé d'être pour l'autre, ce qui demeure. c'est une plaie sans corps. »

Tu as une impression troublante de déjà-vu, comme si tu étais en train de vivre quelque chose qui a été écrit à un autre endroit. Tu sors du cinéma avec cette sensation puissante qui ne te lâche pas d'un millimètre : ta vie te semble la résultante de tout ce qui a été fait à ton encontre depuis le commencement, tu ne vois plus la moindre marge de manœuvre, tes choix sont prédéterminés, tu n'existes plus, tu es la création des autres.

Et la phrase revient encore, comme le monologue qui l'a précédée, tu n'arrives plus à échapper à cette plaie sans corps, elle est ancrée à jamais dans ton être. Un souvenir éclair arrête ta pensée : c'est Seb, c'est lui qui t'a cité cette phrase les derniers jours que vous avez passés ensemble à Paris avant sa fuite. Il avait vu le film au cinéma de l'Institut français, au même endroit où tu avais vu *Bleu* de Kieślowski, c'est là que tout a commencé, ton départ n'a été qu'une simple conséquence. Et maintenant, après une accumulation d'échecs et de poings dans la gueule, tu te retrouves par hasard toute seule dans un cinéma pour voir un film qui te ramène à Seb. Ta vie défile sous tes yeux et au centre c'est lui. Tu te dis que tout ce détour n'a eu lieu que pour revenir au point de départ, mais tout de suite tu chasses cette pensée. Si tu as une certitude dans ta vie, c'est de savoir que tu ne pourrais plus retourner dans ton pays. Il t'est même impossible d'associer le pronom possessif au nom « pays », tu le fais mécaniquement, comme on t'avait appris à le faire à l'école.

Tu retournes encore à l'idée du prédéterminisme et ça te met dans un état de panique.

La nuit, tu es rattrapée par un rêve récurrent depuis ton arrivée en France, qui n'avait pourtant plus fait son apparition depuis un moment.

Tu es dans un avion entre Bucarest et Paris qui s'écrase. Tu ne meurs pas. Tu te lèves, tu retournes à l'aéroport et tu montes dans le prochain avion qui s'écrase aussi et tu recommences, mais tu n'arrives plus à t'enfuir. Tu es bloquée dans des avions qui chutent, tu ne t'échappes plus, tu restes enfermée dans le territoire de ton enfance, tu es une prisonnière à perpétuité.

Après des rêves pareils, le réveil est lourd et la journée ne réussit pas à décoller. Tu es un fantôme bloqué dans une zone d'attente.

Parfois, tu te demandes pourquoi le retour en Roumanie te terrorise autant. C'est comme si on te forçait à revenir en plein milieu d'une dictature sanglante, assignée à une place inconfortable, dans un milieu hostile où tu ne retrouves plus les ressources nécessaires à ta vie. Si tu creusais bien, tu t'apercevrais que ce n'est pas le pays que tu rejettes, mais une certaine culture déformée par un mélange d'idéologie, d'éducation dogmatique où toute fuite dans l'imaginaire est interdite. Une force centripète si puissante qu'elle pousse tout individu qui tente la moindre individualisation à l'intérieur du troupeau. C'est cette force qui te fait le plus peur.

Et ici tu fais quoi ? Tu arpentes les rues en solitaire en rêvant à une vie qui tarde à remonter à la surface. Tu es devant les portes d'un nouveau monde, mais tu n'es pas encore entrée à l'intérieur. Tu es dans une zone provisoire et tu sens le temps qui file, c'est l'origine de ta mélancolie.

Un jour, une enveloppe avec l'en-tête du ministère du Travail arrive dans ta boîte. Tu as peur de l'ouvrir et tu reportes de quelques jours ce geste, le temps que tu te sentes un peu plus forte. Jamais un bout de papier ne t'a provoqué cet effet.

Tu avais bien senti les choses, à l'intérieur un texte garni de formules de politesse t'annonce qu'on ne t'accorde pas ton changement de statut. Tu as dépassé les heures réglementaires, il fallait mieux compter le temps.

Ce n'est même pas ça la vraie histoire. Tu avais une autorisation de travail qui contenait un certain nombre d'heures, mais sur la fiche de paye que tu as dû remettre après, un autre chiffre figure. Un détail. Une erreur du comptable de l'ONG qui t'emploie pour les traductions.

Tu relis plusieurs fois ces phrases qui te barrent l'accès à une normalité que tu avais enfin acceptée.

Pourtant tu es sereine. Tu n'as plus peur. Le mal est fait. Tu es débarrassée d'un poids. Ton état émotionnel est plat, tu continues à effectuer les gestes du quotidien par inertie.

Tu retournes plusieurs fois au bureau des autorisations, mais il n'y a rien à faire. Tu devras attendre un an, le temps que cette erreur s'efface des machines, et puis : « Vous comprenez c'est une année électorale, on doit faire du chiffre, vous avez dû tomber sur un fonctionnaire qui n'avait pas atteint son quota de refus de la journée et voilà, pas de bol. »

Tu aimes cette explication. C'est cohérent. Et surtout tu adores la tonalité des derniers mots : « pas de bol ». Tu n'utilises jamais cette expression, ça t'agace, tu la trouves vulgaire, mais là elle t'amuse. Ça ne colle pas du tout au ton sérieux de la lettre, elle contient une quantité d'humanité.

Tu aurais aimé qu'on t'écrive ça à la place de « Veuillez agréer, Mademoiselle, l'expression de mes sentiments… » Quels sentiments ? Depuis quand l'administration sent-elle quelque chose ?

Non je n'agrée rien. Je ne veux pas de vos sentiments. Je voulais juste un tampon avec la tête de Marianne sur un petit carton bleu. C'est tout. Si ce n'est pas possible je préfère qu'on me dise la vérité : pas de bol, on veut faire du chiffre ce soir.

Tu retournes à tes activités quotidiennes. Tu perds évidemment ton poste, mais tu te dis d'un air résigné que ce n'était pas non plus le boulot de tes rêves de remplir des questionnaires sur l'image des détergents. À ce moment de ta vie, tu intègres une des qualités de la culture que tu rejettes en bloc : la résignation. Ça t'apaise, ça te donne la force dont tu as besoin pour continuer la bagarre.

Tu ne fais plus aucune recherche de boulot, il faudra attendre un an comme on te l'a bien dit, alors tu t'installes bien dans cette vie partagée entre ton dortoir, les hauts lieux de la République où tu traduis pour des plus démunis que toi et les fauteuils du BAPU où ton psy essaie tant bien que mal de régler ton problème identitaire.

Un changement s'opère pourtant. Depuis qu'on avait prononcé, pour expliquer ton cas, les mots « campagne électorale », tu commences à entendre le discours politique qui t'entoure.

Ça commence avec : « Il ne faut pas avoir honte de vouloir une vie plus facile pour ses enfants. » En termes de marketing, tu trouves cette formule parfaite, elle décomplexe à fond le client, elle incite à la consommation, elle rassure, elle s'oriente vers l'avenir, elle donne de l'espoir, de l'élan, de l'envie.

Tu voudrais vomir et ce n'est pas la phrase qui te provoque cette pulsion, mais l'idée que tu avais choisi d'évoluer dans ce milieu. Si tu avais eu cette autorisation de travail, tu aurais employé les mêmes mots-clefs « vouloir », « facile », « enfants » et tout le lexique qui empoisonne l'espace public : « plus », « gagner », « travailler »...

Tu es complice du système que tu renies dans ta pensée, tu contribues à son entretien tranquille, tu le sens clairement maintenant, mais tu ne sais pas comment t'en sortir, tu n'as pas encore trouvé ton endroit de résistance. Tu regardes les militants qui collent des affiches, font les manifs, fabriquent des tracts, tu voudrais te joindre à eux, mais ce n'est pas ton combat.

Un jour tu attends dans le couloir d'un hôpital à côté d'un enfant de cinq ans. Il a une forme de leucémie, il est tout seul, ses parents sont en prison, il n'y a que toi pour lui parler, le rassurer, mais comme d'habitude tu ne trouves pas les mots. Tu t'en tiens à la traduction stricte. L'attente est longue. Il observe tout, il te regarde intensément, tu lui souris et une idée te vient : tu sors ton agenda pour lui donner une feuille, il pourrait faire un dessin pour oublier un peu le temps qui traîne.

Sur la couverture de ton calepin, il y a un ange. L'enfant le regarde et il te dit d'une voix grave :

— Je pense que les anges quand ils meurent ils deviennent des humains.

Sa phrase te surprend, elle t'accompagne, elle te hante et tu ne comprends pas pourquoi. Il y a un mystère caché à l'intérieur, une clef qui pourrait t'ouvrir un accès à toi-même, tu le sens, mais tu ne peux pas encore la traduire en pensée.

Cette phrase te réconcilie avec l'échec, elle contient l'acceptation des limites, la sérénité devant la chute, elle te pousse lentement vers une résolution qui viendra plus tard.

Il y a eu ensuite les élections. Le discours « il ne faut pas avoir honte » a gagné, tu as perdu, tu as senti que ce monde te repousse, qu'il faudra partir avant de devenir trop amère. Il n'y avait plus de place pour la lutte. Les deux ans passés sur le territoire t'ont fatiguée, tu es restée sans ressources, tu reconnaissais enfin ton échec. Tu avais raté l'amour, le combat, la possibilité de t'intégrer dans un nouveau corps commun.

Tu ne voyais plus d'alternative, l'année universitaire finissait, tu aurais pu redoubler pour renouveler tes papiers, mais cette impression de tourner en rond t'empêchait d'agir.

Toute cette accumulation des traumatismes du quotidien : l'agression dans le bar, le refus du changement de statut, le licenciement, constituait désormais une expulsion du territoire.

Dans ce nouveau chaos, une seule figure résiste : Seb. Il était devenu une ancre. Tu étais devant une évidence, ces deux ans n'ont été qu'un détour pour revenir vers lui.

Les phrases de sa lettre revenaient maintenant dans ta tête : « Garde le silence un temps, ne m'écris plus, résous ta vie et reviens si jamais un jour tu te sens prête. »

Tu es prête, tu le sens, tu es sûre.

Avec ton master français, tu trouveras vite un emploi, tu loueras un grand appartement, dans un an ou deux, tu feras un crédit à la banque et tu construiras comme tout le monde une maison dans une forêt défrichée en lotissement.

Quand un individu perd tout, il s'accroche à l'idée du nid familial. Tu fais aussi partie de ce clan.

Tu ne dis rien à personne sur ton retour.

En France, il n'y a pas grand monde à prévenir, tu as quelques connaissances que tu ne vois pas trop souvent, la seule présence constante dans ta vie est ton psy que tu quittes sans un mot. Son secrétariat t'appellera, mais ta carte SIM sera déjà désactivée.

Tu quittes ton psy comme tu as été quittée par les autres, dans la plus grande lâcheté, sans aucune explication.

Tu ne préviens pas Seb non plus, ce sera une surprise. Aucun mot à ton père et à ta mère, leur présence dans ta vie est tellement diluée que ça ne changera pas grand-chose.

Tu prends un vol très tôt, tu as tout calculé, tu arriveras à Bucarest avant midi, tu prendras un taxi et tu débarqueras chez Seb. Il sera là, tu le sens.

L'avion est entré dans l'espace aérien roumain, tu suis sur la carte projetée sur l'écran son avancement, tu comptes les minutes qui te restent avant l'atterrissage, ton corps palpite, tu es sur le point de commencer une autre vie.

Ce n'est pas un hasard, tu te dis, je la mérite cette vie, j'ai fait tout un chemin pour arriver là et je n'ai pas pris la route la plus facile.

Il te vient d'où le mot « mérite »? Il a bien circulé ces derniers mois dans l'espace public d'où tu pars, ou peut-être qu'il faudra remonter plus loin, dans ton enfance, fouiller dans le vocabulaire de tes parents.

Tu n'as pas le temps de développer le concept, l'avion se met en mode turbulences et ton cerveau est secoué de tous côtés. Un silence s'installe dans l'appareil, le pilote ne dit rien, ça tremble de plus en plus fort, tu as peur. Ce serait stupide de mourir maintenant, dans l'autre sens, comme dans ton rêve, sans que personne soit au courant de ta disparition. Et pourtant ça te semble si logique, en accord avec ta vie qui a toujours viré dans la direction opposée à tes décisions.

Tu respires profondément en essayant de te calmer et tu acceptes que tu ne peux plus rien contrôler. Tu t'accroches à l'instant, tu fais si rarement cet exercice, tu imagines que tu es dans un parc d'attractions et tu te focalises sur tes sensations physiques.

Quelques minutes plus tard, tu sens les roues toucher le sol, tu es sauvée encore.

Les images de la ville défilent derrière la vitre du taxi, le paysage a changé, les gens aussi, c'est un peu plus coloré, il y a des coins que tu ne reconnais plus, des enseignes qui ont changé, tu découvres les lieux comme une touriste. Tu viens de là, tu le sais, et pourtant tu te sens toujours étrangère à ce territoire. Tu balayes vite cette pensée, c'est juste un sabotage de ton système qui veut que tu sois toujours dans le doute, cette nouvelle trouvaille te rassure, tu passes en pensée à autre chose.

La voiture entre dans le quartier de Seb, ici presque rien n'a changé, tu longes le square où tu traînais souvent en essayant de comprendre la dégradation de ton état intérieur. Tu as dépassé cet endroit, une autre page s'ouvre et tu l'écriras différemment, tu as enfin confiance dans ta vie.

Devant la porte de Seb, sensation de déjà-vu, il y a à peine un mois tu étais devant la porte d'un autre homme. Kal et Seb se mélangent dans ta tête, ils ne sont finalement qu'une seule personne, créée par ton imaginaire.

Tu sonnes encore mais personne ne répond, son nom est toujours sur la porte, il habite toujours là c'est sûr, il reviendra plus tard, tu l'attends.

Tu t'installes dans le petit bar pourri d'en bas, le regard figé vers l'entrée de l'immeuble, mais rien ne se passe.

Deux heures plus tard, tu vas dans une petite boutique, tu achètes une carte SIM et tu l'appelles.

Il ne répond pas, il n'a pas de messagerie, mais quelques minutes plus tard il t'envoie un texto : « Je suis à l'étranger. C'est qui ? » Tu lui réponds « c'est moi » et il comprend. Cette communication sans corps ne fait transparaître aucune réaction, tu ne peux rien spéculer. Est-il ému, surpris, impatient de te revoir ? Pour l'instant il est à Amsterdam, il rentrera dans quelques jours, il te demande si tu es venue en vacances tu lui réponds :

— Je suis revenue

— Pour vivre ici ?

— Oui.

Tu n'as pas où aller. Tu ne connais personne à Bucarest qui pourrait t'accueillir comme ça sans prévenir. Tu pourrais prendre un train de nuit et aller chez ta mère, mais tu n'as pas envie, alors tu vas à l'hôtel. Ça te plaît de revenir après deux ans dans ce qu'on appelle ton pays et de dormir dans une chambre neutre, comme une touriste.

Les jours qui suivent tu essaies d'apprivoiser la ville. Tu fais ce que tu faisais à Paris. Tu marches, tu regardes les gens et eux ils te regardent bizarrement, tu ne passes pas inaperçue. Tu ne peux pas t'asseoir boire un café sans être abordée par des hommes, la plupart du temps en anglais. Tu prends le temps de leur parler, mais tu verrouilles toute autre possibilité. Il y en a un qui t'a dit :

— Ça se voit que tu n'es pas d'ici.

Tu l'as pris un peu mal, mais lui, il le disait avec beaucoup d'admiration, comme si être de cet endroit était une maladie incurable.

Le soir, dans ta chambre d'hôtel, tu consultes les offres d'emploi, tu postules, tu ne t'attardes pas sur des détails qui ne feraient que te couper l'envie de poursuivre.

Tu comptes les jours qui te restent sans Seb, en essayant de les remplir, le vide commence à grignoter du terrain à l'intérieur. Il y a des villes faites pour les solitudes, Bucarest n'en est pas une. Seul on devient fou. Il faut se barricader dans des fortifications solides, mettre plusieurs barrages de corps aimés pour se protéger du chaos extérieur.

Paris te manque, c'était une ville qui apaisait ton exil intérieur. La beauté de ce lieu te plongeait dans une boulimie sans borne. Comme une obligation au bonheur.

Tu adorais te perdre dans les foules anonymes, composées par des individus venus des quatre coins de la planète, dans les odeurs des épices, dans l'amalgame des couleurs. Au début, tu te croyais dans une utopie, dans la ville des voyageurs éternels, des apatrides tranquilles, mais plus tu comprenais la langue, les discours et les codes sociaux, plus l'image de carte postale se délitait. Un nouveau courant voulait nettoyer cette foule au Kärcher. Tu faisais partie du lot, tu as décidé de partir au premier avertissement. Tu avais le choix entre la fuite et la lutte. Tu as lutté, mais l'ennemi était invisible, ta violence t'est retombée dessus.

La France tu l'aimes, mais tu la quittes.

Seb est rentré, tu es allée le voir, l'émotion s'était éparpillée pendant ces jours d'attente, mais l'envie était restée intacte. Tu étais convaincue plus que jamais de tracer ta route avec lui.

Il t'ouvre la porte. Tu te colles à sa peau, vos deux corps s'emboîtent parfaitement, vous ne bougez plus, vous accordez vos respirations, vous devenez un ensemble. Ça dure un temps indéfini, sur le pas de la porte, entre deux mondes, entre deux dimensions, ce n'est pas un acte érotique, c'est une communion, deux vieux êtres qui se retrouvent dans un seul organisme. Chacun se glisse dans l'autre naturellement, pas pour conquérir, pour satisfaire son propre plaisir, pour coloniser un autre territoire ou pour fuir son expérience limitée. C'est un sentiment nouveau, rassurant.

Vous vous détachez difficilement l'un de l'autre, pour vous regarder, pour vous rassurer, pour poser une image sur cet état de plénitude.

Vous parlez peu, vous écoutez de la musique, il y a une tristesse qui plane dans son regard, mais c'est doux, rien de grave, la fatigue des gens de ce territoire, tu l'auras aussi, vous allez vivre cet épuisement ensemble.

Vous faites l'amour comme deux étrangers qui se découvrent, qui se sont attendus depuis longtemps. Tu t'abandonnes complètement, tu te laisses porter par son mouvement, tu ne contrôles plus rien et ça te donne une force éblouissante. Pour la première fois tu fais l'amour en souriant.

Seb te montre ses photos. Il a changé. Il est devenu plus radical, plus sombre. Il saisit les points de tension de cette société, des détails extraits de la foule, des poings serrés, des bouches qui crient, des corps tendus qui s'affrontent.

Son ordinateur est plein de nouveaux fichiers, il est devenu méthodique, il monte bientôt une expo, il est arrivé enfin à son endroit.

Toi tu n'as rien à montrer, rien de visible.

Cette pensée ne te fait plus rien. Peut-être qu'il ne faudra plus rien montrer, juste rester là, à côté du corps aimé, et maintenir sa structure. Rester en vie et transmettre les mêmes idées véhiculées depuis des générations, en version améliorée, rendre possible la continuité de l'humanité.

Le soir, vous allez chercher tes valises à l'hôtel.

Trois nuits plus tard, après l'amour, Seb te lance une phrase qui écrase ton sentiment de quiétude :

— Prends ta douche et après on parlera.

— On parlera de quoi ?

— On parlera de nos projets d'avenir.

Ton visage s'assombrit. C'est une phrase qui devrait te plaire, mais la tonalité ne laisse pas un espoir resurgir. Seb te regarde, un peu surpris.

— Mais quoi ? On peut pas parler des projets du passé. Prends ta douche d'abord.

Tu fais ce qu'il te dit sans comprendre pourquoi il insiste tellement là-dessus. S'il a à te parler pourquoi il veut attendre ? Pourquoi il n'attaque pas directement ? Pourquoi cette douche au milieu de la nuit ? D'habitude, vous faites l'amour, vous parlez, vous buvez, vous fumez, vous refaites l'amour, il n'y a plus d'ordre préétabli.

L'eau coule sur ta peau, tu sens l'odeur forte du gel douche « éveil tonique aux agrumes », et soudainement tu comprends tout. Tu comprends tout avant qu'il parle.

Il veut que vous vous réveilliez, sortie forcée du rêve. Il te fait effacer son odeur de ton corps, c'est plus facile de parler en état de neutralité, le dernier lien se défait.

Tu coupes sec. Tu enfiles tes habits, tu es prête à le contredire. Il a besoin de se battre, tu lui donneras cette possibilité, tu n'es plus en état de fuite, tu es en état de lutte.

— Tu vas faire quoi ?

— Je vais chercher un travail, on prendra un plus grand appartement et…

— On le prendra pas. Pas ensemble.

— Qu'est-ce que tu veux dire ?

— C'est plus possible, c'est trop tard, c'est…

— Mais tu m'avais dit, quand tu es parti, tu m'avais dit : « Résous ta vie et reviens si jamais un jour tu te sens prête. »

— Ça c'est des mots, la réalité a changé, c'est concret.

— Des mots… Moi j'ai vécu avec ces mots, j'ai fait un chemin pour en arriver là. En fait, tu m'as menti.

— Je ne t'ai pas menti. Les vérités changent.

— Les vérités fondamentales ne changent pas.

— Je suis venu te chercher il y a un an, tu te souviens ? Tu m'as laissé dans cet hôtel pourri pour rejoindre un autre homme. J'avais une vérité fondamentale, elle n'y est plus maintenant. On vit dans le présent. Elle n'y est plus.

— Je voudrais réparer ce passé.

— C'est trop tard. C'est cassé, il n'y a rien à recoller.

— Non, ce n'est pas cassé. On est là depuis trois jours, on fait l'amour, c'est maintenant que ça devient vrai…

— Tu veux la vérité ? Je te fais l'amour comme si je le faisais avec n'importe quelle femme de passage.

Ces mots te bloquent. Son regard te glace. Tu n'arrives plus à respirer. Il n'y a plus d'émotion, plus de larmes, plus de paroles, juste ce vide qui pousse les corps vers les abîmes. Tu voudrais sauter dans le gouffre seulement pour réveiller ton corps quelques secondes pendant la chute, mais tu ne peux même pas te lever du canapé.

Il s'ouvre une bière. La banalité de son geste te dégoûte. Son indifférence ne te blesse plus, elle te renforce. Tu le regardes sans le reconnaître, tu t'es trompée de porte.

— Tu es avec quelqu'un ?

— Oui.

Tu ne sais même pas pourquoi tu lui as posé cette question. La vie des étrangers ne devrait pas t'intéresser. Les hommes de passage, on ne les questionne pas sur leur intimité. On les baise tout simplement. Tu te lèves, tu prends tes affaires et tu sors.

Tu rentres à l'hôtel et tu reviens aux choses concrètes. Autrefois, tu aurais avalé des litres d'alcool, mais là tu ne ressens qu'une douleur sourde. Il y a eu une accumulation trop forte de traumatismes ces derniers temps, tu es entraînée, rodée, l'impertinence de Seb ne te fait plus rien. C'est juste une goutte dans un océan d'amertume.

Tu dois régler des problèmes plus urgents. Tu ne pourras pas rester toute une vie à l'hôtel. Tu as l'impression d'être dans un no man's land où tu attends l'autorisation de commencer une autre vie.

Le lendemain tu vas à ton ancienne fac pour prendre les clefs d'un appartement qu'une amie te prête. Tu traverses les couloirs et tu ne te souviens de rien, comme si les quatre années passées ici n'avaient jamais existé. Tu as traversé cette période les yeux bandés, ton corps y était confiné, mais ta pensée était ailleurs, vers une vie loin du réel. Tu es devant ta constance : tu annules à chaque fois le présent, tiraillée entre un passé douloureux et un avenir incertain, voire impossible.

Le panneau cloué sur la porte où tu dois frapper te fait sourire : Bureau d'échange étudiants à l'étranger. Des mots qui ne disent rien. On parle des humains comme d'un bétail quantifiable sur le marché international. Tu te reconnais dans le lot. Pourtant tu n'as pas pesé lourd, un bout de viande périmée qu'on a renvoyé à l'expéditeur et maintenant le fournisseur ne sait pas comment la stocker.

Tu échanges quelques mots avec ta copine, elle t'expose toute sa vie heureuse sans poser aucune question sur la tienne, comme d'habitude. Tu es assise à son bureau dans une pièce vétuste où plusieurs personnes s'entassent, tu regardes sa tasse personnalisée, son panneau de Post-it, les photos de son mec et tu te dis que tu aurais pu être à sa place. Tu n'aurais pas pu tenir plus de deux jours. Ce n'est pas ton endroit, c'est une évidence, tout ton projet avec Seb, la maison, la pelouse, les horaires fixes, la répétition du même rituel quotidien, ne sont qu'un mensonge, tu n'aurais pas pu jouer ce rôle.

Elle te donne les clefs de son appartement, c'est une cave dans ton quartier préféré, là où il y a quelques années, tu rêvais d'habiter avec lui, et elle sort avec toi pour coller une affiche sur un mur. Tu lis le texte : « Offre de bourse pour un échange bilatéral avec le Mexique. »

— Tu penses que je pourrais postuler moi aussi ?

— Personne ne s'intéresse au Mexique. Avec ton master à Paris tu auras toutes les chances. C'est une bourse gouvernementale, comme tu es revenue de France on te fera confiance, tu ne resteras pas au Mexique quand même. Mais, t'en as pas marre de bouger comme ça tout le temps ?

Non, tu n'en as pas marre. Tu cherches, tu n'as encore rien trouvé. Souvent, tu t'es trompée de route, mais ça fait partie de ton trajet.

Trois semaines plus tard, tu as la réponse : tu partiras au Mexique, tu passes l'été à prendre des cours d'espagnol, tu entres dans une nouvelle langue comme tu es entrée autrefois dans le français. Tu oublies ton échec dans ces nouvelles sonorités, tu te réconcilies avec cette ville, elle ne t'agresse plus, tu pourras même l'aimer à condition de ne pas être obligée d'y habiter.

Tu es en train de comprendre une partie essentielle de ton être.

Tu recroises Seb pour récupérer quelques affaires oubliées. Son regard a changé, il est devenu plus tendre, il y a encore de l'amour à l'intérieur, mais ça ne fait plus partie de ton histoire. Il dit :

— C'est la vie qui fait ça.

— Non, c'est pas la vie. C'est nous.

En faisant tes valises, tu tombes sur sa lettre parisienne. Une phrase que tu n'avais pas bien lue avant ressort : « L'avenir n'est connu par personne. »

Pendant ces mois, tu l'as haï, tu as cru qu'il voulait se venger, t'humilier, te blesser. Là tu lui pardonnes, tu sais maintenant qu'il n'a rien fait contre toi. Tu n'as tout simplement pas su lire sa lettre. Il te demandait juste d'avoir le courage de revenir si un jour tu en avais le désir, tout en sachant qu'il n'y a jamais de garanties.

Tu prends l'allure de l'eau. C'est souple, ça coule, ça prend la forme des corps qui l'entourent, mais elle est habitée par une force inconnue.

5

La machine crache ta valise sur la bande roulante. Tu aperçois ce mouvement en pensant à ton corps qu'on expulse avec la même violence sur un territoire inconnu, à l'autre bout du monde, sans aucune béquille pour le soutenir dans sa chute. Un océan te sépare de ton continent, à partir de maintenant, tu comprends la complexité de tes origines. Tu te sens loin de tout ce qui fait partie de ton être et cela se concrétise dans un mélange bizarre de liberté et de peur. Tu n'as aucune image de ce qui t'attend de l'autre côté de ces murs. Pour l'instant, tu es dans un endroit neutre, en transition, dans une zone tampon qui t'abrite de tout conflit. Tu essaies de choper ta valise mais son poids t'empêche de la bouger. Son poids et la foule de gens qui se précipitent pour récupérer leurs affaires personnelles. On voit rarement des regards plus inquiets et concentrés sur le matériel que dans les zones de récupération de bagages.

Ta valise fait un tour complet de bande et ce premier échec qui marque ton entrée dans ce pays te fait penser à la dynamique de ta vie : toujours en retard, en suspens, en attente, toujours à refaire un tour de piste quand les autres se sont déjà casés dans des vies confortables. Tu es toujours en décalage d'un tour de piste, comme les athlètes fatigués par un trop long entraînement. Tu t'es trop entraînée et, à chaque fois, quand le temps de la confrontation arrive, tu te présentes dans un état aigu d'épuisement. Ton entrée dans la vie doit encore attendre.

Les portes en verre s'ouvrent devant toi et c'est le moment le plus beau d'un voyage, ce moment où tu sens que toutes les possibilités restent ouvertes, rien n'est encore écrit, tout est à inventer.

Tu cherches le mot « *taxi seguro* », c'est la seule chose qui t'intéresse maintenant. Un sentiment d'insécurité t'emporte et tous les clichés que tu as lus sur les sites des ministères des Affaires étrangères surgissent : touristes violées, dérobées, kidnappées, séquestrées, pillées, les avertissements formatés clignotent dans ta tête et tu respires pour t'éloigner de tous ces facteurs polluants. Mais tu restes prisonnière de tes peurs, c'est le plus gros héritage que tu portes sur ton dos.

À ta droite cinq femmes derrière leur guichet te font signe, en mettant une montagne d'énergie dans leurs gestes. Un premier choix s'impose et dans ta naïveté tu as l'impression que ce choix est décisif pour tout ce qui va suivre. Tu te diriges vers la première à gauche, tu lui tends un bout de papier où il est écrit : 13, *cailejon* Zaragoza (pas *caile, cailejon*). Tu payes quatre cents pesos, et tu te laisses diriger par un gamin. La tendresse de son regard te rassure, ton corps se relâche, tes épaules descendent, et tu respires enfin sans te forcer. C'est comme la première bouchée d'air qu'un nourrisson avale après son expulsion dans le monde. On t'offre une troisième vie et cette fois-ci tu sens qu'il faut la prendre et la vivre jusqu'au bout. Elle est à toi, elle t'appartient, tu ne peux plus la laisser se gaspiller dans les bureaux de l'administration, les lits vétustes de tes amants, les petits boulots précaires, les matins consommés sous la couette, et tous les autres accidents de ton quotidien.

Seb t'a dit : « C'est la vie qui a fait ça », comme si la vie était responsable de nos échecs, notre conformisme, la peur de la solitude, ou la lâcheté, comme si la vie était une locomotive qui déraille et qui nous porte dans son dos comme des enfants irresponsables, comme si la vie était loin de nos corps et qu'on n'avait aucune puissance pour la dompter et lui siffler à l'oreille, c'est par là que je voudrais aller. Seb n'a jamais cru en Dieu, mais il applique les mêmes concepts judéo-chrétiens à deux balles en se cachant comme un gamin pris en flagrant délit.

Pourquoi tu penses à Seb dans ce taxi cinq étoiles qui traverse le périphérique de la Ciudad ? C'est peut-être la ressemblance du décor, tu te croirais dans ce quartier de Bucarest où la vie avait vraiment l'air de fuir de ton chemin, sauf que là il y a une vitalité qui te raccroche à ton présent. La végétation a inondé les façades grisâtres de la cité et ça donne une impulsion vitale forte, lisible dans les corps des gens. On vit dans la rue, sous des parasols éclairés par les feux des grillades improvisées. Les gens se rassemblent autour de grandes tables et ils mangent et ils boivent et ils rient et ça fait longtemps que tu n'as pas vu des gens qui mangent et boivent et rient ensemble, les corps vidés de tension, chagrin, frustration et manque. Tu ne les connais pas mais c'est la première impression que tu perçois : ici la souffrance est cachée, elle ne se balade pas en ville collée sur le visage des gens.

Tu navigues parmi tes premières impressions en roulant dans la ville depuis une heure et tu aimerais que ça ne s'arrête pas. Quand tu es arrivée à Paris la première fois, tu avais eu le même désir. Sur la route, tu n'as pas besoin de décider d'une direction, c'est déjà fait, tu te laisses porter par le hasard du chemin, mais arrivée à la destination finale, il faut prendre en charge la suite.

Le chauffeur s'arrête une troisième fois pour demander son chemin et le même haussement d'épaules comme réponse. Et il tourne depuis une heure dans le même quartier, sur les mêmes ruelles pavées, mais pas de *cailejon* Zaragoza en vue. Ton souhait pourrait devenir réalité, tourner en rond à l'infini en évitant le début d'une nouvelle vie. Tu refuses de naître ou d'accoucher, question de nuance.

Cette rue n'existe pas et ç'a été confirmé par des gardiens privés, des femmes de ménage sortant du boulot, des policiers, des vendeurs ambulants et surtout par le GPS du chauffeur.

Qu'est-ce qu'on fait ? Tu as perdu la faculté du langage. Tu veux lui répondre mais cette nouvelle langue ne veut pas entrer dans ta bouche. Tu es paralysée et l'obscurité du dehors n'arrange pas grand-chose et tu n'arrives même pas à communiquer avec toi-même.

Le chauffeur s'énerve un petit peu, mais en Europe tu aurais déjà été dehors. Tu essaies de lui expliquer que cette rue existe et que c'est *cailejon* non *caile*, mais les mots ont du mal à s'articuler et tu ne comprends pas comment tu as eu le test de langue pour aller à l'université quand tu n'arrives pas à t'exprimer dans une situation d'extrême urgence.

Surtout, ce qui te fait peur, c'est l'énervement du chauffeur et la violence que tu pourrais subir. Pas la violence physique, un autre type de violence qui laisse des traces plus profondes. Perdre l'estime et l'amour de l'autre, provoquer du mécontentement, être source de mauvaise énergie.

Hôtel. C'est tout ce que tu dis. C'est la seule piste que tu as et cette issue entraîne un léger relâchement dans les bras du chauffeur.

Une demi-heure après, tu es dans un patio de style colonial envahi de plantes et de fleurs, tu poses un billet de cent dollars sur le comptoir et on te donne une clef.

Tu t'allonges dans le lit à baldaquin et tu es sur le point de glisser encore dans une autre vie qui n'a rien à voir avec la réalité. Telle une petite fille qui se laisse emporter par l'histoire de Cendrillon ou de Blanche-Neige, tu te laisses bercer par tes propres fantasmes nourris d'exotisme. Tout ce qui est loin de toi t'excite en te donnant cette pulsion nécessaire de vie, en te forçant à t'ouvrir et à sortir de ce carcan solide qui t'encercle comme un corset.

Tu regardes le plafond allongée dans ton lit et tu te demandes si cette adresse existe vraiment et cette inscription à la fac et cette bourse gouvernementale et cette promesse de nouvelle vie. Peut-être que tout ça n'est qu'une projection fictionnelle, que demain tu auras à payer encore une chambre et après-demain aussi et les cinq cents dollars qui te restent te permettront de tenir jusqu'à la fin de la semaine. Tu auras à changer ton retour et à revenir au point de départ. Tu as essayé de t'échapper, depuis trois ans, tu ne fais que ça, t'éloigner de l'endroit où on t'avait posée au monde, mais voilà, ça ne marche pas. Ton pessimisme culturel envahit ton territoire, alors tu descends de ton lit pour changer de direction dans tes idées. Tu vas dans le patio de l'hôtel, tu t'installes dans un canapé et tu commandes un cocktail.

Un homme d'une cinquantaine d'années boit un whisky à la table d'à côté. Au bout de dix minutes de regards intenses, il t'adresse la parole en français. Tu es étonnée. Comment aurait-il pu deviner ta langue ? Sans formuler la question, il te répond :

— Le regard, les gestes de la main, la position de la colonne vertébrale.

— Mais je ne suis pas Française. J'ai vécu en France presque trois ans, mais…

— C'est ça. Vous avez vécu là-bas, le corps s'est adapté au territoire, il a emprunté les traits du groupe dominant, il a été contraint de se fondre dans la foule.

Tu le regardes bizarrement en essayant de comprendre comment il peut le savoir. Son costard noir ne laisse pas de place au doute : ce n'est ni un sorcier, ni un magicien, ni un chiropraticien. C'est un homme normal qui œuvre pour le bien-être des multinationales, difficile de localiser son accent, mais tu es sûre qu'il ne vient pas d'un pays francophone.

Il s'approche de toi, il cogne son verre au tien et te demande ce que tu fais là.

Tu lui parles de ta bourse, de tes études, de ton point de départ, de ta transition vers cet endroit et lui te regarde en souriant.

— Tu fuis quelqu'un.

— Non je ne fuis rien. Je cherche.

— Tu cherches quoi ?

Tu ne sais pas lui répondre car tu ne sais pas ce que tu cherches et ça te bloque. Tu te cherches toi, mais tu as trop honte de le dire, ce serait comme si tu restais nue devant cet étranger, tu es restée trop longtemps toute nue devant des inconnus en espérant que ta nudité t'apprendrait quelque chose sur toi ou diminuerait un peu ton degré de solitude, mais rien de tout ça n'est arrivé finalement, alors non cette fois-ci tu restes emmitouflée dans tes couches superposées de peaux.

Vous tombez dans un silence profond, vous buvez chacun de votre côté et, au bout de quelques minutes, il commence à parler :

— J'ai perdu ma femme et mes deux filles il y a deux ans. Elle est partie en mission à Jakarta. On avait divorcé trois mois avant suite à une histoire stupide, une aventure d'un soir qu'elle avait découverte par hasard en fouillant dans mon portable. Pour me punir, elle est partie à l'autre bout du monde. Longtemps j'ai pensé ça et ensuite je me suis rendu compte qu'on ne balance jamais une vie sur un coup de tête. On part quand on ne peut plus rester sur place. Elle est partie pour oublier cette promesse qu'on s'était faite longtemps avant dans un accès d'idéalisme et de naïveté, elle est partie car elle ne pouvait plus traverser les rues de la ville où on habitait en attendant que quelque chose de bien lui arrive. Elle est partie quand elle s'est rendu compte qu'elle n'avait pas d'autre choix, qu'elle était obligée de continuer à se réveiller le matin pour sourire à ses enfants devant les tartines au Nutella et leur assurer qu'une très belle vie les attendait quelque part. J'ai essayé de l'arrêter mais tous les juges étaient de son côté. Tout le monde comprend le besoin d'oublier, on s'y est tous collé au moins une fois. Elle ne se défendait pas en utilisant cet argument, elle montrait son nouveau contrat, son plan de carrière, les écoles privées qu'elle pourrait désormais payer à ses enfants, mais tout le monde lisait dans son regard son désir de fuite. C'est pour ça que j'ai deviné pourquoi tu es là. Depuis son embarquement pour

Jakarta, chaque matin en me regardant dans la glace, je lis la même chose dans mon regard. Un mois après, j'ai vu mon chef et je lui ai demandé de me mettre sur ce poste. J'avais fait ça au début de ma carrière et à l'époque j'avais tenu quinze mois. Maintenant, j'ai atteint les vingt-cinq mois et je tiens encore. Je change de ville toutes les quarante-huit heures pour dépanner les réseaux internes de communication des multinationales qu'on gère. Chaque minute de mon retard creuse le déficit d'une somme à plusieurs chiffres. Aujourd'hui je suis là, hier j'étais à Singapour, trois jours avant à Calcutta et dans deux jours à un autre endroit que j'ignore encore. Mon plan de vol me fait beaucoup marrer. J'arrive à peine à réparer un réseau qu'on m'envoie un autre billet électronique à l'autre bout du monde. De temps en temps je peux avoir deux ou trois jours de pause et je ne sais pas quoi faire avec. Mes affaires sont dans une cave à Berlin, on habitait là-bas, et le siège de mon entreprise est à Londres. Quand je dois y être je vais à l'hôtel, ça n'a aucun sens de prendre un appartement. C'est un job pour des jeunes kamikazes, en général, au bout de huit mois, tu craques et on te met ailleurs. Moi c'est différent. Ça me permet de vivre, de tenir, de me perdre dans le monde sans savoir où je me trouve dans ma vie.

Ton regard a changé de nuance. Il le remarque et il s'arrête dans son récit. Tu ne supportes pas ce silence. Il te demande ce qui s'est passé et tu réponds cliniquement :

— Rien. C'est juste que j'ai connu quelqu'un au début à Paris qui faisait à peu près la même chose. Longtemps j'ai cru que son job nous séparait et ensuite il s'est arrêté et il est parti dans son pays sans moi. Enfin... son pays... je ne sais pas.

— Rien ne nous sépare des autres. Rien de concret, c'est juste des excuses à s'envoyer pour raccourcir des discussions trop douloureuses. C'est lui que tu fuis alors…

— Non, c'est pas que lui, la liste est longue.

Et tu te tais encore, tu n'as pas du tout envie de balancer toute ta vie dans un verre de whisky. C'est bon comme ça. Ton corps est fatigué, le décalage horaire joue son rôle, le nouvel air de cette ville t'a un peu sevrée, tu aimerais rester seule dans ton lit provisoire à baldaquin. Il comprend, se lève, règle l'addition et t'accompagne vers la porte de ta chambre.

— Je ne sais pas ce qui m'a pris ce soir. C'est cet hôtel sans doute. D'habitude, je descends au *Hilton* ou au *Sofitel*, mais tout était complet ce soir, il y a un sommet international apparemment. Dans les chambres standard d'un cinq-étoiles, c'est plus facile de s'oublier, tout a l'air d'un blockbuster américain où tu n'as pas grand-chose à faire, à part vider le minibar, mater les chaînes d'information en continu et se payer une *escort* de temps en temps, mais ici c'est différent, ça a l'air familier, on rencontre des gens normaux, qui sont encore dans la vie, qui ont de la marge. Toi tu as encore de la marge, mais attention pas pour longtemps, il faut que tu te jettes dans ta vie, que tu apprennes à nager, que tu gardes bien la direction.

Tes yeux tombent, c'est une forme de protection. Ses paroles frappent à un endroit de fragilité et tu n'as plus la force d'affronter ton propre vide, alors tu essaies de t'échapper dans le sommeil. Il remarque ton état, il le comprend surtout, car il lit en toi comme dans un livre ouvert oublié sur le siège d'un train, alors il te serre la main et il fait demi-tour vers sa chambre. Au moment où tu franchis le pas de la porte, il se retourne vers toi :

— On se voit demain matin au petit déjeuner?

Tu dis oui dans un mouvement lent de la tête et tu fermes la porte derrière toi. Tu t'allonges directement sur le lit, sans même enlever tes vêtements.

La nuit passe et le lendemain matin tu te réveilles à six heures, la lumière du jour est déjà là et le souvenir de la soirée est encore très présent et tu n'as plus envie d'entrer là-dedans. Tu auras le temps plus tard, tu sens que cette rencontre n'est pas un hasard, qu'elle arrive au meilleur moment, au tout début d'une autre vie que tu auras la liberté d'écrire. Tu sais qu'un jour tu devras la déchiffrer et surtout l'inscrire à cet endroit du cerveau où l'oubli n'a rien à faire, mais tu reportes un peu le moment, tu mets ton visage sous un jet d'eau et tu sors dehors à la recherche de ta nouvelle *cailejon*.

Tu tournes dans les rues du quartier en guettant toutes les plaques, tu demandes aux passants, on te guide mais toujours pas de Zaragoza en vue. Au bout d'un moment, tu penses vraiment comme ton chauffeur de taxi que ton adresse n'existe pas, tu te retrouves dans une zone tampon où rien n'est possible, tout t'échappe, tout flotte et toi tu n'es qu'un point sur une carte.

Tu ne suis plus aucune logique, tu te perds dans les petites rues du quartier en regardant les façades ornées de plantes fuchsia, rouges, violettes, roses, en guettant une ombre derrière les hauts murs bordés de barbelés.

Tu te laisses porter par le hasard de la beauté environnante, par la force des rayons du soleil, par les ornements des façades, et au bout d'un petit passage pavé de pierres rondes que tu empruntes sur tes talons rigides, tu lis sur un panneau rouillé : *cailejon Zaragoza*.

Au numéro 13, tu sonnes et tu attends devant la porte grise en tôle. C'est le seul portail qui n'est pas rehaussé de barbelés, mais d'éclats de verre. Un terrain de guerre. Tu entends des pas de l'autre côté du mur.

Un homme t'ouvre. Il a à peu près ton âge. Il a l'air pas bien réveillé mais il arrive quand même à te sourire en prononçant sur un ton interrogatif ton nom. Il dit ensuite le sien, Xavier-Xav, en t'embrassant sur la joue et en te serrant légèrement dans ses bras. Sa main caresse rapidement ton épaule et en réponse tu poses la tienne sur son avant-bras. Toute cette chorégraphie éveille ton corps paralysé par la peur d'être perdue dans une ville trop grande. Tu t'apercevras après que tout ça n'a rien d'inhabituel ici, c'est la manière de dire bonjour aux gens, même à ceux qu'on ne connaît pas encore.

Xav te montre le chemin. Vous entrez dans un salon entouré d'une baie vitrée qui laisse passer à l'intérieur une douce lumière tamisée. Le bois de la grande table à manger réchauffe la pièce, comme les canapés en cuir craquelé recouverts de tissus colorés. Vous laissez sur la gauche la cuisine américaine et son carrelage de tournesols sur fond bleu indigo et vous montez un grand escalier. Au premier niveau, vous sortez sur une terrasse intérieure et vous montez un autre escalier en fer forgé, au bout duquel vous arrivez sur une grande terrasse remplie de pots de fleurs. Deux portes se font face : celle de la chambre de Xav et la tienne. Entre elles, une petite porte qui mène à la salle de bains partagée. Tu entres dans ta chambre. Elle a l'air d'une cabine de capitaine de bateau. Une autre porte donne sur une petite terrasse d'où tu peux voir tout le quartier. Tu es saisie par un état d'exaltation profonde, un sentiment que tu n'as pas connu depuis longtemps. Tu n'es pas ici depuis plus d'un quart d'heure et tu te sens complètement chez toi. C'est ta maison. Enfin. Une nouvelle vie t'ouvre largement ses bras et tu es enfin prête à t'y jeter à corps perdu.

Tu regardes Xav comme un enfant qui ne sait pas encore exprimer son contentement, mais il comprend tout et te prend à nouveau dans ses bras comme pour te rassurer : tout ça est vrai et possible.

Vous descendez ensuite dans le salon, tu t'assois sur la chaise du bar et tu le regardes préparer un petit déjeuner mexicain. L'espagnol que tu as appris à la hâte te revient peu à peu et tu commences à lui raconter ton voyage en taxi, l'hôtel, la peur de t'être trompée de pays. Xav sourit et tu te sens à l'aise pour une fois avec un homme, sans avoir à faire un effort surhumain pour plaire, convaincre, attirer son attention. Ta tête se repose enfin et ton corps suit. Tu reviens à toi, à ce que tu es vraiment, à cette partie restée intacte depuis l'enfance, cette partie que tu avais verrouillée pendant longtemps.

Les autres colocataires descendent au fur et à mesure et le même rituel se répète : leurs noms, ton nom et ce corps à corps simple, chaleureux et sincère.

Vous êtes six autour de la petite table du jardin d'en face : Anna, Mexicano-Argentine, fait du montage, Henan, un Brésilien, fait de la danse, un graphiste français, Clément, une archéologue, Aygen, la seule à ne pas décliner ses origines et Xav, acteur et Mexicain. Toi tu ne sais pas exactement ce que tu fais, mais tu essaies de l'expliquer parfois en français, parfois en espagnol, un peu en anglais et, pour la première fois depuis que tu es là, tu es un peu gênée car tu sens que tu ne colles pas trop au paysage. Ils sont tous artistes, sur un chemin bien tracé, sûrs de leurs choix, ça se lit dans leur regard, dans leurs gestes, dans le ton de leur voix et à côté toi tu as l'air fragile, hésitante, perdue dans des tentatives de vie qui ne mènent nulle part. Comme d'habitude tu te coupes toute seule des autres, tu n'es plus avec eux, tu les entends sans écouter, tu t'écartes du présent en tombant dans les mêmes pièges que tu connais très bien mais que tu n'arrives pas à contourner. Tes gestes deviennent empruntés, ton regard volatil, ta voix change de tessiture, tes épaules se contractent. Xav t'observe, ça augmente encore plus ton état de tension, tu cherches une issue mais tu ne trouves rien.

Après ta troisième tasse de thé, tu te lèves et tu dis que tu devrais aller chercher ta valise à l'hôtel. Xav se lève et vient avec toi pour t'aider, tu aurais aimé rester seule, mais tu ne sais pas comment le lui dire, alors tu le suis, résignée.

Sur le chemin, il te parle de choses simples, sans importance, et ça te remet dans l'état de confiance du début. Tu aimerais marcher avec lui jusqu'au bout de la ville, et ensuite traverser les champs, arriver à la mer et marcher encore plus loin.

Vous rentrez à la maison avec ta grosse valise où tu trimballes depuis trois ans ta vie et vous avez du mal à monter l'escalier en colimaçon, ça donne à tout ce mouvement un caractère dérisoire et léger. Vous riez ensemble et ça devient simple à nouveau.

Seule dans ta chambre, tu commences à déballer tes affaires et à marquer ton territoire, toujours dans le même souci d'occuper ton corps, de le maintenir dans un mouvement qui te tiendra à l'écart de toute pensée empoisonnée, de donner un caractère définitif à ce début.

Les premiers jours de ta nouvelle vie sont passés comme le début d'un rêve. Tu découvrais petit à petit la ville tentaculaire dans un besoin de la maîtriser complètement, de te fondre dans le moule, de te perdre dans ses coins obscurs, d'emprunter une autre identité, loin de celle qu'on t'avait construite minutieusement telle une toile d'araignée.

On s'occupe de toi, et cette attention gratuite sans attente d'un retour sur investissement comble ce vide existentiel qui avait commencé à se creuser dans ton enfance. Tu retournes à cet âge de l'émerveillement et tu peux passer des heures seule dans un parc, à regarder les mouvements des écureuils, ou à fouiller dans les étalages des vendeurs ambulants sans rien vouloir acheter finalement.

Tu glisses dans cette nouvelle langue doucement, en réduisant l'écart entre l'espagnol de la méthode Assimil et le mexicain de la rue, tu parles dans un nouveau rythme qui te donne envie de te jeter dans la vie comme jamais auparavant.

Xav t'aide dans tes démarches administratives à la fac, il t'initie au quotidien, sa présence apaise tes blessures, tu découvres enfin l'amitié pure, le partage illimité, la stock-option de tendresse, le crédit sans taux d'intérêt.

Vous passez des heures sur votre terrasse commune, en vous laissant bercer dans vos hamacs, à parler de tout ce qui vous passe par la tête, en vrac, sans chercher un sujet de conversation, sans vouloir dominer l'autre par ses connaissances et ses aptitudes à manipuler la parole.

Tu ris beaucoup avec lui et avec les autres et parfois tu te demandes d'où ça te vient ce nouvel état de normalité, où est passée ta gravité ancestrale, l'héritage culturel de ton peuple qui berce sa souffrance en l'utilisant comme argument principal dans toute confrontation directe.

Ici ta guerre est finie. Tu es enfin sur un territoire où tu peux laisser tomber tes armes, jeter l'éponge et entrer dans un état de contemplation totale. Tu guéris de tes peurs et enfin, enfin tu reviens à la simplicité.

Parfois, une attaque de panique secoue tes nuits comme un rappel de ton passé tourmenté, mais il suffit de sortir sur le balcon, de regarder les lumières clignotantes et le mouvement des feuilles de palmiers pour te calmer. Dans ces moments de récidive, tu as peur qu'un jour tout cet état de calme et d'équilibre se dissolve, que tu sois encore poussée dans la violence de tes affrontements, qu'encore une fois on te refuse l'existence paisible que tu cherches depuis le commencement. La beauté du présent te fait flipper, tu ne crois pas que tu le mérites, ce n'est pas quelque chose d'habituel et il en faut du temps pour accepter la force des choses simples. La douleur du ratage tu la connais, l'épanouissement est si loin de ton quotidien mental que ton corps a du mal à l'accepter.

Parfois tu marches dans la rue en attendant que quelque chose te tombe dessus pour mettre fin à cette transe qui te porte trop loin de tes habitudes. Les réflexes de ton européanisme reviennent, tous les avertissements des guides touristiques se mettent à clignoter dans ta tête, ton corps se braque en attendant que quelque chose de brutal l'attaque.

Tu regardes les gens de la rue en cherchant des traces de violence et tu ne comprends pas cet état d'équilibre, de calme et de bienveillance qui habite leurs regards. Les rapports entre les gens restent simples, rien de leur intime souffrance ne transpire et tu apprends à vivre tes émotions et tes angoisses cachées.

Tu apprends à être avec les autres, à laisser les morceaux ratés de ta vie se fondre dans ton corps, tu ne projettes plus ta frustration sur ta peau, à la vue du monde.

Tu te découvres dans les autres, sans les imiter comme tu le faisais avant. Au fur et à mesure tu commences à connaître les histoires de tes colocataires et chaque bout de leurs récits te ramène à une parcelle inexplorée de ton être.

Anna est née en Argentine. Son père s'est barré quand elle avait un an. La ressemblance avec ta propre histoire fait monter une tension aiguë dans ton crâne, il y a toujours quelque part, dans tout arbre généalogique, un père qui s'est barré, sinon les choses seraient trop évidentes. Elle est venue ici à vingt-deux ans pour le chercher et elle a dû attendre une semaine avant qu'il accepte de la voir. Autour d'un café, il lui a raconté l'histoire qu'il a eue avec sa mère, les deux versions ne collaient pas vraiment, mais Anna a voulu l'entendre et finalement elle a senti le besoin de vivre là un temps pour rattraper ce passé inhabité. Anna te parle d'un moment précis, à Tepoztlán, dans un petit salon de thérapie où elle s'est débarrassée soudainement du poids de son passé et où elle a compris que sa vie était désormais là. Ça t'intrigue. Est-ce qu'on peut guérir du passé juste en entrant dans un petit salon de thérapie pour laisser un billet de cinq cents pesos derrière soi ? Ton scepticisme européocentriste te joue des tours. Tu ne sais même pas ce que ça pourrait être un salon de thérapie à Tepoztlán, mais ton esprit cartésien emprunté t'empêche d'y croire. Anna saisit le mouvement de ta pensée, elle te prend la main et elle te dit : « Je t'amènerai et tu verras. »

Clément est parti pour ne plus vivre en France, il n'a pas choisi le Mexique, il a choisi le billet le moins cher qui lui permettait de s'éloigner d'un continent trop vieux pour lui. À Paris il était tombé amoureux d'une Sénégalaise qui n'a pas réussi à prolonger son titre de séjour. Un état d'angoisse s'infiltre dans ton sang quand tu entends à nouveau le mot « préfecture », tu avais pensé être la seule à avoir connu le pouvoir d'un tampon sur un bout de papier de quelques centimètres carrés.

— Pourquoi tu ne l'as pas suivie ?

— C'était trop tôt. Et puis sa famille, c'était compliqué. Une histoire de prince, de religion, de mariage arrangé, ça m'a dépassé. Mais le jour où elle a pris son avion j'ai su que je ne pourrais plus habiter dans ce pays. Si je pouvais avoir un autre passeport je le changerais demain, il y a des limites à toute politique d'immigration et nous en ce moment on est allé trop loin. Je ne veux plus figurer dans les annales de l'administration française, je n'ai même plus un numéro de sécurité sociale et ça me va très bien.

Tu regardes Clément, tu observes la pulsation des veines qui traversent sa tempe gauche et ton passé avec la France devient plus léger. Là-bas tu t'es toujours sentie une étrangère, même si tu avais l'impression d'appartenir totalement au corps commun. Tu croyais que tes histoires avec la préfecture ne pourraient jamais être comprises par un Français, tu ne prenais pas en compte le pouvoir illimité d'atteinte de l'administration. Une politique inventée pour protéger soi-disant les ressortissants du territoire où elle avait été pondue atteignait par ricochet ses propres sujets. L'histoire de Clément te réconcilie avec les Français, tu es sur le point de comprendre que ce n'est pas un pays qui t'a éjectée, mais un système, et ce système est partout pareil, alors il ne nous reste qu'à flotter à la surface des territoires, à transgresser les murs et leurs lois, à fuir, à détourner les conditions d'accès, à nous glisser entre les mailles de leurs bases de données. C'est ce que Clément fait : il sort du Mexique tous les trois mois pour ne pas avoir à expliquer sa vie à des bureaucrates en costard.

L'histoire la plus troublante de la maison tu l'apprendras quelques jours plus tard, avec Aygen. Sa présence discrète n'aurait jamais laissé transparaître la déchirure de son passé.

Tu marches avec Aygen dans les rues arborées de San Angel, une tasse de chocolat chaud dans la main. Tu es surprise par la massivité des clôtures des maisons, rien ne peut laisser deviner une trace de vie à l'intérieur. Parfois quand une porte s'ouvre vous glissez vos regards de l'autre côté et vous apercevez une jeune fille en uniforme sur le perron de la maison. Elle reste debout au garde-à-vous à regarder le départ de son maître.

— C'est comme à Chypre.

— C'est ton pays ?

— Non. À Chypre, ils prennent Philippines, Indonésiennes, Pakistanaises. Les Chypriotes ne font pas ce genre de boulot.

Tu insistes bêtement sur cette histoire de pays, pas forcément pour lui coller une identité, juste pour comprendre ce qui se cache derrière le refus d'Aygen de s'associer à un territoire.

— Je suis née là-bas d'une mère anglaise et d'un père chypriote turc, je vis là-bas sans appartenir à ce pays, j'appartiens au territoire oui, mais ça c'est autre chose. Et ce qui est étrange c'est que j'appartiens à un territoire qui est aujourd'hui rasé de la carte, balisé par des barbelés et des militaires.

Tu l'entends parler sans trop comprendre ce qu'elle dit. Tu ne sais pas s'il s'agit d'une métaphore ou d'une fantaisie. Comment aujourd'hui en Europe peut-il y avoir de tels terrains de guerre ? Tu pensais que Chypre était un petit pays tranquille entouré de plages, envahi de touristes en quête du meilleur *all inclusive* du moment.

Aygen continue à parler, son regard égaré dans l'espace :

— Je vis toujours là-bas, même si je ne vis pas vraiment, je pars de là et j'y retourne entre mes conférences et mes recherches. J'ai même renoncé à travailler là-bas, fouiller ces terres m'est insupportable maintenant, mais je continue à être à cet endroit pour attendre quelqu'un. Ce pays n'existe plus sur ma carte personnelle. Je refuse d'appartenir à un pays qui s'est divisé dans sa propre guerre, qui s'est dévoré tout seul, qui a le goût du sang et des balles, qui cache ses morts dans les fondations de nouvelles maisons, qui a avalé son passé sans le digérer et sans vouloir le connaître. Mon pays est un énorme charnier.

Tu n'oses pas regarder cette femme. Tu ne saurais pas quel regard poser sur sa douleur. Tout a l'air si éloigné de ta réalité. Aygen parle lentement, elle fait de longues pauses, elle est rattrapée par le présent, par la beauté du paysage, par les couleurs vives des façades, par les feuilles des arbres qui brillent sous la lumière d'un soleil qui semble plus fort ici qu'en Europe.

Devant une maison cubiste entourée par des cactus, composée de deux moitiés reliées par une passerelle, l'une peinte en bleu, l'autre laissée dans son état brut en béton,

Aygen a des larmes dans les yeux. Elle te prend par la main et vous entrez.

— C'est l'atelier de Frida Khalo et de Diego Rivera. Elle travaillait dans l'atelier bleu et lui dans l'autre partie. Séparés ensemble.

Aygen n'arrive plus à finir ses phrases, sa voix tremble, son âge et son passé ne lui permettent pas d'éclater en sanglots devant quelqu'un qui pourrait être sa fille.

Vous traversez l'atelier de Rivera et tu découvres au fur et à mesure cette histoire d'amour, d'art et de combat politique, et toi aussi tu es saisie par un état conflictuel que tu n'arrives plus à maîtriser. Vos émotions se rencontrent, se mélangent, tu te sens si proche de cette femme qui a presque l'âge de ta mère, tu la regardes : c'est elle la famille que tu cherches depuis ton départ. Tu voudrais prolonger l'intensité de ce moment, pour une fois tu n'as plus peur de tes sentiments, tu t'y jettes à corps perdu.

— Ça ressemble à la mansarde de Varosha.

Aygen te parle de cette ville fantôme où elle est née, où elle a grandi, où elle a aimé. Elle te parle de cet homme qu'elle attend encore, cet homme qui a rempli son jardin de ses sculptures inachevées, cet homme qui a disparu dans la violence des années 1970. Elle te parle de ces nuits de bonheur au bord de la mer, ces nuits qui se sont fondues soudainement dans un cauchemar envahi par le sang et les balles. Aygen te parle d'un amour perdu qui a résisté pourtant dans son corps à travers les décennies, malgré la violence des séparations multiples, des trahisons, de la succession des guerres civiles, et toi tu projettes là-dessus les corps de tes disparus. Cet homme dont Aygen parle a parfois le visage de Seb et parfois le visage de Kal et vos histoires s'entremêlent et tu commences à lui parler à ton tour de ta vie, de tes chemins inachevés, de tes doutes, tu lui parles comme tu aurais aimé pouvoir parler à ta mère, sans te cacher derrière les mots, sans pervertir la réalité de tes sentiments, sans devenir une autre, celle qu'elle attend, l'enfant idéal enterré dans son ventre.

— Je te dirai une chose, reste ici, éloigne-toi de ton continent. Tu n'as rien à vivre là-bas. Moi je reste pour rattraper une dette du passé, ce moment d'hésitation où j'ai choisi ma vie à la place de nous choisir nous. Toi tu les as choisis eux, mais ils ne t'ont pas suivie. Construis autre chose, loin du territoire de la défaite. Ici tout peut commencer à nouveau. C'est bizarre. Je suis venue là sans que personne me le demande, je suis venue fouiller les ruines de ce pays car chez moi je n'ai plus rien à fouiller. Je suis venue étudier les sacrifices humains chez les Aztèques et je me demande, en te racontant tout ça, qu'est-ce que je viens chercher là-dedans ? Une autre vie peut-être, ce serait beau. J'ai atterri dans cette maison de jeunes, mes économies ne me permettaient pas une maison individuelle, je suis là en tant que bénévole, et une autre existence s'ouvre devant moi, mais moi je ne peux pas la saisir, j'ai encore des choses à régler là-bas. Toi tu peux la prendre cette vie. Tu as le temps et la force et tout peut commencer maintenant. Laisse ton passé là où il a sa place et jette-toi dans la vie.

Les paroles d'Aygen touchent cette corde sensible qui protège ton endroit de fragilité.

Tu lui demandes si elle a des enfants. Elle se tait et dans son silence tu as la réponse.

— C'est le seul homme que j'ai rencontré vraiment. Il y en a eu d'autres après mais ils n'ont fait que passer. Avec lui, j'ai raté. Sa vie est allée plus loin que la mienne. Il a eu une fille, je l'ai regardé partir, mes enfants sont partis avec lui. Et c'est aussi la guerre... quand tu fouilles les charniers pour retrouver des corps perdus tu te prends directement dans la gueule la cruauté du monde. Et alors tu te dis... pourquoi fabriquer encore un corps à jeter dans la jungle ? C'est triste de voir un enfant grandir à côté d'une frontière. La ville où j'habite est coupée par un mur. On ne peut pas passer de l'autre côté, et la ville d'où je viens, Varosha, est encerclée par des barbelés. Je n'ai rien d'entier en moi...

La parole d'Aygen est interrompue par un panneau sur lequel son regard glisse. Tu le lis avec elle. Le texte dit que Diego Rivera est mort trois ans après Frida et, malgré son désir d'être enterré à ses côtés, son corps a été inhumé au Panthéon de Dolores.

— Même dans la mort on nous sépare. Même la mort nous est confisquée. Rien sur cette terre ne nous appartient. Même pas nos corps.

Vous vous éloignez de la maison de Frida et vous ne vous dites plus rien. Vous marchez en silence et c'est la plus belle preuve d'amitié.

Au premier carrefour tu prends le métrobus direction Cité universitaire. Tu restes seule sur le quai et le passé surgit : Seb et Kal, les deux pôles de ton existence, qui referment toute possibilité de vivre dans les territoires où vous avez consommé vos étreintes. Deux points critiques entre lesquels tu as écrit ton histoire sans trouver un dénouement juste. Deux allers sans retour. Si tu es ici aujourd'hui dans cette ville tentaculaire c'est aussi pour oublier l'échec de ces rencontres. D'où te vient le mot échec ? On peut le mettre à côté du mot rencontre sans provoquer une explosion intérieure ? Tu es toujours coincée dans une obsession de performance. Même dans ta vie tu cherches encore l'efficience, on te l'a imposée dès le bas âge et c'est une notion qui se répand comme un virus.

Tu as toujours eu peur de rater. Même dans l'amour, surtout dans l'amour. Tu as toujours été paralysée par l'obsession de ne pas agir comme il faudrait le faire.

Comme si l'amour était une compétition, comme si à la fin on donnait des médailles aux gagnants.

Le temps avance, il te trahit et il te sauve, tu dois bouger ton corps et le placer à un autre endroit, le temps te sort de cette inertie où tu es bombardée par des bribes toxiques de ton passé mal digéré. Tu abandonnes ta pensée au milieu de la pelouse et tu te diriges vers un cube en béton. Tu t'installes sur le banc d'un amphithéâtre et la ressemblance avec la fac de Nanterre est assez frappante. Tu occupes la même place, côté fenêtre derniers rangs. Même la lumière tombe dans le même angle. Un instant, tu as l'impression que tu es bloquée dans un temps défini de ta vie qui se répétera à jamais. Tu seras toujours une étudiante étrangère paumée dans les derniers rangs d'un amphithéâtre construit dans un bloc de béton, une étudiante qui apprend toujours une autre langue pour enterrer celle d'avant et surtout pour se défaire de l'emprise de sa propre langue. Une étudiante qui ingurgite de nouvelles informations sans faire de tri, juste pour remplir sa mémoire, vider l'archivage des sentiments et des ambitions ratées. Apprendre des choses en vrac pour oublier le désir de briller un soir sur une scène, d'être la cible de tous les regards réunis, de quitter son corps pour vivre la vie d'un personnage presque parfait.

Tu vis dans une boucle et tu en prends conscience enfin. Il est temps de sortir. Il est temps de choisir, de ne plus flotter à la dérive, de ne plus se perdre dans les rêves des autres. Tu es dans un amphithéâtre à l'autre bout du monde, dans un pays dont tu ne savais rien avant, tu t'apprêtes à te plonger dans une nouvelle discipline, l'anthropologie, au hasard, par un concours de circonstances heureux. Il y a toujours eu un élément extérieur qui t'a projetée en dehors de la routine rouillée. Tu es là, dans les starting-blocks d'une nouvelle course, et cette fois-ci tu veux la remporter, tu ne tiens pas à arriver la première mais juste arriver à la fin, doser ta respiration pour pouvoir tenir jusqu'au bout.

Tu écris en gros « Histoire de la colonisation » sur ton cahier et tu regardes attentivement le visage du professeur qui commence à ranger ses livres sur son bureau.

Tu entres dans un nouvel univers de la connaissance, que tu avais ignoré auparavant, tu découvres des tranches douloureuses du passé de l'humanité.

Les dernières informations liées à l'histoire universelle te sont parvenues rapidement en terminale, noyées dans les braves exploits de défense des soldats roumains. L'ethnocentrisme dans lequel tu as baigné pendant tes années d'école n'a laissé transparaître aucune pensée critique par rapport à cette période de l'humanité. C'est comme si tout ça ne concernait pas les gens de ton territoire. On t'a tellement dit que ton pays n'en a jamais agressé un autre, qu'il n'a pas été un pouvoir colonial, que maintenant tu te demandes si tout ça ne venait pas au fond d'une grande frustration. N'a-t-il pas été colon par choix ou par dépit? N'a-t-il pas été envahisseur par volonté ou par incapacité? Et même si tout ça n'est jamais arrivé, on fait partie d'un tout et on devrait être concerné par tout ce qui atteste l'action de l'humain sur cette terre. En tout cas c'est ce que tu ressens en ce moment. Tu fais partie de cette histoire et tu as honte.

Tu recrées cette image dans ta tête : les Aztèques recevant les conquistadors espagnols avec la conviction qu'ils étaient les émissaires de leurs dieux. La réponse de Cortés fut simple : il a tout simplement abusé de cette confiance. Juché sur un cheval blanc, paré d'une armure brillante, il correspondait tellement à l'image d'un dieu qu'il n'a rencontré aucun obstacle dans sa conquête. La réponse de Cortés est la réponse de l'homme de pouvoir, du mâle dominant, de celui qui écrase avec le sourire figé sur ses lèvres, de celui qui s'enivre par le jeu des dominations, de celui qui jouit en brandissant le scalp du vaincu. La réponse de Cortés est la réponse d'un continent. Elle t'appartient. Tu fais partie d'une civilisation qui s'est développée dans un court intervalle de temps grâce aux matières premières pillées à des territoires écartés de l'Histoire. Par ricochet tu tires les avantages de cette opération, la réponse de Cortés est le premier pas vers la fracture du monde.

Tu entends pour la première fois l'expression « commerce triangulaire ». Tu te demandes comment tu as pu attendre si longtemps avant de comprendre ce concept fondateur de la révolution industrielle, ce mécanisme subtil qui a engendré de nouvelles sociétés. Même si tu viens d'un peu plus loin, ton territoire a été aussi contaminé, sauf que là-bas les gens ont fermé les yeux plus longtemps.

Tu as vécu en France plus de deux ans et tu n'as jamais entendu tout ça. Il y a eu un mot dans cette campagne électorale à l'origine de ton départ, un mot avec une sonorité épaisse, brutale, que tu n'as pas intégré dans ton vocabulaire. Le mot « repentance ». Tu te souviens maintenant. Tu as vécu dans un espace-temps replié sur toi-même, dans un labyrinthe minuscule aux parois en miroir, concentrée sur ton ego fracturé que tu n'as pas réussi à assembler. Chaque fois, quand tu tournais dans une direction, tu te cognais à un mur et tu voyais ton image déformée. Tu as été opaque, imperméable au milieu extérieur, hermétiquement enfermée. Ce monde t'a alors rejetée. Tu n'as rien fait mal, tu as même tout fait comme il fallait, tu as essayé de te fondre dans le moule général, de te conformer aux grilles d'évaluation, de t'adapter, de t'acclimater, mais il ne s'agissait pas de ça. On n'attendait pas ça de toi. C'est comme dans l'amour, finalement les pays ne sont que des agglomérations d'êtres humains, des corps immenses à plusieurs têtes.

On t'attendait à un autre endroit. Tu aurais eu juste à t'ouvrir, à découvrir, à comprendre, à mélanger ton bagage culturel à ce nouveau monolithe et à créer un autre être. À la place, tu as construit une carapace. Seule, avec tes faiblesses, tes manques et tes frustrations, ton regard était déformé par l'habitude de contempler la même image, tu voulais prendre sans rien donner, sans te confronter véritablement, sans regarder plus loin que ta personne.

En écoutant les exploits des soldats de Cortés, tu te rends compte de l'erreur commise. Tu es aussi un colonisateur. Tu ne cherches qu'à placer ton drapeau sur un bout de terre que tu transformeras ensuite en terrain agricole profitable.

Tu n'as rien appris en dehors d'une langue.

Tu avais construit une image idéalisée de la France, tu étais partie là-bas comme on part en maison de repos, passive, en attendant le traitement approprié. Avec Seb, avec

Kal, tu as fait la même erreur, c'est un rapport au monde factice et aujourd'hui tu t'en rends compte enfin.

Au Mexique tu n'es venue avec aucune image. Tu as choisi un sujet d'étude arbitraire, tu ne t'attendais à rien, en dehors de mettre à distance les territoires du traumatisme. Maintenant tu commences à regarder autour de toi, à t'oublier dans les histoires des autres, à t'extraire de ton contexte, à te placer dans de nouvelles dimensions.

Tu passes du temps avec Aygen et tu es frappée par sa force, qui vient d'un regard profond sur les choses et les gens qui l'entourent, elle s'oublie complètement en écoutant les autres, en lisant ses livres ou en parlant de ses fouilles archéologiques. Elle est profondément ancrée dans les gestes et les paroles de l'instant présent. Parfois on peut lire dans ses yeux une tristesse profonde qui vient d'une blessure ancienne, presque refermée. Elle a appris avec le temps à nager dans ce lac intérieur alimenté de petits ruisseaux qu'elle sait accueillir pour renouveler ses forces.

Tu commences toi aussi à marcher sur cette voie.

Tu apprends à regarder dans les profondeurs des êtres qui t'entourent. Sans rien attendre en retour, tu cherches à saisir la partie indicible de chaque être, l'endroit de la blessure, là où quelque chose s'est cassé, là où la route a dévié, laissant place au vide, à l'origine de toute construction intérieure. On bâtit notre existence sur les ruines d'une vie brisée. Tu ne connais pas cet endroit de basculement dans ta propre vie. Tu le places quelque part à proximité du moment où ton père a foutu le camp et où ta mère cherchait un regard pour apaiser sa solitude, mais l'acte ou la parole qui t'a marquée est impossible à retrouver.

Tu marches dans les rues agglomérées de Mexico et tu te demandes quelle est ta place dans ce nouvel écosystème. Tu ne penses pas à une place à occuper, tu penses simplement à une place qu'on t'inviterait à prendre. Il n'y a plus de volonté là-dedans, seulement un désir d'être au juste endroit de l'existence.

Au centre de la cité, les soldats ont rasé le temple des Aztèques pour construire la plus belle cathédrale du continent. Ils auraient pu la mettre ailleurs mais c'était symbolique. Ils ne voulaient rien conserver de la culture qu'ils étaient en train de dominer, ils voulaient raser son passé pour imposer leur propre éternité, avaler l'autre. Ton ancienne pensée trouve ses origines dans cet acte. Tu ne regardais pas l'endroit ou l'être, tu te regardais toi. Détruire pour posséder, pour exister, pour remplir un vide avec de la matière.

Ça change, tu changes, tu avances sur un autre chemin. Tu déplaces le point de vue, tu agrandis la focale, ta qualité d'écoute change. Le français tu l'avais appris toute seule, dans la solitude la plus radicale, enfermée dans des livres et des méthodes performantes. Tu as forcé l'entrée de cette langue dans ton corps. L'espagnol tu l'apprends avec les autres, c'est naturel, doux et évident. Tes sens sont aux aguets. Avant tu ne pensais que par l'image qui était devant toi pour coller ensuite une interprétation. Maintenant tu apprends à connaître par les odeurs, le goût, et la texture des êtres.

Tu passes beaucoup de temps avec tes colocataires le soir, à l'abri des murs qui vous séparent du monde extérieur. Vous formez une communauté utopique, des corps éparpillés venus des quatre coins du monde. Vous êtes tous des nomades, même si le mot n'est jamais prononcé. Vous êtes en train de parcourir un chemin, la route est longue, elle ne finira jamais.

Tu commences à te connaître en apprenant d'autres corps. Tu éprouves leurs histoires organiquement, en les revivant dans ton imaginaire.

Tu peux pointer l'endroit de fragilité de chacun sauf de Xav, pourtant c'est avec lui que tu passes la plupart de ton temps. Isolés sur votre terrasse vous parlez des heures avant d'aller vous coucher chacun de son côté. Sa présence te rassure. Tu n'as jamais vu quelqu'un d'aussi stable, ses opinions sont ancrées dans son corps, rien ne semble perturber son équilibre intérieur. Il te parle beaucoup de son combat, il a créé une compagnie indépendante de théâtre avec quelques amis. Hors système, autofinancée. Ils louent deux fois par an un appartement pour quelques mois et ils créent un spectacle. Une jauge réduite, cinquante personnes au maximum, ce qui leur permet de s'autoproduire. Ils parlent librement de ce qui les met en colère, des fractures de cette société, des sujets interdits, occultés, dont les autres ont peur de parler. Ils font un théâtre documentaire, à partir de témoignages, ils collectent des heures de paroles enregistrées, ils vont là où personne n'ose pousser les portes, dans les territoires dominés par les cartels, les quartiers précaires, les zones d'exploitation. Ils restituent ensuite cette parole dans une forme qu'ils réinventent à chaque fois, dans une proximité avec le public, dans un face-à-face qui ne permet pas le détour.

Ses yeux brillent quand il parle, il s'enflamme, il vit son combat dans son corps avant de le transposer sur le plateau. En le regardant tu te rends compte que tu n'as jamais engagé ton corps dans une idée. Tout est resté à l'extérieur de ta peau. Tu rêvais de personnages russes tourmentés par le vide existentiel, mais tu ne les as jamais éprouvés depuis l'intérieur de tes muscles. Ils sont restés au stade de concept froid te permettant de vivre tes fantasmes et de fuir la médiocrité qui t'entourait.

Tu regardes Xav et tu découvres cette nouvelle dimension de l'être humain. Tous les gens que tu as croisés jusqu'à présent étaient plongés dans leur chaos interne, préoccupés exclusivement de sauver les meubles et de satisfaire leurs besoins immédiats, d'apaiser leur orgueil et de soigner leurs blessures narcissiques. Tu n'as retrouvé ça que chez Aygen et Xav et cette double rencontre t'effraie quelquefois. Tu as peur de ne pas être à la hauteur de cette conjonction inattendue. Mais il y a aussi une autre peur qui traîne depuis l'enfance. C'est la perte. Tu as peur de les perdre et tu as aussi peur de perdre tes certitudes.

Aygen et Xav te révèlent des choses cachées en toi, ces choses qu'on essaie d'enterrer tout au long d'une existence, ces choses qui nous sautent à la gorge à chaque tentative de vie, ces choses qui prennent d'autres visages pour nous piéger, choses non résolues, perverses, dangereuses, belles dans leur laideur tout simplement parce qu'elles constituent la singularité de chaque être.

Tu n'oses pas encore entrer là-dedans et par-dessus tout tu as peur de te retrouver seule face à cette découverte.

Ton corps redevient lourd, le miracle mexicain n'a duré que quelques semaines. Ton système reprend la main sur toi, mais pourtant tu bouges, tu te déplaces d'un millimètre. Tu retrouves du réconfort dans les moments où tu t'oublies : dans tes cours d'anthropologie, dans les livres sur les conquêtes cruelles des premiers colons et les destructions des civilisations. La colère monte.

Tu aurais besoin d'agir, mais tu ne sais pas encore comment. Tu accumules des informations, de nouvelles connaissances, des idées à contre-courant, tu apprends à réfléchir autrement, loin des allées balisées par ta culture, mais l'action manque. Qu'est-ce que tu vas faire après tout ça ? Aygen fouille le sol pour trouver des vérités enterrées, Xav les porte plus loin vers des gens qui les ignorent. Tant d'autres êtres sur cette terre savent où placer leur énergie. La même question t'érode. Que faire ? Tu as changé de direction tellement de fois et tu n'as pas encore trouvé la route. Tu pourrais suivre le chemin battu, entrer en thèse à la fin de l'année et ressasser les mêmes idées, transmettre des connaissances filtrées par ton intelligence en cours de développement, écrire dans des revues spécialisées, parler devant des amphithéâtres remplis de convaincus, faire résistance et insister pour vivre. Tu sens que tu pourrais faire plus, tu regardes Xav et tu le sais.

Il te faudra juste du temps, ça viendra, en attendant tu as besoin d'apaiser tes peurs et tu ne sais pas comment le faire, c'est ça qui blesse.

Anna saisit ton état, ça ne passe pas par la parole, tu ne dis rien sur toi ni tes angoisses, tu verrouilles tout, mais elle te sent. Un matin, elle te prend par la main : « Il est temps d'aller à Tepoztlán. »

Aygen se joint à vous, vous prenez un car et quelques heures plus tard vous arrivez devant le couvent où des centaines d'Aztèques furent convertis par la force. Vous vous allongez sur l'herbe brûlée, vous ne parlez pas, chacune se laisse imprégner par cette force invisible. On parle tellement de la pyramide de Tepoztlán, de cet endroit magique, de son énergie positive, ça attire des foules de touristes hippies, mais tu n'es pas touchée par ça, c'est l'énergie de ces corps convertis à une religion étrange que tu sens, ces corps morts il y a des siècles, les derniers porteurs d'une civilisation matraquée au nom du bien-être de l'Europe. Tu regardes les Occidentaux se précipiter vers la montagne pour arriver au temple merveilleux, ils ne s'attardent pas devant la cathédrale, les blessures de leur histoire ne les intéressent pas, ça fait trop mal, à quoi bon remuer la merde quand on peut avancer tranquillement vers les cieux, quand on peut chercher le salut individuel, l'équilibre, la paix, en empruntant les restes d'une croyance abîmée par sa propre civilisation ancestrale.

— L'humanité n'a fait que démolir. On nous parle de construction. C'est faux. On ne cesse de casser. Toute civilisation s'est construite sur les ruines d'une autre. On aurait pu bâtir à côté. Non, on l'a fait sur les pierres existantes. Dans mon île, les Francs ont construit des cathédrales avec la pierre des temples grecs. Quelques siècles plus tard, les Vénitiens ont vendu la terre aux Ottomans qui ont construit des mosquées à l'intérieur des cathédrales et, dans un ou deux siècles, on va y mettre encore autre chose. On a perdu la mémoire, on nous l'a confisquée, on ne sait même plus d'où on vient, qui on est, alors pourquoi on continue à revendiquer une terre, un peuple, une appartenance ? On va se réveiller pour comprendre qu'on vient tous du même endroit, qu'on a été tous livrés au même combat, que toutes ces conneries de briques, symboles, livres saints ne sont que des techniques de manipulation. Diviser, diviser pour avoir une foule molle, facile à diriger. Les hommes qui contrôlent le monde n'en ont rien à foutre des territoires, des murs et des hymnes nationaux, leur seule religion est le pouvoir, ces concepts ils les ont inventés pour nous avoir et ça a bien marché, on y est encore, on y sera toujours si on ne bouge pas.

La voix d'Aygen s'est mise à trembler vers la fin. Elle a parlé avec vos mots aussi, elle arrivait à synthétiser votre pensée commune, à mettre en parole les émotions qui vous submergeaient toutes sans pouvoir les cracher. À vous trois, devant la cathédrale de Tepoztlán, vous formiez un peuple.

Anna vous a menées dans un petit salon de massage tenu par une jeune femme aux cheveux longs, avec un regard abyssal. Vous avez poussé une porte tibétaine en bois massif et vous vous êtes assises par terre dans une petite salle d'attente devant une tasse de thé. Tu es passée en dernier. Tu t'es allongée nue sur la table dans un nuage de fumée d'encens ambré. Ses mains ont commencé à glisser sur ton corps. Tu as senti des nœuds se défaire dans tes muscles, ton corps s'ouvrait enfin.

— Tes épaules sont verrouillées, tu portes beaucoup de monde dans ton dos.

Sa phrase, ou plutôt son diagnostic, t'a frappée profondément.

Pendant qu'elle enfonçait ses poings dans tes épaules, elle en a lancé une deuxième :

— Il faut les lâcher maintenant tous ces gens…

Tu as essayé de comprendre ce qu'elle voulait vraiment dire et surtout d'apprendre qui étaient ces gens que tu portais dans ton dos.

La jeune femme s'est mise à manipuler des fragments de ton corps, elle était entrée dans un dialogue bizarre avec lui.

— Ça bloque, ça bloque… ça c'est ta mère. C'est ta mère qui bloque.

Tu ne lui avais pas parlé depuis des mois. Arrivée au Mexique, tu l'avais appelée une fois pour lui dire que tout allait bien. Plus rien après. Tu ne comprenais pas comment ça pourrait être elle, tapie dans tes épaules.

— Je ne lui parle jamais. Je pense très peu à elle.

La jeune femme a eu un sourire vainqueur, un sourire semblable à celui de ton psy parisien.

— C'est ça qui bloque. Il faudra lui parler. Tu crois penser peu à elle, parce qu'elle est présente dans toutes tes pensées.

Elle t'a laissée te reposer sur cette idée et elle est sortie de la pièce. Tu ne sentais plus tes muscles tellement tu étais relâchée et dans cette détente extrême, presque dangereuse par sa puissance, une pensée fait éclair. Tu es peut-être là, dans ce voyage sans fin, dans cette fuite du passé, dans cette course impulsive pour lui échapper. Et pourtant, les dernières années en Roumanie, ta mère n'a jamais été très intrusive. Si tu y penses bien, elle ne l'a jamais été. Tu as toujours eu l'impression qu'un mur invisible mais impénétrable s'érigeait entre vous. Ta mère s'est enfermée dans sa dépression latente et elle t'a exclue. Pendant ton enfance, tu n'as cessé d'essayer de casser cette distance. C'est ça que tu fuis, l'indifférence apparente de ta mère, sa folie discrète, et surtout la culpabilité que tu t'infliges de n'avoir pas réussi à la sauver.

Tu te lèves de la table sous l'impulsion de cette idée.

Tu as voulu sauver ta mère, tu as échoué, alors tu es partie pour oublier l'échec.

Tu retrouves Aygen et Anna dans la salle d'attente. La jeune femme vous demande de vous tenir en cercle. Elle vous propose un exercice, pour soulager ce poids que chacune porte dans son corps.

Vous inspirez et sur l'expiration vous descendez vers la terre. Vous fermez les yeux et vous répétez après elle un texte adressé à vos mères dans leur langue :

— Je te remercie de m'avoir mise au monde. Je te suis reconnaissante pour tout ce que tu m'as donné. Je te respecte et je te respecterai encore, mais aujourd'hui je reprends ma vie en main. Tes problèmes ne sont plus mes problèmes. Je vivrai comme je le désire, comme je le conçois. Je ne me sentirai plus coupable. Nos vies se séparent maintenant. Je veux que tu sois heureuse, laisse-moi être heureuse aussi. Je te respecte et je voudrais que tu me respectes aussi. Je te remercie.

Tu dis ce texte dans ta langue maternelle que tu n'as plus parlée depuis des mois. Tu le dis comme une incantation magique lue dans un conte pour enfants. Tu le dis et tu ne le comprends pas. Si tu le comprenais, tu éclaterais peut-être de rire. Sa simplicité pourrait te heurter, tu n'as jamais aimé les rituels. Tu ne comprends pas ce texte, mais ton corps le comprend, il le vit, dans ses entrailles. Quelque chose de longtemps verrouillé se déverse, c'est comme un poison qui s'écoule.

La jeune femme vous demande de vous redresser, d'inspirer et d'aller encore une fois vers la terre. Ce mouvement te surprend. Tu croyais la cérémonie finie.

Elle vous demande de fermer les yeux et de faire apparaître une autre personne qui vous trouble, qui vit à l'intérieur de vos corps.

Il faudra reprendre le texte adressé à la mère et l'adapter.

Tu fermes les yeux et tu vois Seb, et deux secondes après, ses traits se superposent sur ceux de Kal. Tu passes de l'un à l'autre, dans une langue et dans l'autre, les mots sont les mêmes, la douleur s'évapore.

— Nos vies se séparent maintenant.

Ton cœur commence à galoper. Une pression sangle tes tempes.

Tu dis la phrase en roumain et ensuite en français et son poids te fait peur. L'espace d'une seconde, tu voudrais lui retirer son sens. Comment vivre sans ces amours mélangées à ton sang, te confronter à ton vide intérieur, mettre cette barrière définitive entre le présent et le passé. Tu as dit les mots, maintenant c'est trop tard. Tu es comme une enfant sur le bord d'une piscine qui a peur de sauter du plongeoir. Mais tu as sauté.

Tu es dans le vide, la chute est douce, tu ne sens plus le poids de ton corps, la pensée s'envole, tu retournes à un état de poussière, qui se rassemblera à nouveau dans un autre corps une fois la terre touchée.

À côté de toi, le même texte est dit en grec, en turc, en espagnol et en portugais. Chacune enterre ses morts dans les langues du monde entier.

Vous sortez du salon de massage toutes les trois, vous faites marche arrière vers la gare routière, vous achetez vos tickets, vous attendez le bus, il arrive une heure plus tard, vous montez dedans. Tout ça sans un mot. Vous ne parlez plus, la parole n'a plus de place. Il n'y a que le regard. Tout passe par là.

Devant la cathédrale de Tepoztlán, à trois, vous formiez un peuple. Dans la salle d'attente du salon de massage de Tepoztlán, vous formiez un seul corps. Vous avez atteint cette fusion qu'on cherche dans la solitude immense qui s'étend de la naissance jusqu'à la mort, cette fusion que certains n'éprouveront jamais, cette fusion qui dure une seconde, cette fusion qui laisse un vide encore plus grand derrière. Et maintenant, dans ce silence qui s'étend dans le bus, il vous faut revenir tranquillement à soi.

Tu retrouves Xav le soir sur votre terrasse commune. Vous ne parlez pas. Vous écoutez Beirut et vous vous laissez porter par les accords sinueux de leur musique. Vous partagez une tristesse commune, une tristesse apaisée, cette tristesse qui prend ses sources dans le vide existentiel des origines.

Ton corps est libéré d'un poids. Tu te sens seule et pour la première fois cette solitude est synonyme de liberté. Tes fantômes se sont évaporés, ils t'ont restitué ton être.

« *Let the seasons begin* », c'est la seule phrase du refrain d'« Elephant Gun » que tu comprends et ce n'est pas le sens des mots qui te frappe, mais leur énergie, leur sonorité, leur résonance, cette promesse d'un nouveau départ. Tu te lèves et tu danses. Ton corps flotte, il remplit l'espace, son mouvement est fluide, libre, léger, il retrouve cet état primaire, embryonnaire, du liquide amniotique.

Tu fermes les yeux et tu te laisses porter par cette nouvelle vibration.

La chanson finit, « Nantes » s'ensuit, tu sens la peau de Xav tout près de la tienne, tu sens sa respiration chaude sur ta nuque, tes cheveux bougent délicatement en te caressant, c'est un plaisir aigu, irritant. Sa langue effleure tes lèvres, elle touche le bout de ta langue, n'ouvre pas tes yeux, pas encore, reste dans cet état second, tu ne contrôles plus rien et c'est bien.

« *It's been a long time long time now since I've seen you smile.* »

Il entre à l'intérieur de ta bouche, tu l'aspires, vos corps se confondent, le temps n'a plus de texture, l'espace a perdu ses dimensions, tout se fond.

Il n'y a que la musique qui reste et les rythmes synchronisés de vos respirations.

Vous faites l'amour sur la terrasse. C'est lent, naturel, tendre, rien de ce que tu as connu avant. Tu penches ta tête en arrière et tu ouvres les yeux : le ciel est violet, lacéré par le vol des oiseaux prédateurs.

6

Tu te réveilles. Le soleil glisse discrètement à travers les rideaux, ta tête est posée dans la cavité de ses aisselles, tu regardes sa peau, cette partie qui s'articule à partir de ses côtes, qui traverse sa taille et ses hanches et tu te sens attachée à ce corps à jamais.

Le corps de Xav bouge et il t'entraîne dans son mouvement. Il te caresse tendrement la peau sans ouvrir les yeux, il est toujours enfermé dans son rêve, et tu adores ce moment où vous êtes ensemble séparés par le sommeil.

Vous vivez comme ça depuis six mois, dans un équilibre parfait. Vous avez transformé ta chambre en un salon et vous avez maintenant deux pièces séparées par une terrasse, un appartement atypique, un rempart, un abri contre le chaos du monde. Les tensions restent en dehors de ces murs, ici ce n'est que l'espace de la plénitude des corps. Pour combien de temps encore ? Tu ne te poses pas cette question. Tu es dans le présent et tu ne redoutes pas ce qui va advenir.

Tu avances dans tes études anthropologiques, tu te perds, tu t'oublies, tu es à l'endroit juste mais tu n'as pas encore trouvé ton chemin. Tu as pour l'instant une direction. Xav travaille avec son collectif, ils font une nouvelle création, parfois tu l'aides, tu suis les répétitions, tu construis les décors, tu réfléchis avec lui. Tu as oublié ton désir pour le théâtre, tu te tiens loin de ça et tu enterres toute frustration quand elle surgit.

Ta tête se sépare de son corps, ton absence le perturbe, il met son bras en dessous de ton dos et te tire vers lui, il te fait monter sur son corps, tu sens son sexe monter sur ton ventre, il dort encore, mais ses sens s'éveillent, tu relèves tes hanches tout en restant collée à son torse. Tu entres en lui. C'est ça que tu ressens quand son sexe glisse dans le tien. Il ouvre les yeux, il a une expression troublante, comme si tu l'avais extrait des ténèbres les plus profondes, comme si tu l'avais sauvé de la mort. Il se laisse pénétrer par ta chatte, le plaisir envahit son regard, il s'abandonne loin et soudainement il te renverse, il grimpe sur ton corps et c'est lui qui rentre à l'intérieur, un peu brutalement, te sortant complètement de ta pensée. Tu adores ce moment où le rapport de forces change brusquement, où tu perds ton pouvoir sans savoir où tu vas arriver.

Après l'orgasme il s'endort à nouveau, tu aimerais t'endormir avec lui, vivre les mêmes émotions aux mêmes moments, ne plus être séparés par des temps différents, mais tu n'arrives pas à te fondre complètement dans sa réalité, tu n'arrives pas à accorder ton rythme au sien, il y a quelque chose qui manque, un vide que tu n'arrives pas à combler.

Tu descends les escaliers vers le salon. Aygen prépare le café. Elle te regarde en souriant et tu retrouves le calme d'avant.

— Tu es toujours en guerre. Malgré cet amour que tu vis, tu restes en guerre.

Elle pose une tasse de café devant toi et ne dit plus rien. Elle te regarde juste et tu n'as pas besoin de comprendre.

— Quand tu trouveras ton ennemi, ta guerre sera juste, elle ne te rongera plus.

Tu ne dis toujours rien. Que répondre à ses paroles venues du fond d'un corps qui connaît la guerre dans chaque particule de son existence.

— Ne squatte pas les combats des autres. Laisse-le faire ce qu'il a à faire et trouve ta propre direction. Sinon vous allez étouffer ensemble.

Elle ne dit plus rien. Elle ne parle pas beaucoup. Les mots restent, se déposent en toi. Pour l'instant, tu n'arrives à rien faire, tu n'es pas prête à les entendre, tu n'as pas envie de théoriser ton ressenti, tu veux juste le vivre.

Tu continues à suivre Xav partout, tu te glisses dans son quotidien, dans son collectif d'artistes militants. Tu lui parles de tout ce que tu apprends sur la colonisation sud-américaine, ta colère grandit sans qu'elle se transforme en une action concrète. Tu veux agir, tu veux te battre, tu veux crier et pourtant rien ne sort. Tu t'épuises dans tes propres émotions et tu essaies de tirer tes ressources dans les heures passées avec lui et ses potes. Tu n'interviens pas directement dans leur création, tu restes un outsider et parfois ça t'étouffe sans pouvoir identifier d'où ça vient vraiment.

La première de son spectacle approche, Xav est stressé, un soir sur votre terrasse ça éclate. Il est en train de réviser son rôle et tu lui lances soudainement une phrase.

— Tu es trop gentil.

Il te regarde sans comprendre.

— Tu veux plaire. Tu restes à l'endroit où on t'attend.

Tu ne comprends pas ce qui te prend. Pourquoi ces mots qui vont blesser et se poser à jamais entre vous sortent à ce moment, à cet endroit ?

— Il y a une violence cachée en toi. Travaille avec ça. Fais-la sortir. Tu l'étouffes, tu n'acceptes pas cette partie, tu voudrais l'effacer, mais elle est là, tout ce que tu cherches c'est la dissimuler sous autre chose et ça ne marche pas.

— Et pourquoi je devrais montrer cette violence ?

— Parce qu'elle est là, elle existe, mais pour te faire aimer tu préfères rester gentil.

— Pas pour me faire aimer, juste… je ne veux pas rentrer là-dedans.

— Mais tu ne peux pas ne pas rentrer. Elle est en toi et si ce n'est pas ici que tu la fais ressortir, où le feras-tu ?

— J'ai pas envie de la faire sortir. J'ai grandi dans cette violence. J'aurais pu choisir la violence mais je me suis battu pour résister.

— Se battre pour résister c'est aussi violent. Ne montre pas la victime, on ne veut pas voir ça. Montre celui qui se bat, c'est tout.

Tes dernières paroles ne l'ont plus atteint. Il a descendu l'escalier en vitesse en sautant les marches. Le bruit de la porte en métal de l'entrée a résonné dans ton ventre et tu es restée seule face au vide. La première rupture.

Tu n'arrives pas à dormir et le passé revient frapper comme un connard. Les visages des hommes qui t'ont blessée prennent contour dans la blancheur de tes draps devenus moites. Ces hommes sont toujours en toi avec leur violence et leur tendresse déchirée. Tu commences à piger le mécanisme, mais tu ne sais pas pourquoi ça a surgi maintenant, avec Xav.

Serait-ce la frustration ? Ton incapacité d'agir, de te battre, de trouver ta place et de la réclamer, de la défendre ? Et pourtant ça t'a fait mal aussi de lui balancer ces vérités à moitié digérées qui dégoulinaient des abysses de ton ventre. Tu as dû casser un barrage pour lui dire tout ça, ton corps ressent encore l'épuisement de l'effort. Tes propres phrases te sont revenues dans la gueule. Tu as frappé dans un miroir.

Toi aussi tu caches ta violence à l'intérieur de cette guerre intérieure dont Aygen te parle. Tu la caches derrière le visage de petite fille timide qui n'ose pas encore sortir ses armes. Tu la caches car tu as peur qu'elle se retourne contre toi, que tu succombes sous le poids de ta propre colère. Tu viens d'un pays où la violence est dissimulée sous le voile de la victimisation permanente et tu es partie pour y échapper. Pourtant, tu te forces à rester gentille pour obtenir un supplément d'amour. Tu as été conditionnée pour ça et la lutte est rude. Tu aimerais que Xav te comprenne, qu'il ait la force de revenir, de se confronter aux problèmes, de ne pas fuir comme les autres l'ont fait dans ta vie. Tu aimerais casser le cercle, sortir de cette infernale répétition où rien ne se crée, rien ne se transforme, où tout se perd à jamais.

Tu écoutes le silence de votre appartement, en guettant le bruit de ses pas mais rien ne bouge. Tu restes clouée au lit à côté de tes fantômes.

Le matin débarque et tu n'arrives pas à sortir de ce cauchemar réel où tu continues à traîner seule dans un lit trop grand pour toi. Ça a l'odeur du définitif. Tu sens les vieilles attaques de panique t'attendre au pas de ta porte et tu résistes à leur ouvrir la voie. Au moins tu auras gagné ça : avant tu te serais jetée dans ces états pour te prouver l'exceptionnel de ton quotidien grisâtre sans fond ni poids. Là au moins tu rejettes toute ressemblance avec une héroïne paumée de la littérature mythique de ton adolescence. Tu écartes même cette crainte qui rôde : que faire sans lui ici ? Je resterai ou pas ? Tu n'arrives pas à répondre, tu reportes toute issue de secours. Tu essaies de résoudre les urgences.

Tu descends du lit, tu arrives au salon, tu articules quelques phrases inachevées à Aygen qui n'a pas besoin de plus pour comprendre :

— Laisse-le faire cette expérience tout seul. Il a besoin de cette solitude. S'il revient trop tôt il t'en voudra. Il doit sortir cette violence. Il sait qu'elle est là, sinon il ne serait pas parti comme ça. Parfois on a besoin de faire ces choses tout seul, on veut garder ce regard émerveillé que l'autre pose sur nous les premiers instants et c'est là qu'on se trompe. Le début de l'amour n'est qu'un acte de création. On se construit des illusions tout seul et ensuite on souffre de les avoir perdues. On devrait avoir le courage de choisir tout de suite : ou on veut faire durer le rêve et ça doit passer par la fuite du réel ou on construit une fiction à deux, et il y a besoin d'une tonne de lucidité là-dedans.

— Tu as choisi quoi ?

— Je suis seule. On a choisi le rêve. Il y a des coins dans le monde où tu ne peux pas faire autrement.

— On… ?

— On. Si j'étais seule à choisir je me serais forcée à avaler le réel, mais on m'a tirée vers son contraire. C'est pas mal finalement. On aurait vieilli ensemble, et alors ?

Aygen te regarde. Tu te tais. Ton état d'angoisse se dissipe doucement. Elle boit une gorgée de café et reprend :

— Trouve-toi un sujet d'étude. Déplace ton énergie ailleurs. Éloigne-toi un peu de tout ça. Mets-toi entre parenthèses, ça fait du bien. Il faut voir cette réalité d'un peu plus loin. C'est relatif. C'est dans ta tête. N'attends pas. Il reviendra quand il trouvera le bon moment, le lien est là, il se desserre, il se resserre, rien ne reste figé dans le temps. C'est la loi qui plane au-dessus de nos têtes.

Tu as suivi son conseil, tu t'es enfermée dans la bibliothèque de l'université, tu as évité quelques semaines de rester trop longtemps chez toi, chez vous. L'espace devenait agressif sans lui, il n'avait tout simplement pas été conçu pour la solitude d'une seule personne. Xav t'avait écrit un mail te disant qu'il avait juste besoin d'être seul avant sa première, il dormirait dans l'appartement où ils allaient jouer. Rien de grave. Il espérait que tu allais comprendre. Tu ne l'as pas compris. Tu n'étais pas du tout prête à comprendre l'absence de l'être aimé, mais tu as fait avec. Plus de force pour prendre des taxis en plein milieu de la nuit et attendre devant des portes à digicode, les amours passées avaient usé ta capacité d'endurance.

Tu étais trop fatiguée, alors tu as commencé à accepter ce qui avant te paraissait inacceptable. Cela fait partie sans doute du processus de vieillissement. Les vies usagées oubliées dans des villes lointaines et des langues impraticables à présent s'étaient déposées dans tes organes vitaux. Ça alourdit ton poids émotionnel, tu ne réagis pas, tu n'attends pas non plus, tu fais avec. C'est peut-être la faculté la plus utile à l'être humain. Prendre ce qu'on trouve, le digérer comme on peut et se raconter une tout autre histoire.

Avec le temps, tu as même accepté la possibilité d'avoir perdu l'amour de Xav. Avant, cette idée t'aurait rendue folle, maintenant c'est presque une thérapie préventionniste. Tu t'injectes cette dose de lucidité nécessaire pour conserver ta structure biologique.

Tu voudrais juste obtenir une vie. Contrat à la clef. À la place on te demande de la construire et tu ne sais pas comment t'y prendre. Tu ne l'as jamais su. Malgré tes efforts répétés tout s'est écroulé à chaque fois. Tu as posé quelques briques, mais le ciment ne les a jamais fait tenir ensemble. C'est comme dans un puzzle où tu n'arrives pas à trouver les pièces qui manquent. C'est comme si tu avais été livrée avec un défaut de fabrication. Tu essaies de le réparer mais ça ne marche pas, c'est le prototype qui a foiré. Tu ne peux qu'améliorer la carcasse mais la structure ne va pas tenir. Tes tempes s'encerclent. Tu sens une douleur monter dans ton crâne. Un orage de larmes frappe sans pouvoir éclater.

Tu as avalé le temps, tu as suspendu l'attente, tu as accepté le vide creusé par l'absence de Xav. Tu t'es arrangée avec le quotidien. Le jour où tu as lu dans ton agenda « Première X », quelque chose a bloqué dans ton ventre. Tu allais être face à face avec une vérité définitive. Le sursis avait expiré.

Tu t'es assise au fond de la salle, tu voulais le voir de loin, cachée, protégée par les autres corps inconnus qui s'installaient entre vous comme un barrage. Le public était assis dans la moitié du salon, le plateau s'étendait sur l'autre moitié en se prolongeant sur la terrasse, séparée par des stores. Aucun décor, juste l'architecture de l'appartement. Les lumières s'éteignent, Xav commence à parler. Tu ne le vois pas, tu entends juste sa voix qui énumère des noms, des lieux et des dates. Chaque passage est accompagné d'une projection vidéo qui s'affiche sur les stores : un visage, le visage d'un disparu. La liste est longue, elle n'en finit plus, le rythme s'accélère, le tien aussi, ton cœur pompe le sang de plus en plus vite, une photo se fige, les stores s'ouvrent et tu vois le visage de Xav derrière. Sur sa peau l'image vidéo d'un disparu. Il ne bouge pas, il n'y a que sa bouche qui s'ouvre et ses mots qui sortent. Il parle à la première personne, il ne dit pas un texte appris par cœur, il parle, il porte la parole d'un mort, une parole déterrée des archives. Tu le regardes et tu ne le reconnais plus, c'est son corps et à la fois le corps d'un autre et ce n'est pas la projection vidéo collée à sa peau qui te trouble, c'est cette énergie nouvelle qui surgit d'un endroit caché. Ton corps s'accorde sur la même vibration que le sien, et ses mots t'envahissent sans passer par la tête, c'est une transe partagée. Les images s'enchaînent, d'autres corps entrent sur le plateau, d'autres voix retentissent dans l'espace mais toi tu ne restes connectée qu'à sa parole. Le temps s'est annulé à l'extérieur. Le monde s'est rétréci, tout se passe ici à l'intérieur de cet appartement reconverti pour un soir en théâtre clandestin, où les vérités de tous ces disparus dans le trafic de drogue éclatent enfin. Vous respirez tous au même rythme en vous laissant atteindre par ce souffle commun.

L'humanité va disparaître
Elle va s'effondrer sans douleur
On oubliera nos guerres, nos génocides
On oubliera nos combats et nos cris
On oubliera le feu, l'eau et la terre et le feu, l'eau et la terre nous oublieront
Les animaux nous survivront peut-être
Ça, ça va allumer notre orgueil

La surface de la terre sera plane
Lisse belle libérée de notre poids.

La voix de Xav se pose, les derniers sons caressent vos peaux, son regard brille dans la lumière du vidéoprojecteur qui s'éteint lentement. Vous restez dans le noir. Le silence se prolonge. Vous savez tous que c'est la fin mais personne ne bouge. Tout est suspendu. Les paroles se déposent dans vos corps vidés de toute certitude. Ça dure, ça n'en finit plus, c'est tellement intense.

Et après un temps les gens se lèvent, applaudissent, hurlent et toi tu restes figée sur ta chaise en te disant que tu viens de vivre peut-être le plus beau moment de ta vie.

Tu sors, tu inspires l'air moite de la ville et tu te mets un peu à l'écart de la foule. Tu voudrais que tous ces gens disparaissent, que tu sois la seule à l'attendre, la seule à surprendre ce moment où il revient à la vie, où il laisse pour quelques secondes son combat et son art derrière.

Il sort. Ton souffle se coupe. Une pensée te traverse : s'il faisait semblant de ne pas te voir, s'il disparaissait dans la foule en s'éloignant à jamais de toi ? Tu voudrais partir pour ne pas avoir à te confronter à la violence de cette réalité mais il est un peu tard. Il se dirige vers toi. Il te prend par la main et vous quittez les lieux.

Vous marchez sans rien vous dire. Tu ne sais pas ce qui se passe mais tu sens qu'il sait ce qu'il fait. Tu te laisses porter par le rythme de sa marche. Tes pensées parasitaires s'envolent, tes peurs se fondent, la promesse des débuts revient. Tu aimerais marcher toujours comme ça, juste marcher, traverser l'espace suspendue à son bras, tout en ignorant la destination finale. Tu te souviens de tes longs chemins en traversant les villes qui ont abrité ton corps, où tout semblait possible, où le réel était suspendu le temps de la marche. Le monde défile devant vos yeux, mais vous n'êtes plus en posture de spectateurs, c'est vous qui avancez dans l'espace, qui créez les images. À travers vos regards la réalité se compose, la vôtre. Tu sens que les mots du spectacle se sont déposés dans vos corps, ils vous poussent vers une autre énergie, un autre monde devient possible. Tu marches accrochée à sa main et tu te dis que tu fais partie désormais de son combat.

Vous arrivez à la maison et ce point final te fait peur. Tu aurais aimé rester encore dans cette marche muette sans horizon figé. Vous montez à l'étage, il se jette sur le lit, en laissant tomber tout le poids de son corps sur la surface dure du matelas. Dans sa chute, il te tire avec lui. Ta tête s'emboîte dans le creux de son épaule. Toujours pas de parole, vous vous endormez comme ça.

Vous avez dormi comme ça plusieurs nuits, plusieurs semaines, plusieurs mois. Xav jouait tous les soirs, toi tu te perdais dans tes études, vous avanciez ensemble, chaque soir votre terrasse devenait le terrain de vos luttes partagées.

Un soir, il t'a raconté l'histoire de sa mère tuée en pleine rue par les hommes des cartels. Il n'avait que quatre ans. Il se souvient à peine de son visage. Une vieille photo qu'il garde toujours dans sa poche atteste de son identité. Il ne sait pas pourquoi elle a été tuée, personne ne sait, personne n'a cherché à savoir. Les criminels n'ont jamais été retrouvés, seulement son corps dans un caniveau. Son père est parti avant l'enterrement. Xav s'est retrouvé chez sa grand-mère au milieu d'autres enfants dont personne ne s'occupait vraiment. Comme elle n'avait pas suffisamment d'argent pour les entretenir, elle les plaçait dans les maisons des riches comme domestiques. Xav est sorti de l'enfance cet après-midi où le corps de sa mère est tombé dans un caniveau criblé par des balles non identifiées et, chaque fois que tu le regardes depuis, tu te demandes comment tu pourras réparer cette blessure.

« Une blessure répare une autre blessure, c'est pour ça qu'on se rencontre », t'a dit Aygen. Depuis, cette phrase revient chanter souvent dans ta tête. Tu penses à ces deux enfants solitaires qui attendaient qu'un regard bienveillant se pose sur eux : une fille attendait dans la cage d'escalier que l'amant de sa mère s'en aille et un garçon attendait chez sa grand-mère. Au même moment, à des kilomètres de distance, ils étaient plongés dans le même vide.

À la fin de l'année universitaire, on t'a proposé un contrat pour entrer en thèse. Tu devais donner des cours et te lancer dans une recherche. Ça t'a fait rire. Tu vivais dans cette langue depuis seulement un an et on t'invitait à enseigner aux autres. Ce territoire t'acceptait pleinement et tu te sentais au bon endroit.

Tu as cherché ton sujet, tu en parlais beaucoup à Xav et un soir sur votre terrasse l'évidence a surgi : l'expérience migratoire des Indiens en Amérique centrale. Un jour, dans un musée, tu es restée émerveillée des heures dans une salle remplie de totems : les tribus les construisaient pour indiquer aux autres nomades le mouvement du gibier. Des totems solidaires. Tout ce qu'on a perdu de nos jours. Ta propre expérience migratoire, tu l'as vécue seule, tu t'es battue pour chaque information, pour chaque bout de papier ou rendez-vous administratif.

Au bureau de la main-d'œuvre étrangère à Paris, si tu t'absentais dix minutes pour une photocopie, tu perdais ta place dans la file. La liste d'attente est longue et si l'autre peut être refusé à ta place tant pis pour lui. Il n'y a pas de solidarité dans la misère contemporaine. Mais ils faisaient comment les peuples nomades d'Amérique centrale ? Où trouvaient-ils cette force d'arrêter leur route pour laisser des messages à ceux qui allaient venir sur leurs traces ? Ils savaient que le monde est suffisamment grand pour tous. Le monde n'a pas rétréci pourtant, mais on a oublié de penser à ceux qui ne font pas partie de notre clan. Chacun pour soi et pour sa lignée génétique. Alors oui ça t'intéresse de passer ton temps avec les Indiens nomades d'il y a quelques siècles.

Vous avez passé l'été dans un petit village des Caraïbes. Rien d'exotique là-dedans. Tu étais plongée dans tes livres, lui dans la documentation pour sa prochaine création, chacun se créait son espace dans cette petite maison oubliée sur une plage cachée des flux de touristes. Vous n'aviez plus besoin de trop de mots, vos regards disaient tout. Isolés du bruit de la métropole vous étiez en train d'écrire une fiction commune. Le temps était en stand-by. Tu te sentais légère, prête à te jeter dans la vie sans aucune retenue, tu voyais une direction claire, et tu te sentais la force de la prendre. À côté de Xav tout devenait enfin possible. Vous étiez ancrés dans le réel présent.

Tu regardais la mer et cette tristesse étouffante qui te prenait par les tripes avant, quand l'heure du départ devenait imminente, s'envolait. Tu goûtais la beauté de l'instant, ne cherchant plus à l'arrêter comme d'habitude.

De retour à Mexico, tu t'es lancée dans la préparation de tes cours avec une frénésie qui t'était étrangère. Tu étais portée par un courant qui venait de l'intérieur et ça te donnait un plaisir fou de te jeter enfin dans cette nouvelle énergie.

À aucun moment tu n'as eu peur que ça s'arrête.

Un soir, Xav est rentré plus tard que d'habitude. Son haleine sentait la bière. Tu as su tout de suite que c'était un mauvais signe.

— Je vais partir avec le collectif à Pátzcuaro. On nous propose un contrat de trois ans dans un lieu fixe. Mission jeune public dans une zone contrôlée par les cartels. On ne peut pas refuser. C'est ce qu'on cherchait depuis des années.

— Quand?

— À la fin du mois.

La fin du mois était dans dix jours et Pátzcuaro à cinq heures de route de Mexico. Ton corps lâchait. Ta vie devenait à nouveau un château de cartes.

— Je viens avec toi.

Tu n'as pas réfléchi un instant. Ces mots sont tout simplement sortis de ta bouche, comme si quelqu'un d'autre les disait à ta place. Comme s'il n'y avait pas d'endroit pour le doute ou le choix. C'était fait.

Il ne s'attendait pas à ça. Il t'a regardée longuement sans rien dire, un regard grave, anxieux et inquiétant. Xav savait ce que cela voulait dire et il avait peur d'articuler ce mot dans sa tête. Il ne l'aimait pas ce mot. Personne ne l'aime, ça fait trop peur et surtout il est trop surchargé par les symboliques du passé. C'était un sacrifice. Une route s'ouvrait et toi tu détournais ton chemin pour le suivre. Tu lâchais tout pour lui, tu te lançais dans le vide. Ça aurait été plus facile pour lui de supporter une séparation ou une relation à distance que de prendre cette responsabilité désormais. Tu le suivais, en balançant tout à la poubelle. C'était un point de non-retour.

Le regard grave de Xav a duré une éternité. Vous êtes restés comme ça sans rien vous dire pendant quelques minutes qui ont duré un siècle. Vous saviez tous les deux la portée de ce geste et le poids de ses conséquences mais il n'y avait pas de place pour verbaliser. C'était simple et radical : partir ou vous perdre.

Xav t'a prise dans ses bras, vous êtes restés comme ça séparés par vos inquiétudes en essayant de vous rassurer avec la chaleur de vos corps. Vous vous êtes endormis et la nuit a scellé ta promesse.

Un cauchemar étrange t'arrache au sommeil. Tu te réveilles sans trop comprendre. L'état anxiogène du rêve ne descend pas. Battement du cœur irrégulier, agitation dans la poitrine, spasmes dans le ventre. Tu essaies de poser un nom sur tout ça mais tu n'y arrives pas. Tu respires pour tout relâcher, rien ne marche. Xav se retourne, il te prend dans ses bras. Tu étouffes. Tu changes la position de ton corps et tu échappes discrètement à son étreinte. Xav se réveille, tu fermes les yeux, il pose un baiser sur ta nuque, tu ne réponds pas, il se lève, tu continues à faire semblant de dormir.

Au moment où tu entends le bruit de la porte d'entrée, tu te lèves de ton lit, tu passes sous la douche et tu respires enfin normalement.

Tu fermes les yeux, tu essaies de te concentrer sur la sensation de ta peau, de faire taire ta pensée, mais ça ne marche pas vraiment. Tu n'arrives pas à annuler cette image de toi sortant de la salle de bains, ramassant tes affaires dans les deux valises stockées sous ton lit et partant loin. Tu prends du plaisir à te regarder prendre un train, traverser le continent et t'arrêter quelque part au fond de la Patagonie. Être en mouvement sans aucune attache. Vivre dans une petite maison perdue dans une forêt, lire, écrire et revenir quand tu seras prête, quand tu auras quelque chose à donner au monde. L'eau devient froide, tu as consommé toute la réserve du cumulus. Tu sors de la douche, tu t'habilles mécaniquement, tu traverses la maison et tu te retrouves dans la rue. Tu marches et tu essaies de mettre tes idées en place.

Tu es au milieu d'un parcours, au milieu du désert, tu sais que tu ne pourras pas faire demi-tour après. C'est la troisième ville où tu essaies de t'installer. Tu commences à prendre racine dans ce sol, pour une fois un territoire t'accueille dans son ventre, pour une fois un homme te prend avec lui. Pour une fois ton chemin bifurque et tu dois décider de ta route. Si tu pars tu ne pourras plus revenir. Tu ne pourras plus rembobiner le film, reprendre ta place dans cette maison comme si de rien n'était, récupérer ton poste à l'université et effacer l'échec de ce détour. Tu ne peux plus revenir sur le territoire d'une défaite.

Tu ne veux pas renoncer à tout et en même temps la vie sans Xav te semble improbable. Tes peurs diminuent à son contact.

À aucun moment tu ne poses la question à l'envers. Pourquoi c'est toi qui devrais choisir? Pourquoi ce ne serait pas lui? Ce serait plus facile pour lui de développer un autre projet ici dans sa ville que pour toi de continuer tes recherches à Pátzcuaro.

Tu ne te poses pas la question dans ce sens. Tu as bien intégré l'idée que les hommes ont la priorité: le masculin l'emporte sur le féminin. C'est la grammaire qu'on t'a apprise à l'école. Alors tu baisses la tête et tu les laisses passer devant, en attendant l'autorisation d'y aller plus tard.

Tu marches dans les rues de Mexico avec toutes ces questions qui roulent dans ta tête. Tu voudrais juste faire un arrêt sur image, sortir du cadre et regarder la suite de l'extérieur pour revenir plus tard dans ce film, au moment où tout finit bien. Mais tu sais très bien que même dans les films ça finit mal quand le personnage central subit l'histoire sans prendre sa part.

Il faudra décider et pour l'instant tu l'as fait, tu l'as dit, tu pars avec lui à Pátzcuaro, mais le doute est là installé dans ta chair.

Les jours passent et ce doute s'étend dans ton être comme une pieuvre.

Tu n'arrives plus à t'abandonner complètement dans les bras de l'homme aimé, comme si tu avais peur qu'il sente tous tes doutes. Parfois tu aimerais qu'il ouvre le sujet lui-même, qu'il te propose une troisième voie, une issue de secours, qu'il prenne en charge ce que tu n'arrives pas à faire, que vous arriviez à en parler sans entrer dans des zones dangereuses. Tu aimerais que ce dilemme se résolve de lui-même sans avoir à le digérer.

Xav ne fait rien dans ce sens-là. Il s'occupe du départ, il annule ses abonnements, ses liens avec la ville, il reste concentré sur ces projets. Il est déjà à Pátzcuaro même si son corps est encore à Mexico. Chaque jour qui passe renforce sa décision, mais a-t-il jamais eu de doute là-dessus ?

Un soir sur votre terrasse une question inattendue surgit de ta bouche :

— Qu'est-ce que je ferai à Pátzcuaro ?

— Ce que tu voudras.

— Comment je vais gagner ma vie ? On n'y a pas pensé...

— T'as pas besoin de gagner ta vie… On sera logés par le centre. Mon salaire suffira pour qu'on vive tous les deux. Tout est moins cher là-bas. Tu feras ce que tu voudras. Tu peux écrire ta thèse…

Tu souris vaguement. Tu seras donc une femme au foyer. Tu pourrais te prendre pour une écrivaine dans tes heures de spleen en ajoutant des phrases à ta thèse sur les civilisations perdues… Tu avales cette image. Elle ne te plaît pas, mais tu n'as pour l'instant rien d'autre à mettre à la place. Xav te prend dans ses bras, ça te fait du bien. À chaque fois qu'il le fait, une partie de ta blessure d'enfance est soignée.

Et pourtant, chaque matin, dès que tu restes seule, la danse chaotique des idées reprend.

Un jour Aygen s'assied devant toi, vous êtes seules dans le jardin.

— Qu'est-ce qui se passe avec toi ?

— Je ne sais plus…

— Tu ne veux plus partir ?

— Ce serait simple si je ne voulais plus.

— Tu as peur…

— J'aime un homme, pour une fois c'est beau et simple… Mais je dois choisir et ça me rend folle.

— Pourquoi tu dois choisir ?

— Parce qu'il part…

— Je sais qu'il part, mais pourquoi choisir ?

— Si je pars avec lui je perds…

— Tu ne perds rien. Tu peux faire tes recherches autrement. Tu vas être plus ancrée dans un territoire à rencontrer les gens sur le terrain plutôt que dans les couloirs d'une université, crois-moi… Tu sais à Michoacán, près de Pátzcuaro, il y a un lac et sur ce lac il y a une île où vit une communauté qui a résisté à la colonisation, ils ont gardé leur langue et leur culture intactes, ils ne parlent même pas l'espagnol. Tu pourrais les rencontrer, vivre avec eux. N'aie jamais peur de partir. Tu trouveras toujours quelque chose sur la route. Suis ton amour, suis ton instinct. Ne te laisse pas emprisonner dans tes peurs, dans les cages de l'éducation. On nous a tellement parlé de sécurité qu'on a perdu la liberté de rêver. Toi tu es en train de vivre un rêve... ne le laisse pas se perdre. Je sais de quoi je parle. Moi j'ai fait l'autre choix dans le sens inverse, et je me suis retrouvée à attendre ensuite toute une vie le retour d'un homme que j'ai abandonné en quelque sorte. C'est rare de rencontrer des gens qui te prennent par la main et te font traverser le monde. Va au bout de cette route et si un jour ça s'arrête tu trouveras un autre chemin. Tant que tu ne tues pas l'amour en toi, tout va bien. Le sens est là. Et tu sais... même si tu n'écris plus jamais sur les civilisations perdues, tu mettras ça ailleurs, tu donneras au monde autre chose. On a l'impression qu'il faut construire des montagnes pour marquer notre passage sur terre, mais très souvent les montagnes s'effondrent et tout ce qui nous reste ce sont ces courts instants où on a regardé les autres dans les yeux. Ces moments où on a réussi à leur transmettre une phrase que quelqu'un d'autre nous a transmise avant. On est des passeurs avant tout...

Aygen s'est arrêtée. Elle a caressé ta main, elle t'a souri, tu l'as prise dans tes bras. Ses paroles ont suffi. C'était simple : un cœur parlait à un autre et il arrivait à dissiper les nuages d'angoisse.

Une semaine après vous partiez avec Xav. Vous montiez vos trois valises dans la cale d'un bus et cinq heures après vous étiez dans votre nouvelle vie.

On est venu vous chercher en van. Vous avez parcouru les cinquante kilomètres qui vous séparaient du centre, les cheveux dans le vent, en regardant le soleil se cacher derrière les façades des maisons. Tu serrais la main de Xav et tu te sentais accrochée à des promesses pérennes. À aucun moment auparavant tu n'as eu autant de confiance dans la vie à venir.

Le van s'est arrêté devant une belle grille art déco. Le centre était autrefois le domaine d'un ancien président mexicain qui l'a légué après sa mort à l'État pour en faire un lieu culturel. Les palmiers flottent au vent, un jardin exotique te prend dans ses bras en déployant tous ses charmes : une armée de bougainvilliers multicolores et d'autres fleurs absentes de ton lexique.

On vous montre votre chambre dans une rangée de bungalows modestes en bois. Cinq mètres carrés, un petit lit double, une table, une chaise, un portemanteau avec quelques cintres. Les toilettes et les douches sont communes. Le décor te fait un peu peur mais tu n'as pas le temps de t'attarder dessus. Vous déposez vos bagages et vous suivez les autres dans la cuisine commune. Ça fume des joints, ça boit du vin, tu connais à peu près tout le monde, ce sont les comédiens du collectif de Xav. Vous êtes sept, avec deux techniciens du centre. Tu es la seule qui suit son mec. En gros, tu es la seule qui n'a rien à faire dans ce projet et qui devra trouver une place désormais.

Vous buvez du vin chaud, la musique coule, vous formez un seul corps tels les animaux rescapés de l'arche de Noé.

Tu t'es intégrée tout de suite au paysage, tu es entrée dans ce rythme communautaire sans aucun problème d'adaptation, sans aucune nostalgie du confort citadin.

Les nuits sont froides, l'air passe sous la porte, les fenêtres ne sont pas isolées, mais vous vous resserrez tous les deux comme des jumeaux qui nagent dans le même liquide amniotique.

Xav a commencé tout de suite à travailler avec l'équipe. Ils transforment un bus en théâtre ambulant. Ils essaient avec les régisseurs du lieu de le rendre modulable en moins d'une heure. Ils vont tourner avec dans les écoles de la région. La nuit, ils adaptent leur pièce pour les enfants. Mais comment parler aux mômes des disparus dans les réseaux de la drogue dans une région contrôlée par les cartels ? Il ne s'agit pas d'adoucir les propos. La réalité, ils la connaissent, il s'agit de passer entre les mailles de la censure.

La journée, vous les voyez dans la rue ces mecs camouflés défiler debout dans leurs 4 × 4 blancs se faisant passer pour la police locale. Tout le monde sait qui ils sont. Tout le monde baisse la tête et avale sa peur.

Vous avez appris à le faire aussi.

Pendant qu'il travaille avec son collectif, toi tu lis. Tu prends des notes, tu essaies d'écrire sans savoir trop où aller. Dans la rue, tu parles aux vendeurs de brochettes, tu essaies de chercher dans leur regard les traces des civilisations perdues.

Un jour, tu pars seule vers le lac dont Aygen t'a parlé. Tu prends un petit bateau, tu es la seule Européenne. Deux vieilles te regardent interloquées, leurs petites filles rigolent, tu leur souris, vous parlez sans avoir besoin des mots.

Le bateau coupe la nappe des nénuphars qui s'étale comme une toile d'araignée sur la surface de l'eau et au loin l'île commence à sortir du brouillard.

Tu fais tes premiers pas sur ce nouveau territoire et tu te sens comme une intruse. Qu'est-ce que tu cherches là? Est-ce qu'on t'a convoquée ici? Les soldats de Cortés reviennent dans ta tête. Tu essaies de chasser cette image et tu avances.

Les gens vivent devant leurs maisons. Ils vendent ce qu'ils peuvent pour résister. Ils te regardent tous avec un peu de méfiance dans leurs yeux mais rien de haineux ne ressort. Tu te glisses parmi eux et cette phrase de Tocqueville resurgit dans ta tête:

« Ne dirait-on pas, à voir ce qui se passe dans le monde, que l'Européen est aux hommes des autres races ce que l'homme lui-même est aux animaux? Il les fait servir à son usage et quand il ne peut les plier, il les détruit. »

Tu l'as entendue à ton cours d'anthropologie, ensuite tu l'as lue dans son livre, tu l'as même relue pour la comprendre mieux et elle est restée dans ta tête.

Et ici soudainement, elle descend dans ton corps.

Pour la première fois dans ta vie tu te sens coupable. Et tu peux te dire tout ce que tu veux: que tu viens d'un pays toujours dominé dans l'Histoire, qui a subi des décisions politiques prises ailleurs, qui n'a pas eu de colonies, mais qui a connu quand même l'esclavage des Roms... Peu importe ce que tu peux te raconter ou pas, tu es Européenne, et tu fais partie de cette histoire... et la phrase de Tocqueville se transforme dans ta tête: Quand on ne peut les plier, on les détruit...

Une petite fille te prend par la main, tu sursautes mais son regard te rassure. Elle te fait signe de la suivre et tu le fais. Elle t'emmène dans un restaurant. Une vieille femme attend en rangeant des cailloux sur sa table. Elle te fait signe de t'asseoir. Elle te fait comprendre de poser un billet sur sa table et de prendre les cailloux dans ta main. Tu réalises que tu es devant une sorte de sorcière qui veut te prédire ton avenir, tu n'y as jamais cru, tu as toujours refusé de le faire, mais là tu te laisses faire. Tu es entrée sur ce territoire, tu vas jouer selon leurs règles.

Tu prends les cailloux dans ta main et tu les jettes sur la table. Le visage de la vieille s'assombrit. Elle te fait signe de partir. Tu ne comprends pas. Elle te fait signe de partir loin. Elle agite ses bras, son corps pulse, ensuite elle dessine sur la feuille d'un journal une tête de mort. Tu ressens une crispation dans ton corps en la regardant. Elle prend ta tête entre ses mains et elle commence à chanter. Tu ne comprends rien mais son chant t'apaise. Tu te sens bien. C'est comme si cette vieille te cédait une partie de son pouvoir secret.

Plus tard dans la nuit, tu racontes à Xav cette histoire et il rit. Il te dit :

— Deux sorcières qui se sont trouvées.

Tu ris aussi et tu te glisses à ta place dans le creux de son épaule droite.

La troupe a fini son camion et sa pièce. Tu les accompagnes dans leur première sortie. Tu les filmes, ou plutôt tu filmes les enfants qui écoutent. Tu filmes leurs visages qui s'ouvrent, leurs regards qui s'allument, leurs sourires qui s'envolent et leurs larmes cachées.

À la fin du spectacle, pendant que les acteurs ramassent leurs décors, tu parles aux enfants. Ils te demandent d'où vient ton accent. Tu leur racontes ton histoire. Ils te demandent de leur dire des mots en roumain, en français, en anglais. Tu leur parles dans toutes les langues.

Plus tard, lors du déjeuner improvisé qu'on vous offre, le directeur s'approche de toi.

— Vous parlez français et anglais ?

— Oui.

— Vous auriez envie de donner des cours ? On n'a plus de professeur de langue étrangère depuis plus d'un an. Personne ne veut venir ici. Ce sera très mal payé, mais en attendant autre chose... Je vous ai vue avec les enfants tout à l'heure... Vous voulez essayer ?

— Mais je n'ai aucun diplôme de professeur de langues.

— Peu importe. Vous avez la foi.

Sa phrase te surprend. Tu as échangé quelques phrases avec cet homme, il ne sait rien sur toi mais il te sort ça, comme s'il te parlait de la pluie et du beau temps. Tu acceptes son offre sans trop t'attarder sur les détails. Tu sens que ces heures improvisées avec ces enfants donneraient plus de sens à tes journées ici que tes fouilles dans les livres d'histoire.

Tu commences avec deux jours par semaine. Tu te crées ta méthode à toi, sans trop t'appuyer sur les livres qui traînent dans la salle de cours. Tu leur apprends des chansons, des poèmes, tu leur fais écouter des scènes de tes films préférés. Tu embarques les poètes avec toi. C'est eux qui transmettent le mieux une langue. Quand on rentre dans une langue étrangère, on est comme un nouveau-né perdu dans le monde. Tu le sais très bien, tu l'as vécu deux fois. Chaque mot qui agresse est perdu à jamais. Il blesse la mémoire affective et cette cicatrice est irrécupérable. Tu préfères que ces enfants apprennent des mots chargés de la puissance des poètes plutôt que de la lourdeur de la langue de bois.

Dans cette salle de classe précaire meublée de bancs en bois lacérés et de chaises dépareillées, tu te sens à l'endroit le plus juste de ton existence. Tu transmets quelque chose qu'on t'a donné, tu transmets ta propre expérience, ton émotion, ton ressenti. Tout cet amour que tu avais en toi, que tu voulais déverser avant sur un plateau de théâtre devant le monde entier, tout cet amour se déverse ici dans cette salle de classe avec des fenêtres qui ferment mal. Pas besoin d'un diplôme, d'une formation pédagogique, d'une connaissance approfondie des méthodes en vogue. Tu ne te fies qu'à ton ressenti, tu ne donnes que ce que tu as en toi et ça marche.

Tu sors vidée après chaque journée, ton corps peine à avancer, mais tu ressens une joie profonde. Et tu te dis que tout ce que tu as, ce sont ces langues mélangées. Tu as une collection de diplômes dans tes archives mais rien de palpable en dehors de ces mots qui viennent de tous les horizons du monde. C'est ton trésor caché accumulé pendant ce temps de nomadisme.

Parfois dans le bus, pendant le long trajet qui te ramène à la maison, tu joues avec les correspondances entre ces langues. Les points cardinaux de ton existence.

« *Te extrano* » en mexicain donne « Tu me manques » en français, « *I miss you* » en anglais et « *Mi-e dor de tine* » en roumain. C'est si différent. En espagnol ça n'existe même pas « *te extrano* ».

« *Extrano* » veut aussi dire étrange, bizarre. C'est comme si on disait : ton absence m'est étrange. Mais le mexicain ne parle pas de soi. Il n'est pas le sujet dans son manque, il n'existe même pas. Dans sa phrase, dans son cœur il n'y a que l'autre et cet état d'étrange absence. Le moi s'est dilué.

Pour le français le moi existe, mais ici il met le sujet de son manque avant soi, pour une fois il devient discret, mais le verbe te gêne, le verbe est trop fort, trop violent. Tu as toujours eu du mal à utiliser ces mots quand tu parlais à Kal en voulant exprimer cet état. Et pourtant c'était votre langue commune. Tu préférais lui dire *I miss you.* Tu trouvais cette expression plus classe en anglais. Il s'agit de moi et de toi et d'un verbe qui s'interpose entre nous. Mais c'est moi qui éprouve ça, tu n'es pour rien dans l'histoire.

Maintenant quand tu y penses tu te dis que l'anglais est plus proche du roumain finalement. « *Mi-e dor de tine.* » C'est compliqué. Le roumain est toujours compliqué dans ses émotions. Je suis en manque de toi on pourrait dire... Mais « *dor* » n'est pas manque. « *Dor* » c'est intraduisible, c'est ce qu'on vous a dit à l'école. Ça l'est aussi pour toi. Tu pourrais l'approcher de « *saudade* » mais tu ne connais pas la « *saudade* » encore, pour l'instant tu n'as pas aimé en portugais. « *Dor* » c'est une petite dose de manque, avec une dose de tristesse, d'attente, de rêve, de nostalgie, de mélancolie et une grosse très grosse dose d'amour. C'est plus une énergie positive transmise à l'autre que l'expression d'une frustration personnelle. Mais encore une fois c'est la valeur qu'on donne aux mots, comment on les a chargés d'un poids émotionnel, qui nous les a adressés, quand on les a prononcés, la lumière qu'il faisait, la température extérieure.

Tu as aimé une seule fois dans chaque langue et tu te dis que tu ne pourrais pas aimer autrement. Comment dire les mêmes mots qu'on a dits à une personne à une autre après ? Les sentiments ne sont jamais pareils, il faudrait inventer une langue à chaque fois quand nos cœurs débordent.

Pour ces cours de langues, tu es passée de deux jours par semaine à tous les jours de la semaine. D'autres écoles t'ont demandée, tu as accepté. Tu travailles au black, c'est bizarre de travailler illégalement pour le secteur public, mais ici à Michoacán tout est possible. Un autre professeur perçoit ton salaire dans les registres et te le refile en espèces après avoir gardé la partie des impôts. L'année prochaine, tu feras les démarches pour avoir un visa de travail, pour l'instant tu es étudiante, mais déjà l'idée de passer par le même processus que tu as traversé il y a quelques années te donne une migraine profonde. Tu aimerais rester clandestine à jamais, ne figurer nulle part, sauf dans la mémoire des gens que tu as rencontrés.

Tu vois Xav de moins en moins. Vous travaillez chacun de votre côté, vous vous retrouvez avec tous les autres, le soir, autour de la grande table de la cuisine, à boire du vin chaud et à refaire le monde. La nuit, vous imbriquez vos corps l'un dans l'autre. Ce sont vos seuls moments d'intimité, une intimité où les mots n'ont plus leur place. Vous passez tous les deux vos journées au royaume des mots, alors entre vous la nuit la parole devient de moins en moins présente. Ce sont vos respirations qui parlent, ce sont vos peaux, ce sont les mouvements de vos corps.

Parfois, le matin quand tu traverses la forêt pour te rendre de l'autre côté de la route où tu prends ton bus vers l'école, tu repenses à ces moments où tu errais dans les rues de Mexico avec tes doutes et tes peurs dans la gorge. Si tu tournais la tête pour regarder en arrière, tu verrais cette jeune femme qui continue à marcher perdue dans les rues. Et si tu regardais plus loin encore, tu verrais la même femme qui erre dans les rues de Paris, et plus loin encore la même qui erre dans les rues de Bucarest. Toutes ces multiplications de ton être, ces alter ego qui errent dans les rues des grandes villes en essayant de trouver leur chemin. Elles marchent comme sur un tapis roulant qui tourne en rond. Elles marchent, elles brûlent leurs muscles, mais elles n'avancent pas. Rien ne change alentour, le décor reste le même. Rien ne change à l'intérieur non plus. Tout reste figé. Ces femmes ne sont pas seules. Autour d'elles, il y a une armée d'êtres humains qui exécutent la même chorégraphie. Et tu te dis que si tu n'étais pas partie tu serais restée au même point de blocage.

Aujourd'hui tu marches sur ce petit sentier de campagne, le paysage défile, tu sens l'odeur des vaches, tu entends les aboiements des chiens, tu aperçois à l'horizon d'autres corps qui avancent comme toi en essayant de rendre ces contrées vivables. Tu ne t'es jamais sentie si ancrée dans une terre, tu ne viens pas d'ici, rien dans ton parcours n'annonçait cet ancrage, mais tu le sais maintenant : tu es à ton endroit. On t'attendait ici. Et toi aussi tu cherchais cette rencontre. Tu es chez toi.

Un jour, une petite fille te demande :

— Mais toi tu viens d'où ?

— Je viens de loin.

— Mais d'où exactement ?

— De l'autre bout de la terre. Tu sais, on vient tous de l'autre bout de la terre et toute la vie on essaie de faire le tour pour trouver l'autre bout.

— Il s'appelle comment ton pays à toi ?

— Je n'ai pas un pays. J'ai des pays. J'ai aussi des paysages. Et surtout j'ai des gens que j'ai aimés. Une fois j'ai aimé un homme qui était un peu marocain, un peu tunisien, un peu français, polonais, américain, portoricain. Et je suis devenue moi aussi un peu de tout ça. On est des hybrides, des êtres en mouvement. Les pays sont des dessins sur des cartes et la plupart du temps ces cartes sont mal dessinées. Ici on le sait mieux que nulle part au monde.

— Moi on m'a toujours dit que j'étais colombienne. Ma mère par contre elle dit qu'elle est bélizienne. Mais maintenant je suis là au Mexique. Tu crois que je devrais choisir un pays à moi comme toi ?

— Tu n'as pas à choisir. Tu n'as pas à te définir comme ça si tu ne le sens pas. Trouve tes définitions à toi. Et tu verras plus tard, tu trouveras peut-être d'autres pays encore. Comme moi... Moi je n'ai pas choisi d'être là. C'est le mouvement qui m'a emmenée.

— Le vent ?

— Oui le vent. On peut dire ça.

Tu aimes beaucoup cette image. C'est le vent qui t'a emmenée là, c'est le vent qui te porte, tu es la fille du vent.

Tu n'étais jamais descendue si loin dans la profondeur de tes sentiments.

Parfois en regardant Xav, tu réalises que tu apprends seulement maintenant à aimer. Avant tu n'étais que dans l'émotion pure, dans la passion, dans le trouble provoqué par l'intensité de tes sentiments. Tu donnais pour prendre. Et parce qu'on ne te rendait pas la même quantité de tendresse, tu plongeais dans des abîmes sans fond. L'amour était toujours synonyme de manque, de souffrance, d'orage. Maintenant l'amour est un lac tranquille. C'est une quête, c'est un chemin que vous parcourez ensemble pour découvrir des parties cachées de vos êtres. Vous êtes tombés amoureux, vous avez touché le fond, le battement de vos cœurs s'est calmé. La plupart des couples se séparent là. Ils confondent cet état passager avec les sentiments profonds. Vous, vous êtes restés ensemble et maintenant vous commencez à vous envoler en amour. Vous faites le chemin inverse. Ça a commencé par une chute, vous êtes maintenant sur une trajectoire divergente. Vous vous dirigez vers les cimes.

Un matin, tu traverses comme tous les jours la forêt qui borde le lac, cette forêt qui te rappelle le territoire perdu de ton enfance. Tu entends soudain un rugissement sourd, on dirait un chœur d'animaux qui hurlent. Plus tu avances, plus tu t'approches de ce bruit étrange qui embrase tout le paysage. Tu tournes à droite sur un sentier et là ton corps explose. Tu fais demi-tour sans réfléchir. Tu ne sais même pas quand ton corps a pris la décision de faire ce mouvement. Tu ne contrôles plus rien. Tu as laissé tomber tes livres par terre. Tu cours maintenant. Ton cœur est monté dans ta gorge, ta bouche est sèche, la sueur couvre progressivement ta peau entière. Tu cours et tu hurles. Tu rejoins le chœur des animaux. Tu ne peux plus t'arrêter. Aucune pensée structurée ne traverse ta tête. Juste ce hurlement qui s'épuise. Tu inspires et tu hurles à nouveau. Tu ne peux plus t'arrêter. Ton corps a besoin de vomir ce qu'il a vu. Vomir cette violence qu'on lui a faite. Tu ne t'arrêtes qu'une fois arrivée devant les grilles du centre. Ton corps lâche, tes muscles tremblent, tu n'arrives pas à déverrouiller la porte. Tes doigts n'arrivent pas à exécuter le mouvement correct. Tu as l'impression d'être restée une éternité sur le pas de cette porte.

Tu vas directement dans les douches communes. Tu enlèves tes vêtements et tu te glisses sous le jet d'eau froide. Il fait dix degrés dehors mais cette eau froide apaise ton corps. Tu restes des heures comme ça, avec cette image qui revient sans cesse, avec cette image que tu aimerais effacer de ta mémoire mais qui ne part pas. Et tu sais qu'elle ne partira plus jamais. Tu sais qu'il y aura un avant et un après. Épuisée, tu t'écroules sur le sol de la salle de bains. Impression de fondre sur le carrelage tel un glaçon. Tu pourrais disparaître.

Tu réussis quand même à réunir tes forces et à te mettre au lit.

Tu colles tes écouteurs à tes oreilles et tu écoutes en boucle l'*Ave Maria* de Schubert. C'est la seule musique que tu peux entendre en ce moment. Tu ne sais pas pourquoi, c'est comme ça. Ça vient de ton corps. Quelques années plus tard, tu apprendras en lisant un article que le chant grégorien a la puissance d'apaiser les blessures. Cette journée-là, Schubert a fait la même chose pour toi.

Xav rentre le soir. Il te trouve comme ça. Le regard vide. Il ne pose aucune question. Tu ne dis rien. Il va prendre une douche. Il revient plus tard. Plus tard. Trop tard. Il y a des moments, la plupart du temps accidentels, qui marquent le début d'une fissure. On ne le sait pas quand on les vit, on s'en rend compte plus tard, trop tard.

— Tu ne viens pas manger ?

— Je ne pourrais pas…

— T'as pas faim ?

— J'ai l'impression que je ne pourrai plus manger.

— Tu es malade ?

— Je pense que je tombe malade.

Tu aimerais qu'il s'approche de toi, qu'il pose sa main sur ton front, qu'il t'embrasse, qu'il caresse ta peau, qu'il reste avec toi pour former ce corps commun, cet abri contre les violences du monde. Mais il sort en te disant :

— Viens boire un thé…

Tu ne viendras pas. Tu ne peux pas bouger de ce lit. Tu as l'impression que c'est le seul endroit où tu es en sécurité. Tu restes avec Schubert dans ta tête et avec cette image qui prend toute la place dans ton imaginaire, cette image que tu essaies de distordre, de délaver, d'effacer.

Xav revient plus tard, il se déshabille et son corps nu te renvoie à l'image de la forêt. Tu commences à pleurer.

— Mais qu'est-ce que tu as ?

— Ce matin, dans la forêt...

Tu ne peux pas dire plus. Le langage s'arrête là... Les mots refusent de sortir de ta gorge.

— Qu'est-ce qui s'est passé ?

— Tous ces corps...

Les larmes t'inondent. Xav s'approche de toi. Il fait tous ces gestes que tu avais envie qu'il fasse avant, mais ça vient trop tard. Tu le sais, tu le sens, plus rien ne peut être réparé.

— Parle-moi, s'il te plaît...

Tu ne peux pas parler. Tu voudrais mais tu ne peux pas... La tension monte. Il insiste avec ses questions, mais rien ne sort de toi. Un geste violent lui échappe, il frappe avec son poing le mur à côté de ton lit. Tu réponds par un cri. Tu ne peux pas faire autrement. Ton corps ne t'appartient pas, il agit tout seul, il se défend.

Xav sort de la chambre, il revient plus tard. Plus tard, trop tard, tu dors déjà. Il enlève tes écouteurs, il s'allonge à côté de toi, il n'arrive pas à s'endormir, il ressort, il passera sa nuit dehors dans un hamac.

Le matin il revient, tu es réveillée. Tu commences à parler...

— Je marchais dans la forêt, les animaux hurlaient, c'était bizarre, une ambiance de fin du monde. J'ai tourné sur le petit sentier, le raccourci qui conduit à l'arrêt de bus, et là je les ai vus... tous ces corps nus pendus à des arbres… une armée de corps, de femmes, d'enfants. J'ai couru. Je cours encore dans ma tête, mais je n'arrive pas à échapper à cette image. Elle sera à jamais collée à ma peau.

Tu t'arrêtes. Xav souffle comme s'il était soulagé d'un poids lourd. Tu le regardes sans trop comprendre sa réaction. Il te regarde aussi. Il te prend dans ses bras et te dit à l'oreille.

— J'ai eu si peur hier soir. J'ai cru qu'on t'avait fait du mal.

Tu ne dis rien. Tu ne comprends pas ses mots. Tu ne comprends pas non plus son soulagement, cette hiérarchie qui ordonne la gravité des événements. C'est comme si pour lui tout allait mieux maintenant. Mais pour toi rien ne change.

Tu as passé ta journée entière au lit, tu n'as même pas eu la force de prévenir les écoles de ton absence. Tu ne pouvais plus raisonner comme avant, incapable de respecter des contrats, des horaires, des promesses. Inapte à t'approcher d'autres corps, à sortir de cet enfermement protecteur.

Xav est rentré un peu plus tard. Il t'a prise dans ses bras. Tu as senti tout de suite que ce geste annonçait quelque chose de troublant.

— J'ai été à la police… J'ai raconté ton histoire. On est allé sur le terrain. Il n'y a rien. Aucune trace de violence dans cette forêt.

— Tu ne me crois pas…

— Non c'est pas ça… Je te crois… Juste, je ne comprends pas… Je me disais que tu aurais peut-être besoin de voir quelqu'un… Il pourrait t'aider à sortir de cet état…

Tu as acquiescé par un mouvement lent et répétitif de la tête. Mais ce mouvement ne voulait pas dire que tu lui donnais raison, que tu étais d'accord avec lui. Ce mouvement voulait dire que tu apercevais cette fissure désormais entre vous. Il y a des moments où les réalités nous séparent. Tu avais vécu seule ce traumatisme, tu ne pouvais pas le partager avec quelqu'un, même l'homme de ta vie ne pouvait pas rentrer là-dedans. Il avait décidé de ne pas te croire. C'était sa manière de survivre.

Cette nuit-là, vous avez dormi en chien de fusil, mais les deux chiens étaient seuls, juste leurs peaux se frôlaient.

Le lendemain matin, après le départ de Xav, tu as ramassé toutes tes forces, tu t'es habillée, tu as pris un taxi et tu es allée au poste de police.

Tu as tout raconté d'un trait sans introduire une goutte d'émotion. Leurs uniformes te mettaient à distance de tout état sentimental. Les types t'ont regardée bizarrement, un peu amusés comme si tu venais de leur dire avoir été embarquée dans une soucoupe volante. Ils t'ont invitée poliment à les suivre, tu es montée dans leur voiture qui s'est dirigée vers les lieux du crime. Quand tu as compris où tu allais, tes muscles se sont crispés, ton cœur s'est mis en vrac, tu as perdu ton souffle. Tu ne pouvais pas revoir cette scène qui habitait déjà ta réalité.

La voiture est arrivée à l'endroit exact, mais il n'y avait rien. Aucune trace. Tout avait été nettoyé. Tu leur as indiqué chaque branche. Tu t'es souvenue de chaque corps dans chaque arbre. Jamais auparavant tu n'avais conservé une image en toi avec autant de précision. Tout était intact comme ce matin-là. Sauf les corps. Les arbres étaient là, mais les arbres ne peuvent pas parler. Les arbres restent les témoins silencieux de nos crimes.

— Ils les ont peut-être enterrés là… Il faudra faire des fouilles.

— Vous croyez qu'on a le temps de s'amuser à jouer à la chasse au trésor, mademoiselle ?

Ces paroles ont brisé ton armure. Tu as éclaté en sanglots. Tu ne pouvais pas t'arrêter et longtemps tu as cru que tu ne pourrais plus jamais revenir à un état normal. Ton corps ne t'écoutait plus. Les policiers t'ont emmenée à l'hôpital. On t'a fait une piqûre. Tu as dormi trente heures d'affilée. Tu aurais voulu dormir une éternité. Quand tu as ouvert les yeux, Xav était là à ton chevet. Il t'a caressé le front, vous vous êtes regardés, l'amour était toujours là, tu le savais, mais le monde avait réussi à casser vos carcasses.

Tu es restée encore une nuit et le lendemain de ton départ, tu as trouvé une lettre sur la petite table à côté de ton lit d'hôpital.

« Mademoiselle,

« J'étais avec vous dans la forêt avec les autres policiers. Je ne peux pas vous donner mon nom, je crois que vous allez me comprendre. Moi je crois à votre histoire. Je la crois parce qu'elle arrive si souvent ici. On s'est tellement habitués à ça. C'est une technique d'intimidation des cartels. Tout le monde le sait mais personne ne fait rien. Les corps sont enterrés et on n'en parle plus. Il y en a qui continuent à se raconter des choses à voix basse mais rien ne sort à la surface. On s'est construit sur la peur et le mensonge ici, on ne peut plus rien faire. Je vous donne un conseil… partez. Partez loin. Ne restez pas ici. Vous avez trop vu. On sait tout sur vous. Vous êtes en danger. Oubliez cette histoire. »

Tu as plié la lettre et tu t'es souvenue de cette vieille sorcière du lac qui t'a fait signe de partir. Tout se relie maintenant. Tu comprends le sens caché des choses.

Le soir en rentrant chez toi tu montres ce bout de papier à Xavier.

Il le lit, il le replie et il te dit :

— Il a raison. Il vaut mieux rentrer.

— Rentrer où ?

— À Mexico…

— Mais comment tu vas faire ? T'as signé un contrat.

— Moi je vais rester.

La barrière est tombée. Tel un couperet. Il continuait à te parler, à te rassurer, mais tu le regardais s'éloigner. Comme dans un film. Travelling arrière. La terre s'est coupée en deux. Tu restais d'un côté, lui d'un autre. Les deux îles s'éloignaient, l'océan reprenait son pouvoir à nouveau.

Tu es partie deux jours après. Tu n'as pas pu revoir les enfants. Tu n'avais plus la force de leur mentir. À ce moment de ta vie, il n'y avait plus d'espoir à vendre, et tu ne t'accordais pas le droit d'altérer l'innocence de leurs êtres en construction.

Xav t'a accompagnée à la gare. Il t'a serrée fort dans ses bras. Des larmes se sont glissées dans ses yeux. Tu lui as dit :

— T'inquiète pas, mon amour. Ça va passer vite. Il te reste quelques mois ici, je viendrai te voir quand j'irai mieux, tu viendras aussi. Et entre nous, tu le sais bien, ce n'est pas qu'une histoire de corps. On est ensemble même si nos corps sont loin.

Tu es montée dans le bus, tu t'es assise côté fenêtre, il s'est approché de la vitre et il a collé ses lèvres près de ton visage. Cette image s'est inscrite en toi à jamais.

7

Tu as retrouvé la maison de la petite *cailejon* Zaragoza, Aygen était repartie à Chypre, tu as repris sa place, vos deux chambres d'en haut étaient occupées par d'autres étudiants, tu n'as jamais eu le courage de remonter pour revoir ce paradis perdu.

Il te restait un peu d'argent pour couvrir quelques mois de loyers et pour vivre à l'abri du bruit du monde.

Tu n'as plus jamais raconté l'histoire des pendus. Tu l'as enterrée parmi toutes tes histoires archivées. Elle construit désormais le socle de ton être.

Tu as abandonné complètement l'idée de ta thèse sur les civilisations perdues, ça n'avait plus aucun sens, c'était trop tard déjà. La civilisation s'est perdue, tu te disais souvent…

Tu as déposé ton CV dans tous les instituts culturels, dans les cours de langues, et un jour on t'a convoquée à un rendez-vous avec le directeur de l'Institut français. Il ne pouvait pas te proposer un poste de professeur, il te manquait le diplôme exigé, mais il voulait mettre en place un atelier de théâtre en français. Ton profil pouvait correspondre. Tu as dit oui. Tu t'es aussi inscrite à cette formation à distance pour devenir professeur de français langue étrangère. Tu arrivais enfin à te remettre sur un nouveau chemin. Tu ne savais pas où tout cela pourrait t'amener mais tu ne cherchais plus à voir plus loin que le moment présent.

Xav est venu te voir plusieurs fois. Toi tu n'avais pas encore le courage d'y aller. Quelque chose s'était perdu entre vous, mais tu gardais l'espoir de le retrouver bientôt.

Un soir, avant son départ, une question a surgi du silence :

— Tu me reproches de n'être pas parti avec toi, non ?

— Non.

— Je ne pouvais pas partir. Ma mère est morte comme ça. Si j'étais parti, si j'avais abandonné mon combat, je l'aurais tuée une deuxième fois. Tu comprends ?

— Je ne te reproche rien Xav.

— Tu te souviens de ce moment quand tu m'as dit qu'il me manquait la radicalité ? Que je ne laissais pas parler cette violence en moi ? Là je le fais, enfin... Et je ne peux pas l'arrêter... Tu comprends ?

— Je comprends tout. Pourquoi tu me parles de ça ?

— Parce que depuis ton départ quand je te regarde je ne me sens pas à l'aise. Je me sens coupable. C'est comme si j'avais raté quelque chose. Comme si je n'avais pas réussi à te protéger suffisamment.

— Je n'ai pas besoin d'être protégée Xav. J'ai besoin d'être aimée. Et je ne te reproche rien. Je comprends.

Les mois ont passé. Tu t'es installée doucement dans cette nouvelle vie. Tu n'as plus retrouvé cet état d'exaltation que tu avais en traversant la forêt pour rejoindre tes élèves dans les écoles avec des fenêtres qui ferment mal. Tu n'as pas retrouvé non plus la force de cet amour qui te reliait à cet homme, ce bonheur simple quand tu le revoyais le soir dans votre petit bungalow bordé de bougainvilliers.

Ta vie portait maintenant l'odeur de la clim de l'Institut français, des bougies parfumées, du thé à la bergamote, et de tous ces petits rituels qui te permettaient de t'accrocher au présent.

Tu as commencé à faire la fête, à sortir, à boire, à essayer de te fondre dans cette foule d'expatriés qui fréquentaient ton nouveau lieu de travail.

Tu entrais dans un nouveau monde et ce monde ne te déplaisait pas complètement. Tu n'avais pas les codes d'entrée mais tu te débrouillais pas mal.

La petite fille née dans une ville de province oubliée de l'autre bout du monde passait maintenant ses soirées dans les plus beaux palaces de l'Amérique centrale.

Cette image te faisait rigoler. Tu prenais tout comme un jeu.

Tu avais compris l'essentiel. La vie tourne parfois à la mauvaise blague. La seule manière de survivre était de se dire : tout ça n'existe pas, c'est un décor en carton-pâte que je traverse. Mais moi je suis ailleurs. À l'intérieur de mes rêves, dans un monde parallèle où la puissance est détenue par mon imaginaire.

Vers la fin de l'année scolaire, Xav t'a annoncé que son contrat était prolongé. Au moins encore un an au centre. Tu ne t'y attendais pas et pourtant maintenant plus rien ne pouvait te surprendre.

Un soir, tu as décidé de retourner à Michoacán pour quelques jours. Quelques mois avaient passé, la blessure commençait à se refermer, tu te sentais prête à affronter les monstres. Tu voulais savoir si tu pouvais y revivre encore. Tout recommencer. Donner encore une chance à cette promesse de vie qui avait été achevée par la cruauté des humains. Tu pourrais retrouver tes élèves, la complicité du collectif, la tendresse de Xav, cette confiance illimitée dans la vie.

Tu lui as envoyé un texto pour lui annoncer l'heure de ton arrivée et ensuite tu as pris un taxi vers la gare routière.

Quelque chose recommençait à bouger en toi. Tu te sentais forte, telle une plante qui survit bien implantée dans la terre, malgré le climat trop aride. Comme le lierre qui s'étend d'un territoire à un autre, qui n'est pas captif dans un seul sol. Ton imaginaire flottait vers des horizons plus joyeux. Tu te sentais bien. Tu étais guérie de cette longue maladie.

Ton portable vibre, un message de Xav.

« Je serais venu te le dire, mais là tu me devances comme toujours. Ne prends pas ce bus… Je suis avec quelqu'un. J'ai besoin de ça en ce moment. Je ne saurais pas m'occuper de toi. Ne pleure pas. Je sais que tu trouveras quelqu'un de meilleur que moi. Ça n'a rien à voir avec l'amour que j'ai pour toi. Pardon. »

Tu as relu le message une dizaine de fois. Le bus avait démarré. Tu aurais pu l'arrêter et descendre mais tu as choisi de rester. Tu as écrit une centaine de messages, d'abord sur le clavier, ensuite dans ta tête. Pendant les cinq heures tu n'as fait que lui parler dans ta tête. Tu ne lui as rien écrit finalement. Tu n'allais pas à Pátzcuaro pour essayer de le reprendre. L'expression déjà te faisait rire. Reprendre quoi ? Les êtres ne sont pas des colis livrés par la poste. Tu allais à Pátzcuaro pour vivre la fin de ton histoire avec ce territoire, pour te réconcilier avec ton passé, pour rendre ce qu'on t'avait donné.

Tu es arrivée tard dans la nuit. Tu as pris une chambre dans le motel devant la gare. Tu t'es endormie vite. Cet état de calme te faisait peur. C'était comme si tu étais déjà morte. Est-ce que tu pourras vivre sans lui ?

Le lendemain tu lui as envoyé un texto. Une demi-heure plus tard, il était chez toi.

Vous vous êtes regardés longtemps sur le pas de la porte, tu as reculé ensuite pour le laisser entrer, il a fermé la porte et il a commencé à t'embrasser. Vous vous êtes arraché les vêtements, vos peaux se sont collées à nouveau, elles se sont reconnues, vous êtes entrés l'un dans l'autre avec ce désir des débuts et vous vous êtes regardés tout ce temps sans vous lâcher une seconde. Chacun lisait son histoire dans l'autre corps et plus rien ne manquait au récit. À la fin, quand il s'est allongé à côté de toi sur l'oreiller, il a posé cette innocente question :

— Pourquoi on fait l'amour comme ça maintenant ? Pendant tous ces mois on n'arrivait même plus à s'approcher l'un de l'autre.

— Tu sais pourquoi ? Parce qu'on sait tous les deux que c'est la dernière fois. Ce soir-là, quand tu es rentré et que tu m'as trouvée au lit sans parole tu as cru qu'on aurait du temps pour réparer tout ça… Mais le temps n'existe pas Xavier.

C'était la première fois que tu l'appelais comme ça, par son prénom entier. Le rideau tombait enfin sur votre histoire.

Il est resté avec toi toute la journée. Il a beaucoup parlé. Tu lui as dit que tu n'étais pas là pour ses explications. Tu étais là pour finir ce que tu avais commencé, pour faire tes adieux à cette vie rêvée avec lui.

— Tu te sentiras beaucoup mieux sans moi… Je crois que tu es déjà à un autre endroit. Tu as tes combats à toi et moi les miens… On n'a pas su comment construire tout ça ensemble. Et toi, t'es pas une femme à te caler sur le chemin d'un homme. Tu es ailleurs.

— Et toi tu as besoin d'une femme qui se cale sur ton chemin, c'est ça ?

Il n'a pas répondu. Il a cherché longuement une réponse, sans la trouver. Tu ne supportais pas de le voir comme ça démuni devant toi. Tu avais tellement aimé cet homme, tu avais construit une aura autour de lui, tu aimerais au moins garder ce souvenir.

— C'est qui cette femme ?

— Paola.

— La fille de l'administration ?

— Oui.

— Elle, elle va se caler sur ton chemin, oui.

Tu avais besoin de lancer cette flèche. Ça l'a touché. Tu es sortie du lit, tu t'es habillée et tu es partie. Sur le pas de la porte, tu l'as regardé encore une fois avec tout cet amour qui restait intact en toi malgré tout. Tu voulais lui dire encore quelque chose, ces paroles qu'on se dit à la fin, mais rien ne sortait, juste ce regard infini, ce regard qui l'avalait à jamais.

Une fois sortie dans la rue, tu es entrée dans une petite épicerie, tu as acheté un paquet de cierges et tu t'es dirigée vers ce lieu où, quelques mois auparavant, tout avait basculé. Tu n'avais rien prévu, rien imaginé, rien décidé, ton corps faisait tout seul ce qu'il y avait à faire. Il se dirigeait mécaniquement vers cet endroit. Tu es passée devant le centre, tu as regardé de loin les bungalows cachés dans la forêt de bougainvilliers et tu as pensé un court instant à cette femme installée à ta place. Cette image t'a fait mal mais tu as réussi à la chasser avec cette phrase : « Personne ne s'installe à la place de personne. On n'a aucune place, la seule place qu'on a, c'est notre corps. »

Tu as continué à marcher, tu es passée à côté des vendeurs de brochettes, tu as traversé la route, tu as vu deux de ces 4 × 4 blancs qui font peur à tout le monde, ces véhicules de guerre avec des hommes en uniforme cagoulés... La police des cartels que tout le monde évite de regarder quand ils passent dans la rue. Tu avais appris à le faire aussi, mais là tu as le courage de les fixer droit dans les yeux. Tu n'as plus peur. Tu as atteint le fond de l'abîme, ils ne peuvent plus rien te prendre désormais.

Tu avances dans la forêt, ton cœur frappe fort, tu essaies de le rassurer en respirant profondément. Dernier virage. Tu arrives sous ces arbres chargés de la souffrance des corps assassinés. Tu t'assieds dans l'herbe, tu plantes les cierges dans la terre, tu les allumes et tu restes comme ça sans bouger. Tu écoutes le calme qui s'installe à l'intérieur de ton corps. Après un temps, tu continues ton chemin, tu prends le bus et tu arrives à ton école. Tu attends la récréation et tu avances vers le patio. Les enfants courent vers toi et toute cette quantité d'affection te submerge. Tu as envie de pleurer mais tu tiens. Les larmes appartiennent au passé. Tu leur parles. Tu leur expliques pourquoi tu es partie. Une fatigue aiguë t'a fait succomber, tu as eu besoin de te remettre debout. Ça arrive.

— Mais tu es revenue ?

— Je suis revenue vous voir, mais je ne peux pas rester.

— Pourquoi ?

— Je dois reprendre la route. J'ai fait ce que j'avais à faire ici.

— Mais on a besoin de toi, reste avec nous.

Ces mots t'ont frappée fort. Personne ne te l'avait dit avant. On avait besoin de toi. Il y avait un coin dans ce monde où quelques petits êtres avaient besoin de ta présence. C'est peut-être pour ça qu'on aime tellement les enfants, ils ont encore le courage d'exprimer leur fragilité sans dissimuler leur regard. Ils nous accordent si simplement une place à leurs côtés. Et toi tu quittais cet endroit. Ce n'était pas possible autrement. Tu aurais aimé pouvoir combler leur besoin, mais c'était une histoire de corps, c'est lui qui décidait.

— Moi aussi je voudrais mais parfois la vie nous ramène à un autre endroit. Quelqu'un d'autre viendra à ma place. Vous allez apprendre d'autres choses. La route continuera sans moi...

Tu es rentrée très tard dans la nuit à ton motel, tu t'es endormie seule dans le lit taché par les traces de votre dernière étreinte. Son odeur était encore là, ça creusait un vide dans ton ventre, tu savais que ce vide serait toujours là, tu savais maintenant qu'il ne ferait que s'agrandir. Kal et Seb en faisaient partie aussi, et tes parents, et les pays enfouis, et toutes ces vies rêvées et ratées avant même de les avoir commencées. Mais ce vide ne te faisait plus plonger dans cet état de désespoir que tu connaissais si bien. Tu l'accueillais, tu lui faisais même de la place à l'intérieur de ton être, tu commençais enfin à apprendre à vivre avec ça.

Comme d'habitude, tu as repris le cours de ta vie, tu as écarté les souvenirs qui te faisaient penser à lui, tu avançais en silence, dans un équilibre qui te paraissait étrange. C'est peut-être ça vieillir tu te disais parfois. Tu venais d'avoir trente-trois ans.

Il y avait des soirs où tu te demandais quelle était la route à suivre. Tu savais que ça n'avait plus aucun sens de rester ici. C'était juste un état provisoire, tu étais en transition. Retourner en Europe ? Descendre plus loin en Amérique du Sud ? Questions sans réponses.

Ta vie se déroulait entre les cours à l'Institut français et les soirées mondaines où tu te forçais à aller pour entretenir cette capacité à fréquenter d'autres êtres humains. Il te fallait faire ça pour t'éloigner de cette fille perdue qui se trompait chaque fois de chemin. Tu avais besoin de t'inventer d'autres biographies possibles, de sortir de ton état naturel de gravité, de t'entraîner à la légèreté. Tu avais encore la jeunesse de ton corps comme atout.

Tu as rencontré Yann à une soirée de l'Institut. Tu l'as revu ensuite à un autre concert. Le cercle se refermait vite sur lui-même. Tu as remarqué son regard posé sur toi. Yann travaillait à l'ambassade des Pays-Bas. Sur sa carte était marqué : « *Programme officer – Politics and human rights.* » Tu as souri quand tu l'as lue. Il t'a demandé ce qui te faisait rire.

— *Human rights*. Quand je vois ça, ça me fait toujours rire.

— Pourquoi ?

— Comme ça. On en parle trop et on ne fait rien.

— Parfois on fait des choses…

— Comme quoi ?

— Si tu veux connaître ma fiche de poste on va boire un café et je t'en parlerai.

Et voilà comment les droits humains devenaient un prétexte de drague. Ce café vous ne l'avez pas bu finalement. Pas besoin de passer par là. Vous avez fait le tour des bars et à l'aube vous vous êtes retrouvés tous les deux dans une *mezcaleria*. Après le deuxième mezcal, il n'y avait plus aucune frontière entre vos corps, plus aucune limite, plus aucune pudeur. La tension érotique atteignait une telle intensité qu'elle déchirait toutes les sangles de la bienséance. L'espace autour de vous n'existait plus, tout était réduit au périmètre de vos deux corps. Vous avez fait l'amour dans l'arrière-cour du bar, dans l'obscurité totale, dans le bruit de cette ville tentaculaire qui se réveillait. Depuis longtemps, tu ne t'étais laissé envahir à ce point par les sensations de l'instant présent. La vie se concentrait à l'intérieur de ce moment intense de plaisir, le passé et le futur s'annulaient.

Vous avez pris un taxi. Ton corps cherchait encore le sien. Il t'a fait jouir en parlant en même temps avec le chauffeur pour distraire son regard. Vous êtes allés chez lui. Pendant deux jours, vous êtes restés enfermés à la maison. Les volets verrouillés, vous saviez à peine l'heure qu'il était. Le temps avait perdu toute consistance. Vous n'aviez plus faim. Vous avez juste mangé de la glace et bu du vin. La parole a été peu utilisée, vous n'aviez pas besoin de vous expliquer, les corps savaient mieux que vous.

Le lundi vous avez dû sortir de cet état de transe, mais vous vous êtes revus quelques heures après, le soir même. Sans t'en rendre compte, tu t'es retrouvée à vivre chez lui. Tu ne te posais aucune question sur cette histoire. Tu n'essayais plus de la traduire en mots. Tu ne plaçais aucune attente, l'imaginaire n'avait pas besoin de se glisser dans le paysage, le corps était ancré, il avait tout.

Même ce matin-là, quand il t'a dit ces mots cliniques, tu n'as pas su réagir autrement que par le mouvement de ton corps vers le sien.

Il t'annonçait qu'à la fin du mois, il partait pour un autre poste. Il était promu premier secrétaire à l'ambassade des Pays-Bas à Tokyo.

Ces derniers jours qui vous restaient vous les avez passés dans la même frénésie. Vous avez fait tout ce qui a été possible pour vous couper du monde extérieur.

Aucune promesse ne s'est glissée à l'intérieur de tout ça. Et même s'il t'avait promis quelque chose tu n'aurais pas eu le courage de le croire.

C'était un épisode de bonheur intense qui allait se clôturer bientôt. Tu te répétais ça pour préparer le terrain.

Vous vous êtes séparés comme deux adultes raisonnables. À force de pleurer, les héroïnes de roman russe s'étaient étouffées dans ton corps. Tu savais très bien que ça ne servait à rien cette mascarade. Les corps disparaissent de nos vies et on continue malgré tout. On avance, on se bat pour survivre et si on n'a pas de combats réels on s'invente des histoires pour pouvoir s'accrocher à cette vie. Tu avais tout perdu et tout recommencé chaque fois, une nouvelle perte n'était même plus un événement. C'était ta routine.

Mais ton corps n'a pas compris aussi facilement que ta tête. Tu avais beau rester à la surface, te dire que tout allait bien, lui il sombrait. Tu es tombée malade. C'était comme si on lui avait coupé une ressource vitale. Tu n'arrivais pas à comprendre. Tu ne ressentais pas ce manque, tu n'arrivais pas à le traduire, ton corps réagissait avant la raison.

Vous passiez beaucoup de temps sur Skype avec Yann. Le décalage horaire était difficile à supporter. Il était en avance d'une moitié de journée. Vous avez inventé une autre manière de faire l'amour, une sorte de masturbation coordonnée retransmise en temps réel à travers les réseaux satellites. Parfois, tu te demandais combien d'autres personnes te regardaient jouir devant ton écran.

Au bout d'un mois, Yann t'a envoyé un billet d'avion. Un aller sans retour pour Tokyo avec une escale à Paris. Il avait choisi tout seul la date de ton départ, sans rien demander. Tu avais moins d'une semaine pour liquider tes affaires et te tirer. Ce geste autoritaire t'a excitée. Ça t'a plu. Tu étais surprise de sentir ce paradoxe chez toi. Et les mots de Xav sont revenus dans ta tête. Tu te calais sur le chemin d'un homme. Tu te calais sur le chemin d'un inconnu pendant que l'homme que tu avais aimé plus que tout avait choisi de caler une autre inconnue sur le sien.

Tu as vendu presque toutes tes affaires. Tu ne voulais plus traîner ce passé avec toi. Besoin de voyager léger. Tu ne savais même pas où tu mettais les pieds. Tout pouvait s'arrêter avant même d'avoir commencé, mais qu'est-ce que tu pouvais perdre ? Tu ne possédais rien de stable dans ta vie, tu vivais dans des sables mouvants, alors il valait mieux que ça bouge tout le temps.

Tu es partie un matin pluvieux. Les palmiers battaient nerveusement des ailes, les vendeurs ambulants se cachaient sous leur parapluie. Un poids se posait à l'intérieur de ton ventre, tu avais du mal à quitter ce pays, le seul territoire qui t'ait adoptée sans poser trop de questions. On t'a acceptée comme tu étais, imparfaite, en reconstruction. Il t'a donné ce qu'il avait à donner, sa tendresse, sa sagesse, sa chaleur, mais aussi ses blessures, sa colère et sa violence. Tu ne quittais pas le pays, tu le savais à l'intérieur de toi, tu quittais l'homme qui t'avait fait découvrir ce pays. Comme toujours tu avais besoin de t'éloigner de ce corps perdu. Plus que l'appel d'un nouveau corps qui t'apprenait la volupté, tu partais pour effacer ce passé qui n'offrait plus aucune promesse.

Tu t'es installée dans le siège de ton avion en te disant que la parenthèse se refermait. Encore une fois tu faisais demi-tour. Ta vie n'était qu'une chaîne de parenthèses : les pays, comme les hommes, comme les objets d'étude, comme les boulots. Trouveras-tu à un moment donné une continuité, une place stable ? Une petite voix te posait parfois cette question. Quelle était cette voix qui venait de l'intérieur pour t'assigner à résidence ? C'était ta mère, ton père, l'éducation, la société ? Tu entrais dans le jeu des adultes qui cherchent des garanties. Combien de kilomètres tu devrais encore parcourir pour oublier les résidus de cette éducation acide ? Quand seras-tu enfin libre, réconciliée avec tes désirs ? Pourrais-tu faire un jour connaissance avec toi-même et t'accepter telle que tu es vraiment ? Recueillir ce qui t'arrive sans voir ce qui te manque ? Accepter la vie comme une somme de moments, les gens entrent et sortent, les paysages changent, les émotions circulent.

À plus de dix mille mètres de la terre, ces questions se perdaient parmi les nuages.

Tu t'es endormie doucement avec cette antienne dans la tête : Je vais régler ça plus tard.

Ton corps oublie son poids dans le fauteuil, tu te sens enfin légère, vidée de tous tes doutes. Les rêves se mélangent, tu arrives même à suivre leur mouvement dans un état de semi-conscience. Sensation de chute libre. Tu vois ton corps qui glisse des bras de ta mère aux bras de ton père, des bras de Seb aux bras de Kal, des bras de Xav aux bras de Yann. Il continue à glisser, le ciel se déroule derrière en fond d'écran, plus de bras pour le rattraper. Il chute, il chute encore, tu vois la terre s'approcher, tu as peur de l'impact mais au dernier moment tu es rattrapée par toi-même. Une femme avec le même corps que toi t'accueille dans ses bras. Tu te réveilles un peu troublée. Le pilote annonce l'atterrissage imminent.

Tu es à Paris. Après toutes ces années, tu reviens au point de départ. Première escale de ta vie. Tu trembles un peu. Les images commencent à défiler dans ta tête. Les moments aussi. Le visage de Kal prend toute la place. Tu le reverras un jour ? Tu ne sais pas. Personne ne peut le savoir.

Tu descends de l'avion. Ton prochain vol pour Tokyo est le lendemain matin. Yann t'a réservé une chambre au *Sheraton* du terminal 2. Tu te souviens très bien de cet hôtel de luxe. Tu es passée devant, la première fois quand tu es arrivée ici, et tu t'es demandé ce que c'était. Impossible d'imaginer un hôtel dans un aéroport. Qui voudrait y loger ? Là, tu as la réponse : des gens comme toi, en transit, le corps déchiré entre deux avions, avec leurs souvenirs en vrac et l'âme pendue aux profondeurs du ciel. Les êtres flottants dorment la nuit dans des chambres avec vue sur le tarmac.

Tes baskets s'enfoncent dans la moquette épaisse du hall, tu ne colles vraiment pas au paysage. On te donne la clef, tu avances dans le couloir, tu ouvres la porte et tu t'étends sur le grand lit. Tu ne sais plus quelle heure il est dans ton corps et cette sensation te plaît, c'est comme si tu avais réussi à t'arracher au temps et à l'espace. Dans cette zone tampon où tu es suspendue en ce moment tout est possible, tu es hors d'atteinte, tes peurs ne peuvent plus te rattraper.

Tu devrais voir cette ville, faire la paix avec elle, affronter les monstres du passé. Il n'est pas trop tard, le soleil est encore à sa place, tu es épuisée mais tu trouves la force de prendre une douche, de changer d'habits et de sortir.

Tu descends du RER aux Halles comme la première fois, tu traverses la foule métissée, cette foule que tu aimais tellement, qui t'accueillait doucement dans son ventre pendant tes longues errances du début. Tu regardes les visages de ces gens et tu visualises leurs routes et celles de leurs ancêtres.

Tu avances vers la rue du Louvre, tu tournes à gauche, tu marches en regardant les passants qui pressent le pas comme d'habitude, tu entres dans la Cour carrée et tu t'assieds sur un banc en pierre. Tu ne peux plus tenir debout. Les larmes éclatent et tu ignores pourquoi.

Tu te souviens de cette nuit où cet inconnu t'a demandé une adresse, tu l'as accompagné à cette fête, tu as rencontré Kal et… et tu ne sais plus quoi mettre après. Parfois tu places cet homme au centre de ton existence, parce qu'il est le seul que tu n'as pas consommé jusqu'au bout. C'est le seul qui a résisté, qui t'a fermé la porte, qui t'a fuie. Il n'a rien décidé dans ta vie. Tu as tout décidé toute seule. Tu n'es pas repartie à cause de lui. Tu n'es pas repartie à cause de Seb non plus. Tu es partie et repartie à cause de la même chose : à cause de ce troupeau qui avance avec des œillères, à cause de la méchanceté des gens, de leur manque d'amour, de leur hypocrisie, de leur violence, de leurs paroles empoisonnées, de leurs regards âcres, de leur individualisme, de leur jalousie et de leur rancune. Tout ça partout avec un dosage différent : en Roumanie, en France ou au Mexique. On te déroule le tapis rouge au départ, on te fait miroiter un possible, et aussitôt entrée dans la profondeur des choses, tu découvres la même misère de la nature humaine. Voilà, c'est pour ça que tu pars et repars, ce n'est pas à cause des hommes que tu as aimés, c'est à cause de ceux que tu n'arrives pas à aimer. Tu pars en te disant qu'ailleurs ce sera différent, au moins dans un premier temps, au moins avant que tu arrives à les connaître.

Les larmes sèchent, le sourire revient. Tu es aussi émerveillée par cet endroit que la première fois. Cette cour devient un lieu de résistance dans la ville, le bruit reste dehors, l'agitation aussi, dès que les corps entrent ici ils ralentissent, ils oublient le temps, ils écoutent un peu plus leurs pensées, ils retrouvent leur beauté volée par la vie.

Tu longes les quais de la Seine en regardant les oiseaux qui lacèrent le ciel, les touristes qui se prennent en photo, les artistes de rue qui font les statues, les façades qui cachent des histoires sombres. Tu marches et tu t'intègres dans ce paysage, tu fais la paix avec cette ville qui t'a rejetée.

Tu t'assieds sur le petit banc de la pointe de l'île Saint-Louis, juste en face de l'atelier de Camille Claudel, et tu regardes le soleil qui disparaît derrière les toits. C'est la plus belle lumière du monde. Tu es là et tu regardes tout ce qui t'entoure et tout le reste s'efface. Les mauvais souvenirs, les échecs, les cris dans la nuit, les crises d'angoisse, le manque d'amour, l'impossibilité de vivre, le manque d'avenir, tout ce que tu as vécu ici se noie dans l'eau du fleuve et seule te reste cette lumière en forme de promesse. Tu ne peux pas savoir ce qui va se passer, mais tu sais que tu suivras ton chemin sans rien trahir de toi-même.

Tu reprends le RER vers l'aéroport et tu te sens enfin légère. Tu viens de délier un nœud de ton existence. Le lendemain, tu prends place dans un autre avion et tu quittes ton vieux continent.

Le temps du vol est passé vite, si vite que tu as été surprise quand l'écran affichait une heure restante. Pendant les douze heures de vol, tu as navigué librement dans ta tête sans rien vouloir contrôler. Tu faisais à ta manière le bilan de ces années d'errance.

En sortant de la zone des bagages, la première chose que tu vois c'est ton nom écrit sur un panneau. Un homme blond le tient dans sa main. Tu te diriges vers lui, il prend tes bagages et t'indique le chemin à suivre. Yann n'a pas pu se libérer. Une réunion urgente à l'ambassade. Il t'accompagnera à l'appartement à sa place. Il t'ouvre la porte arrière de la voiture, tu aurais eu l'impulsion de monter devant mais tu obéis au protocole. Pendant le long trajet, il ne t'adressera aucun mot en dehors de quelques questions utilitaires liées à ton confort : l'intensité de la clim, le son de la radio, de l'eau à boire, la position du fauteuil.

Tu n'as jamais fait une telle entrée dans une nouvelle vie. Tu as plutôt l'habitude de frapper à la porte de service. Ça te fait marrer. On dirait que tu as débarqué soudainement dans un film hollywoodien.

Tu regardes alentour les voitures qui défilent sur l'autoroute et tu as l'impression qu'elles sont toutes pareilles : même couleur, même forme, même degré de brillance.

Plus tard, tu auras la même impression avec les hommes : costume-cravate noirs, chemise blanche, regard grave, rythme accéléré. Pas avec les femmes… Elles, elles se démarquent du paysage, et pourtant tu as du mal à saisir leur regard.

Tu t'endors à mi-chemin, au cœur d'une rizière sans fin. Le chauffeur secoue légèrement ton épaule. Tu te réveilles. Tu es dans un garage. Il t'aide à monter les bagages dans l'ascenseur, t'accompagne à la porte et te tend ton trousseau de clefs.

Tu te retrouves dans un salon immense tout blanc avec une baie vitrée qui domine toute la ville. Tu laisses ton corps tomber dans un fauteuil et pendant une heure tu regardes cette image sans comprendre ce que tu fais là. Tu ne sais pas exactement où tu as atterri. Tu essaies de prendre possession de l'espace mais tu n'y arrives pas, quelque chose empêche toute action. Même l'eau de la douche n'arrive pas à effacer cet état de latence. Tu te sens étrangère à ces lieux. Et nulle part ailleurs tu n'avais éprouvé cette sensation. Ce n'est pas la ville, le pays, c'est cet appartement aseptisé et design, cette cage dorée. Les heures passent, Yann ne vient pas. Tu voudrais parler à quelqu'un mais le décalage horaire te sépare de tous les continents. Tu te souviens d'avoir éprouvé une sensation similaire quand tu es arrivée dans la chambre universitaire de Nanterre, mais cette fois-ci c'est différent. À Paris, tu venais inscrire ton histoire, ici tu te glisses dans la fiction d'un homme absent. Tu n'es pas une femme qui attend. Tout ce temps que tu passes seule à affronter tes angoisses va se retourner contre vous à un moment donné.

Tu décides de sortir. Tu as besoin de marcher, de te remplir d'odeurs et d'images, de placer tes repères sur une carte intérieure. La nuit tombe, le rythme de la ville ralentit, tu es agressée par les écrans clignotants, par ce bain de lumière, ta rétine s'était adaptée aux lanternes discrètes, aux réverbères aveugles, aux bougies. Et pourtant quelque chose t'attire dans ce chaos joyeux, un mélange contradictoire d'énergie palpitante et de calme zénithal, de profondeur ténébreuse et d'élan vital.

Tu t'assieds au bar en bois d'un restaurant, tu commandes un plat au hasard en pointant du doigt un nom dans la liste, tu prends du saké en scrutant les calligraphies au mur, les bibelots rangés soigneusement, les tonneaux d'alcool. À côté de toi, un homme noir t'interpelle en français :

— Vous venez d'arriver ?

Tu le regardes. Tu n'as pas besoin de parler, il enchaîne.

— Ça se voit dans votre regard. On est tous perdus quand on arrive ici. Il faudra garder cet état d'émerveillement. Si vous le perdez trop vite, ce sera difficile. On n'appartient jamais à cette terre. Il vaut mieux rester spectateur.

— Je n'ai pas besoin d'appartenir à une terre. Je n'ai jamais senti cette appartenance.

— Je sais. Moi non plus. Je suis Rwandais... Pendant la guerre je me suis réfugié au Congo, ensuite je suis parti à Londres, à Montréal, maintenant je suis ici.

— Vous travaillez ici ?

— Oui, en informatique. Et vous ?

— Moi je suis venue rejoindre un homme.

— Vous venez d'où ?

— Je suis née en Roumanie, je suis passée par Paris, ensuite Mexico et maintenant ici.

— C'est drôle...

— Ça l'est... Quand je suis arrivée au Mexique je n'ai pas réussi à trouver l'adresse de mon appartement, je suis allée la première nuit dans un hôtel, j'ai rencontré un homme comme vous, on a beaucoup parlé. Il passait d'un pays à l'autre, il réparait les réseaux de ce monde fatigué...

— On rencontre les gens qu'on a besoin de rencontrer, vous ne croyez pas ?

— Peut-être... Vous êtes là depuis longtemps ?

— Je ne vis pas ici. Ma famille est à Montréal. Je viens quatre ou cinq fois par an pendant un mois. Je vis entre les deux bureaux...

— C'est particulier.

— Ça me va... Je ne m'ennuie pas. Ça me permet de rester aux aguets... Vu d'où je viens c'est important.

— Pourquoi vous avez cru que j'étais Française ?

— Je n'ai pas cru que vous étiez Française. J'ai su que vous parliez français. Les langues façonnent les corps. Vous ne croyez pas ?

Vous avez passé la soirée ensemble. Vous avez beaucoup parlé, beaucoup ri. En partant, il t'a donné sa carte. Tu as regardé son nom et il t'a dit :

— Tu peux m'appeler Adé. Revoyons-nous.

Pendant des heures, tu as essayé de retrouver le chemin du retour sans réussir. Tu t'es fait avaler par la ville, la sensation ne te déplaisait pas du tout. « Tu es là pour te perdre. » Tu répétais cette phrase comme un mantra pour faire barrage à la peur qui guettait. « Pour te perdre et pour te retrouver. »

Perdre cette carcasse remplie de lieux communs, de craintes, d'obligations, d'injonctions, de blessures d'enfance, d'amours ratées, de chemins barrés... La liste était si longue... Tu as tellement de choses à réparer. Auras-tu le temps de bricoler tout ça ?

À une heure du matin, tu es arrivée à la maison.

Yann t'attendait inquiet dans le salon.

— Je me suis perdue.

Tu lui as dit ces mots avant toute autre chose, comme si ces mots étaient les seuls qui comptaient à partir de maintenant. C'était un constat lucide et sincère de l'endroit où tu te trouvais désormais. Tu redevenais une petite fille qui reconnaît sa défaite. À partir de ce moment, tout serait possible à nouveau. On efface tout et on recommence.

Yann t'a serrée dans ses bras et la simplicité de votre relation est revenue à la surface. Le corps avait repris ses fonctions.

Yann partait très tôt à l'ambassade, tu dormais encore quand il quittait l'appartement. Pendant les premières semaines, au réveil, tu te posais toujours la question de l'endroit où tu étais. Ton corps ne reconnaissait pas encore ton territoire. Les villes où tu avais posé tes valises revenaient dans ta tête. Ensuite ton regard glissait vers la fenêtre et là tu voyais les tours qui grattaient le ciel cotonneux et tu t'ancrais dans le présent.

Tu sortais dans la rue et tu te perdais dans cette ville tentaculaire. Pendant longtemps, tu avais eu peur de te perdre, maintenant tu te l'autorisais. Ton corps prenait enfin le pas sur ta tête. Il se faisait justice à sa manière. Il avait été tellement dressé, il avait tellement obéi aux ordres imposés par des logiques extérieures que maintenant il ne cédait plus rien, il s'obstinait à satisfaire ses désirs primaires et tu ne pouvais que le suivre tranquillement.

Tu n'avais aucun projet. Tu te laissais porter par le hasard. Tu prenais un train, un métro, tu traversais un quartier entier, tu entrais dans un musée sans savoir ce que c'était, tu flottais et tu acceptais ce flottement.

Tu passais tes nuits avec Yann à faire et à refaire l'amour comme tu ne l'avais jamais fait auparavant. Même, ça te paraissait étrange. Avec les autres hommes, la sexualité avait été une construction ou un fantasme. Tu faisais l'amour avec eux parce que tu les aimais, tu aimais le temps qu'ils te donnaient, le soutien, l'apaisement ou le rêve d'une vie qui ne venait jamais. Avec Yann c'était concret. Pas de promesses, pas de projections, pas d'illusion. Tout était là. Vous parliez peu. Pour la première fois, tu aimais un homme dans une langue qui lui était étrangère. Elle t'était étrangère aussi. C'était la langue de la diplomatie, mais elle accomplissait son rôle efficace de médiation, nécessaire pour permettre à vos corps de vous retrouver autrement.

Tu as commencé à l'accompagner à des dîners officiels, à jouer le rôle de sa femme, à sourire sur la photo, à serrer des mains, à traverser des jardins suspendus une coupe de champagne à la main, à dire « *Arigato gozaimas* » en te penchant un peu en avant, à être discrète, correcte, irréprochable.

À des moments pareils tu retournais à cette vieille passion de jouer des rôles écrits par d'autres mains, des rôles qui n'ont rien à voir avec toi, des rôles te permettant de t'évader des questions existentielles.

Tu prenais goût à la superficialité. Tu entrais dans la norme de ces femmes qui acceptent d'être entretenues sans trop en parler.

Dans un mouvement d'inertie tu as repris au bout d'un mois ta formation à distance pour devenir professeur de français langue étrangère. Ça te faisait bizarre de reprendre contact avec cette langue qui ne t'habitait plus. L'espagnol se délitait un peu, tu ne l'avais plus reparlé depuis ton départ, et le roumain avait quitté le terrain depuis un moment. Le dernier appel à ta mère datait de la période où tu étais encore à Pátzcuaro. Tu ne lui avais même pas dit que tu vivais au Japon maintenant. Parfois cette culpabilité enfouie revenait à la surface, mais tu la dégageais avec cette phrase : « Je l'appellerai demain. »

Mais le lendemain devenait encore une promesse, et les semaines passaient sans que tu donnes ce coup de fil.

Yann faisait du surf quand il avait du temps, sur la côte Pacifique. Au début, tu restais sur la plage à le regarder se transformer en aigle noir qui affrontait les vagues et se laissait porter par la force des torrents. En suivant les mouvements de son corps tu comprenais enfin ce que tu aimais en lui : sa liberté innée. Il n'avait pas besoin de se battre pour l'obtenir, il ne faisait aucun discours là-dessus, il l'avait tout simplement. Il était né libre et personne ne lui avait confisqué ce droit. C'était simple. Yann ne compliquait rien dans sa vie. Il posait des limites avec douceur, il n'avait même pas besoin d'insister, les gens le suivaient.

Il avait été élevé dans une famille hippie, qui bougeait pendant son enfance d'un pays à l'autre avec leur mobile home. Plus tard, il avait fait le tour des écoles alternatives et, un jour, il avait surpris tout le monde quand il avait décidé de faire carrière dans la diplomatie. C'était pour lui une autre manière de continuer à être nomade comme ses parents. Tu aurais aimé avoir son enfance, grandir dans un monde libre, avec des parents relaxes qui donnent de l'amour sans trop poser de conditions, sans transformer leur gosse en balle de ping-pong. Ses parents se sont séparés aussi à un moment de la vie, mais ils sont restés très proches. Yann se souvenait de ses vacances pendant l'adolescence où ils partaient à dix en famille recomposée : ses parents, leurs nouveaux partenaires et leurs enfants. Ça te paraît si exotique.

Un jour, Yann t'a prise par la main et t'a fait entrer dans l'océan. Tu avais peur des vagues. Ce souvenir d'enfance restait encore collé à toi : vers neuf dix ans, tu étais avec ton père au bord de la mer Noire, les vagues étaient grandes, il te tenait par la main et soudainement tu as été percutée par le courant qui a balayé ton corps sur plusieurs mètres. Tu avais la bouche pleine de sable quand tu es ressortie. Pendant longtemps, tu as porté cette sensation avec toi. Quand tu traversais une rue, tu imaginais l'impact d'une voiture sur ton corps. Plus jamais tu n'as osé entrer dans la mer et là Yann te prend par la main et t'oblige à affronter cette peur de l'enfance. Tu n'y arrives pas, tu recules, tu te sens ridicule. Tu regardes les autres corps qui se lancent avec jouissance à l'intérieur de l'écume et tu admires leur courage. Yann insiste :

— Je suis là. Tu n'es pas en danger. Il n'y a rien. Il faut juste ne pas résister à la vague. Tu ne dois pas essayer de l'affronter, tu vas avec elle, tu te laisses porter, tu te glisses à l'intérieur et ensuite tu avances sur ses cimes. Tu retiens ta respiration, tu vas sous l'eau pour quelques secondes, laisse-la faire.

— Pas maintenant. Laisse-moi un peu de temps.

Tu retournes sur ta serviette et tu continues à regarder tous ces corps qui se laissent avaler par la nature. Tu vois des enfants dans les vagues, le sourire aux lèvres. Tu dois y aller aussi. Tu ne resteras pas toute ta vie spectatrice du monde, le moment est venu de dépasser les peurs d'avant.

Avec ces pensées, tu avances vers la mer. Yann est plus loin, il te regarde discrètement. Les premières vagues, tu les évites, tu sautes pour résister à leur force. Yann crie :

— Laisse-toi aller... N'essaie pas d'affronter la vague.

Tu inspires, tu fléchis tes jambes, tu descends sous l'eau, la vague te passe au-dessus de la tête, tu remontes à la surface, elle n'est plus là.

— C'est bien. Maintenant va avec elle.

Tu reprends confiance. Tu recommences, mais chaque fois tu la rates, tu reviens à la surface trop tard.

— C'est la peur qui t'empêche d'y aller. N'aie pas peur, écoute ce qui se passe autour, fais-lui confiance.

Cette fois-ci, tu remontes au bon moment. Tu es sur la crête de la vague. Tu agites tes bras rapidement pour te maintenir le plus longtemps possible à cette hauteur. L'océan te porte, tu le sens dans ton ventre. Tu perds enfin le contrôle de ton corps, tu acceptes tes faiblesses, tu admets enfin ce que tu es, un élément fragile de la nature qui peut basculer à tout moment. Ça s'est fini trop vite. Tu recommences tel un enfant qui veut récupérer le temps perdu. Ton corps est libre, ton corps est une plante forte, nourrie par la terre et par l'océan.

Les trois mois à Tokyo ont passé très vite. Comme tu n'as pas de visa, tu es obligée de quitter le territoire une fois ce délai passé. Les histoires administratives te font rire désormais. Chaque pays dessine sa propre forteresse invisible. Impossible d'y échapper. Il faudrait quitter chaque État après trois mois. On aura suffisamment de marge pour entasser nos vies entre les frontières d'un nouveau territoire sans jamais avoir à faire demi-tour.

Yann te propose d'aller pour Noël à Amsterdam. Tu le suis.

Vous passez dix jours chez sa mère, qui vit sur une péniche. Elle a quelque chose d'Aygen cette femme. La même liberté, la même jeunesse, la même force, le même amour flottant.

Toujours habillée en robe de couleurs vives d'inspiration orientale, avec ses tresses qui descendent sous ses hanches, elle porte le sourire de cette espèce humaine qui a conservé son innocence malgré les obstacles de la vie.

Elle a eu trois enfants avec trois hommes différents, à dix ans d'écart. Yann est le plus âgé, il a une sœur de vingt-trois ans et un frère de quinze ans. Sa sœur est moitié marocaine, son frère moitié kenyan.

— À vingt-cinq ans, quand j'ai eu Yann je me suis dit que je pourrais avoir un enfant chaque année. J'adorais être enceinte. J'adore les enfants quand ils sont bébés. Ils sont tellement courageux, tellement libres. Quand tu les habilles pour la première fois, ils commencent à pleurer. Ils comprennent que leur corps a des limites. Ils le sentent concrètement. Ils les touchent. Avant ils croient qu'ils sont illimités, qu'ils sont la même chose que les objets et les corps qui les entourent. Si on pouvait garder toujours ce sentiment…

— Pourquoi tu n'as pas eu d'autres enfants, si t'en voulais tellement ?

— Les hommes ont peur… Les hommes que j'ai connus n'en voulaient qu'un. J'ai respecté leur choix. J'aurais pu tricher mais à quoi bon ?

Vous fumez chaque soir un pétard sur le toit de la péniche et vous parlez de tout et de rien. Tu préfères rester avec elle quand Yann a des soirées avec ses copains, il y a quelque chose chez cette femme qui t'inspire. Tu aimerais avoir sa liberté.

— Tu veux des enfants ?

— Je ne sais pas… on n'en a pas parlé…

— Je ne parle pas de Yann, je te parle de toi.

— Je n'y ai pas pensé.

— Tu ne veux pas alors… Si tu n'y as pas pensé, tu n'en veux pas.

— Je ne suis pas sûre.

— Un enfant c'est pas dans la tête, c'est dans le corps.

— Je ne vois pas ce que c'est…

— Tu ne l'as jamais senti, c'est clair. Tu n'as jamais éprouvé ce besoin d'avoir un corps à l'intérieur du tien. C'est comme l'orgasme, quand tu en as eu un tu le sais. Après l'accouchement de Yann, tout de suite après j'ai senti un besoin douloureux d'être enceinte de nouveau. C'était compulsif, c'était plus fort que moi. J'ai mené une guerre avec mon corps pour le faire taire. J'aurais dû suivre mon désir. Je pense que les mecs ressentent ça chez une femme, à l'époque on me draguait tout le temps. Mais j'aimais vraiment le père de Yann et cet amour a été plus fort que mon désir. Pourtant, dix ans après, ça m'a rattrapée. La naissance de ma fille n'était pas du tout planifiée. J'étais encore avec Wim, mais chacun était un peu dans sa vie, j'ai rencontré ce mec, on est resté ensemble un an, il s'est barré avant la naissance de Leila. C'est Wim qui l'a élevée en fait… Si tu ne ressens pas ce besoin dans ton corps, ne fais pas d'enfant… Ça va lui retomber dessus à un moment. Tu vas sentir la maternité comme une punition. C'est ça le problème de notre civilisation. On dit encore aux femmes qu'elles sont faites pour être mères. Même dans les pays les plus avancés sur le sujet. Et même si aujourd'hui on n'ose plus le dire haut et fort, on le dit quand même subtilement… On continue à acheter des poupons à nos filles et des voitures à nos garçons, ça dit tout… Toutes les femmes ne sont pas faites pour être mères, comme tous les hommes ne sont pas faits pour être pères. Il y a des femmes qui feraient mieux autre chose. Il y a des femmes qui appartiennent au monde, pas à un seul homme, pas à un seul enfant. Et tu sais quoi, l'humanité sera peut-être sauvée par ceux qui ne font pas d'enfants. On est déjà nombreux et il y a tellement d'enfants mal aimés dans le monde. Moi je respecte les gens qui adoptent des gamins. Si on m'en donnait la possibilité je le ferais, mais l'État sait ces choses-là mieux que nous, non ?

— Oui, l'État sait tout mieux que nous.

— *Fuck the system...* Mais non, je n'ai jamais été une punk moi, j'ai été une rasta toute ma vie.

— Si tu n'étais pas la mère de Yann, je pense que je tomberais amoureuse de toi et je n'ai jamais eu un truc pour les femmes.

— Tu ne sais pas... Moi aussi je croyais ça et après la séparation avec Wim j'ai été avec une femme pendant quelques années... C'était bien. Parfois avec les femmes c'est plus simple. On parle la même langue, on est hors circuit de domination, c'est apaisant. Tu n'as rien à cacher. Avec les hommes j'ai dû toujours mentir un peu. Souvent j'ai fait semblant d'être moins intelligente qu'eux pour ne pas blesser leur orgueil. J'ai fait ça par amour. J'ai compris très vite qu'ils ne sont pas encore prêts à céder leur territoire, on les élève encore au royaume des patriarches. J'ai essayé de faire différemment avec Yann, mais je ne sais pas si ça a marché. Tu crois que ça a marché ?

— Oui, je crois. Je crois que tu as fait un bon boulot.

— On verra. S'il reste avec toi il a tout compris... Sinon j'ai dû me tromper quelque part.

Elle commence à rire. Les bouteilles de bière se sont accumulées, les joints aussi.

Sa dernière phrase te touche tellement, elle résonne à ce point dans ton corps que les larmes viennent. On ne t'a jamais parlé comme ça. Aucune femme de l'âge de ta mère ne l'a fait. Enfin quelqu'un te regarde et te dit : tu es quelqu'un de bien, tu n'as pas à en faire plus, reste comme ça, ça suffit.

Tout aurait pu être si simple si ta mère te l'avait dit, si les autres figures maternelles à l'école ou dans le monde du travail te l'avaient répété. Si tu avais su depuis le départ qu'il n'y a pas d'effort à faire pour plaire, il n'y a que des rencontres qui tombent au bon moment, il n'y a que des évidences. Chacun a sa place, sa beauté et sa force. Tout ce temps raté n'aurait pas existé si seulement une femme t'avait dit ces mots simples. Pourquoi on ne le fait pas plus souvent ? Pourquoi on s'adapte au monde conçu par les hommes tout en le détestant ? Pourquoi on avance en écrasant les jeunes filles, en détestant leur force comme si elles voulaient nous prendre quelque chose qu'on ne veut pas donner ? Pourquoi on grandit dans la haine, la laideur, la méchanceté, le mépris ?

Tu t'effondres dans ses bras. Elle te berce légèrement.

— Ça va, ça va passer.

— Tu crois ?

— Oui je suis sûre. Tu vas trouver ce qui te manque… Juste… quand tu le trouves vas-y, fonce, oublie tout ce qu'on t'a dit de ne pas faire. La vie commence à la frontière de ton territoire.

C'était ton plus beau Noël. Une fête païenne, sans tous ces artifices qui remplissent le vide des familles : pas trop de cadeaux, pas de sapin, pas de repas trop gras, mais beaucoup, beaucoup d'amour.

Vous êtes rentrés à Tokyo pour le Nouvel An. Yann a décliné plusieurs invitations à des fêtes, tu voulais aller chez Adé qui était devenu un ami avec le temps. Tu n'avais pas du tout envie de passer cette nuit-là avec les mêmes adultes responsables apprêtés dans leurs costumes trop serrés.

Il y avait peu de monde, une atmosphère tranquille et simple, rien de forcé, tout ce dont tu avais besoin.

Ces périodes de transition ont toujours été douloureuses dans ta vie. Pendant l'enfance et l'adolescence, tu as été tiraillée entre tes deux parents. Si l'un obtenait de t'avoir à Noël, l'autre devait t'avoir pour le Nouvel An et toi tu faisais office de psychologue en écoutant le bruit de leur tristesse et de leur haine grandissante. Après, tu as enchaîné des fêtes bizarres, remplies d'alcools et de mecs seuls qui comptent sur l'intensité artificielle du moment pour choper un corps de passage. Avec Seb, vous n'avez jamais passé cette période ensemble, il allait voir ses parents au nord du pays et sa mère ultra-orthodoxe ne voulait pas te recevoir dans sa maison avant que ça ne soit sérieux. Tu n'as jamais compris si sérieux c'était avoir la bénédiction du pope et des papiers avec le même nom qu'eux... Kal a été toujours absent du paysage, et Xav voulait passer seul ces moments, trop de souffrance, trop de souvenirs de sa mère assassinée, il préférait vivre sa peine dans son coin. D'ailleurs, tu n'as jamais compris la frénésie du moment, l'obligation du bonheur. Tu n'as jamais compris pourquoi tout s'arrête, pourquoi on se serre dans les bras quand il n'y a rien dans les cœurs. Pourquoi on doit se noyer en cachette dans des quantités d'alcool et de sucre pour oublier l'impossibilité d'être vraiment ensemble. Pourquoi on fait le bilan de l'année, pourquoi les larmes montent et les solitudes deviennent des abîmes. Pourquoi on accepte de prolonger le mensonge. On ne se connaît pas, on a honte de se regarder vraiment, on a peur de se lire. Alors il vaut mieux sourire devant les caméras et revoir plus tard ces photos où les souvenirs douloureux sont effacés.

Ça s'apaise maintenant. Tu es dans un pays étrange où ces moments ont une tout autre signification. Chacun célèbre comme il veut ce qu'il veut. Les Japonais naissent shintoïstes, peuvent se la jouer chrétiens pour la beauté d'une cérémonie de passage et se faire enterrer en bouddhistes. Ils créent leurs rituels comme ils le sentent. Aucune injonction. Un jour, dans un temple, tu as lu une petite brochure où on t'expliquait leur croyance. Toute personne peut se nommer shinto. Pas besoin de conversion, de lecture, d'allumer mille bougies, de se noyer dans l'eau. Si on respecte la nature et si on tend à être meilleur dans son développement spirituel, l'âme est sauvée. Pas de péché, pas de repenti, pas de culpabilité. Une meute de divinités protège les êtres : chaque mort devient un protecteur, chaque arbre un dieu. Le shintoïsme tolère toutes les religions : les humains sont si différents et complexes qu'une seule religion ne pourrait pas les sauver.

Tu aimes cette vision des choses, même si l'histoire du Japon ne l'a pas toujours pratiquée, mais tu n'as pas envie de rentrer là-dedans pour l'instant. C'est trop tôt. Tu ne veux pas encore connaître les plaies de ce pays, tu veux rester en état d'innocence, tu as besoin de croire qu'il est encore possible de trouver un espace guéri de la haine.

Tu ne lis plus les journaux, tu te connectes rarement sur Internet, tu lis à peine tes mails. Le décalage horaire te protège de toute mauvaise nouvelle. Tu te sens loin. Le bruit du monde s'arrête à ta porte. Tu fais le choix de ne pas lui ouvrir. Quelque chose change à l'intérieur. Tu ne sais pas encore quoi, mais ça change. Tu as été trop longtemps en colère, à avaler toute la violence que ce monde te jetait à la gueule. Maintenant, tu as envie de crier que ça suffit.

On ne peut pas réparer ce monde, tu l'as compris enfin... mais on pourrait essayer de réparer quelques vivants, ceux qu'on croise sur nos routes. On pourrait aussi se laisser réparer par leurs actes, leurs paroles, leurs regards.

Tu regardes Adé et sa femme Horla et tu as l'image concrète devant toi. Un Rwandais et une Congolaise qui se sont rencontrés pendant un génocide, qui ont fui un pays dévasté par la cruauté sanguinaire et ensuite un autre qui ne tolérait pas leur histoire, qui ont essayé de soigner leurs cassures et surtout, surtout de ne pas laisser leur douleur se transformer en haine. Deux êtres qui se sont construits d'un territoire à un autre, qui ont poursuivi leurs routes sans avoir peur de se perdre, qui continuent à traverser le monde en essayant de réparer ce qui reste vivant autour d'eux.

Horla travaille dans une compagnie d'assurances à Toronto, rien de passionnant là-dedans, mais dans son temps libre elle aide sa sœur restée à Kinshasa à gérer un réseau de foyers pour les enfants abandonnés.

— Les enfants sorciers... T'as entendu parler ?

— Non...

— Dans certaines familles, dès qu'il y a un drame, une mort prématurée, un divorce, une faillite, on fait tout porter à l'enfant un peu étrange de la famille. On croit que c'est un esprit sorcier qui va nuire à tout le monde. Alors on le met dehors. Pire encore, on met autour de sa nuque un pneu enflammé et on le jette dans la rue pour expulser le mal.

Sa voix tremble. Tu trembles aussi. Tu revois tes enfants du Michoacán blessés à d'autres endroits de leur être.

— Ma sœur fait ça depuis quelques années. Les pouvoirs publics n'interviennent pas. Ils laissent faire tranquillement. Pourquoi soigner un peuple? Pourquoi lui permettre de se réveiller un jour?

Encore une fois, tu étais en face d'un être intègre qui connaissait sa place dans le monde, qui se trouvait au bon endroit de l'existence. Et toi dans tout ça? La même question qui revient, qui ne te lâche pas. Tu passes les dernières minutes de cette année à te dire qu'elle a été l'année de la défaite. Tu avais enfin trouvé un sens mais tu n'as pas résisté. Tu as quitté le match avant la mi-temps. Tu as fui le territoire dès que les ennemis ont essayé de t'anéantir. La peur, cette peur qui t'éloigne de tes rails, t'a mise hors-jeu encore une fois. Tu as trouvé refuge comme d'habitude dans les bras d'un autre homme, comme toutes les femmes fatiguées par la dureté du monde qui ne les accepte pas. Tu sens une douleur aiguë dans ta tête, tu as envie d'éclater en sanglots sur cette terrasse panoramique où tout le monde compte dix, neuf, huit, mais tu résistes. Les larmes ne servent à rien. Tu as trop pleuré. C'est une fausse route. Tu pleures et tu oublies. Ça soulage. Il faudra affronter tes monstres maintenant. Il faudra apprendre à te battre, à t'entraîner pour résister à la méchanceté ambiante et mettre enfin ton être en mouvement. Et pour cela il faudra te pardonner l'échec, la faiblesse et la fuite. Tu as perdu un match mais tout n'est pas encore perdu. C'est sur cette pensée que tu refermes la porte à l'année qui s'envole derrière toi.

Peu de temps après, tu as passé tes examens et tu as obtenu le diplôme d'enseignant de français langue étrangère. Tu as trouvé facilement un poste dans une école privée pour adultes. Tu passais quelques jours par semaine à enseigner le français à de jeunes Japonaises qui rêvaient de quitter le pays. Petit à petit, tu as appris des choses sur la condition féminine au Japon. Une étrangère transmettait une langue qui ne lui appartenait pas à d'autres étrangères qui voulaient s'en servir comme une arme pour rompre les sangles du patriarcat et s'enfuir loin. L'idée t'enchantait. Ça te donnait un sens provisoire.

Tu apprenais à faire la paix avec toi-même, à t'accepter telle que tu es, à te rencontrer enfin après cette longue traversée des forêts où tu cachais ton ombre derrière les arbres.

Un jour, dans un musée, tu es restée longtemps devant un vase en porcelaine cassé reconstitué par le kintsugi, cette technique japonaise où on colle les morceaux avec de l'or. On n'essaie pas de cacher les fêlures, on les met en évidence et c'est beau. Cette imperfection t'attire. La philosophie du rituel encore plus : écouter le passé d'un objet, son histoire, accepter sa fragilité, l'accident, sa chute, décider de le sauver, de le garder avec soi, de lui donner une deuxième vie, avec son anomalie, sa détérioration, les traces du temps.

Tu es un être à réparer. Tu vas te réparer comme ça, sans cacher les cicatrices de tes plaies.

Pour la prochaine échéance des trois mois, Yann t'a proposé d'aller en Roumanie.

— Mais pourquoi tu veux aller là-bas ?

— Je ne sais pas, pour connaître ton pays.

— Tu sais que je ne crois pas à ces histoires…

— Ton territoire alors. Ça te va ? Je voudrais connaître le territoire d'où tu viens… C'est mieux comme ça ?

— Il y a de beaux paysages oui.

— T'as pas envie ?

— Non c'est pas ça, c'est que…

— Dis-moi…

Tu ne peux pas le dire. Tu es fatiguée de le dire.

— De quoi t'as peur ?

— Du passé, des gens, je crois que je suis trop fragile encore pour affronter tout ça.

— T'es pas fragile. Tu te souviens de la vague ? Tu avais peur et maintenant tu adores te laisser porter par sa force. Tu devrais peut-être l'essayer aussi avec les territoires qui t'ont blessée. Mais si tu ne veux pas y aller, on n'y va pas. On peut aller en Corée, c'est plus près.

Vous êtes partis en Roumaine fin mars.

L'idée de retrouver ce pays au printemps te rassurait un peu.

Tu portais encore en toi l'odeur des tilleuls, la couleur des fleurs des mirabelliers, des noyers, des cerisiers sauvages, cette nuance de vert cru qui s'étend sur les arbres trop longtemps dénudés par l'hiver. Tu te souvenais de cette énergie que tu ressentais quand tu avançais dans la rue sous cette lumière printanière qui te donnait l'espoir qu'enfin quelque chose de bon arriverait bientôt.

L'avion entre dans l'espace territorial et quelque chose tremble à l'intérieur de toi. Une émotion profonde t'envahit. C'est comme si tu allais vers un rendez-vous amoureux qui déciderait de la tournure de ta vie.

L'avion s'approche de sa destination finale, il commence à descendre, tu vois la piste qui se rapproche et soudain il effectue un virage brusque et s'envole dans les hauteurs. Tu ressens un vide violent dans le ventre. Quelques secondes après, on vous explique qu'à cause des conditions météorologiques vous ne pouvez pas atterrir. Vous allez attendre un peu et, si jamais ça ne s'améliore pas, il sera possible d'atterrir à Budapest ou à Sofia. Cette idée te fait sourire. Ton pays te refuse le droit d'entrer. Il agit comme un homme trompé qui n'a plus envie de regarder dans les yeux la femme qu'il a aimée. Ce pays t'a-t-il aimée ? Les pays peuvent-ils aimer ? C'est quoi un pays ? Un troupeau d'êtres humains qui essaient de défendre leurs intérêts et leurs règles, qui croient aux mêmes mythes, qui aiment et haïssent ensemble, qui s'écrivent une fiction commune ? Fais-tu partie de ce troupeau ? Fais-tu partie d'un autre troupeau ? Y a-t-il des troupeaux où on parle des langues différentes, où on pratique des idées, des croyances, des coutumes différentes ?

L'hôtesse annonce l'atterrissage sur un autre aéroport de Bucarest où le vent n'est pas si violent. Tu ne crois déjà plus à cet atterrissage. « On restera peut-être à jamais suspendus dans le ciel » tu te dis et tu te souviens de ce rêve récurrent que tu faisais à Paris, où tu n'arrivais plus à repartir. Aujourd'hui ça s'inverse : tu n'arrives pas à parvenir.

Les roues de l'appareil ont touché le sol. On vous annonce qu'il faudra être patients. C'est un aéroport fermé en temps normal. Il n'y a pas de douaniers, ils doivent venir d'ailleurs pour effectuer le contrôle de vos papiers.

Yann rit. Toi, tu ne ris pas, l'absurdité est devenue normalité, à force d'y être confrontée depuis un long moment elle ne te fait plus rigoler.

Après une heure d'attente, on vous envoie dans une salle obscure. Il fait nuit. On dirait le décor d'un film soviétique des années 1970. Dehors il neige et cette image est baignée dans un surréalisme unique. Une heure plus tard, un chariot à bagages se gare devant l'aéroport et on vous invite à récupérer vos valises. La foule se rue sur le véhicule, vous, vous attendez à l'écart en regardant ce spectacle gratuit. Aucun taxi n'attend, vous ne savez même pas comment arriver à l'hôtel.

Un homme s'approche et vous demande en anglais si vous avez besoin d'aide. Encore une fois, quelqu'un du même pays que toi ne te parle pas dans ta langue maternelle et ça te fait bizarre. Ça te fait aussi bizarre quand il refuse l'argent que vous lui proposez une fois qu'il vous dépose devant votre hôtel.

— Il y a encore des choses gratuites dans ce pays.

— Merci.

— Ça je prends...

— Merci vraiment. Ça me redonne confiance.

— Vous êtes partie depuis longtemps ?

— Cinq ans, mais je ne sais pas si je suis vraiment partie. Est-ce qu'on part vraiment des endroits qu'on a aimés ?

Tes propres mots te choquent. Pour la première fois tu exprimes ce sentiment. Oui tu appartiens à cet endroit, comme tu appartiens aux rues multicolores du nord de Paris, à la Cour carrée du Louvre, aux quais de la Seine, aux patios de Coyoacán, à la forêt de Michoacán et à ses préaux d'école, aux halls d'aéroport, aux jardins japonais, aux temples shintoïstes, aux passages piétons de Shibuya. Tu appartiens aux endroits qui ont troublé par l'intensité de leur beauté tes eaux intérieures. Tu appartiens à ces endroits où les passants se sont arrêtés pour te regarder et te sourire sans rien demander en retour.

Tu retrouveras la même sensation avec Yann les jours suivants en marchant dans les rues enneigées de Bucarest. Il y a des endroits que tu aimes ici, malgré les montagnes sales de neige glacée, les voitures qui occupent les trottoirs, les gens pressés fatigués par leur course, les belles maisons en ruine remplacées par des tours en béton. Malgré la quantité de souffrance, d'ignorance, de rancune, il y a des endroits que tu aimes, il y a des gens aussi. Tu essaies de te reconnecter à tout ça. Pour la première fois tu te dis : je fais partie de ce corps malade, de ce corps qui tombe mais qui n'est pas encore complètement pourri.

Et tu te rends enfin compte que ce n'est pas qu'une histoire roumaine, française ou mexicaine... On fait tous partie du même corps malade et on ne sait pas comment le soigner.

Partout, c'est l'amour qui nous manque. Comment retrouver cet amour perdu il y a mille ans sans tomber dans le sentimentalisme bête ? Comment ne pas se laisser assécher par la violence du dehors ? Comment résister ? Barrer la route à tout ce qui détruit, déverse la haine, attise la peur, nous pousse à terre. Sortir du contexte établi. On nous demande de faire du chiffre, on nous demande des statistiques, des profils psychologiques, des hymnes, des drapeaux, très bien... On fera semblant de le faire et pendant ce temps on restera debout à chercher les regards des inconnus. Nous nous approcherons des corps « ennemis » et nous apprendrons d'autres langues. Nous désobéirons à tout ce que nous ont appris les dieux et les politicards.

Babel n'existe pas. C'est un mythe. Et on pourra le raconter différemment. On n'est pas en guerre. C'est pas parce qu'on ne se comprend plus qu'on est en guerre. La guerre est dans la tête. Il faudrait la déloger de cet endroit, c'est tout.

On devrait commencer à oublier, à désactiver nos programmes, à voir autre chose derrière nos corps encastrés dans des cultures rigides. Si on commençait à construire autrement ? Si on décloisonnait ? Si on décolonisait la pensée ? Si on se taisait un peu ? On a écouté des discours… On est plein d'idées… Il est peut-être temps de regarder au fond des choses. Il est peut-être temps d'affirmer nos différences et de rester comme ça, différents, sans avoir besoin d'avoir raison. Sans avoir besoin de se coller à d'autres corps. Sans avoir besoin de s'intégrer à une seule société. Si on glissait juste d'un endroit à l'autre, en créant d'autres espaces de rencontre, des espaces de frottement sans forcer le passage…

Si on acceptait enfin ce qu'on est : une meute de solitaires qui se sont inventé des identités pour pouvoir vivre. Des solitaires qui ont endossé les costumes tissés par tous les autres solitaires qui les ont précédés. Si on se reconnaissait enfin. Tout seuls sans avoir à demander une reconnaissance. Plus besoin d'oppresser, de dominer, d'affirmer. On se regarde et on se reconnaît. On aurait droit peut-être à autre chose : un autre commencement… On serait peut-être à nouveau une seule meute… et nos ennemis ne seraient plus « les autres ». Nos ennemis seraient à nouveau les orages, les déluges, les feux, les tremblements de terre, les dieux.

Tu regardes les gens autour de toi et tu leur parles comme ça dans ta tête et tu comprends enfin ce que tu cherches depuis tout ce temps-là. Tu vois une autre route s'ouvrir, tu ne sais pas encore comment y accéder mais tu la sens, elle est tout près.

Vers la fin de votre voyage, vous êtes allés voir ta mère. Elle avait vieilli. C'est le premier constat que tu as fait.

— Je n'espérais pas te revoir un jour. C'est bien, tu es venue à temps, tu me trouves encore là.

Ça a commencé avec un reproche comme d'habitude. Ta mère ne sait pas faire autrement. Elle ne peut pas. C'est la langue qu'on lui a apprise. Tu as failli faire ta crise d'adolescence. Tu as failli lui dire tout ce que tu ne lui avais jamais dit : ce manque d'amour qui te poursuit encore, cette impossibilité de vivre, ce narcissisme qu'elle t'a filé à la naissance, ce statut de victime soumise, ce nihilisme implacable, cette peur compulsive, ce déficit d'espoir, ce sentiment d'être tout le temps au-dessous des attentes, d'être venue au monde avec un défaut de fabrication et de devoir le rattraper par le mensonge en soignant toujours ton masque protecteur. Tu as failli lui dire que tu voulais te débarrasser de cette mauvaise bonne éducation, de ses dépressions, de ses anxiétés, de ses reproches et de ses attentes. Tu as failli lui dire que tu espères avoir un jour le courage de rompre enfin cette lignée comme aucune autre femme n'a osé le faire avant. Tu as failli lui dire tous ces mots qui restaient dans ta gorge et empoisonnaient ton être entier, mais tu l'as regardée et tu t'es tue.

Tu t'es tue car tu as compris que tu l'achèverais. Tu commençais à regarder ta mère autrement. Tu voyais soudainement la cause de son état, les racines de son manque d'amour envers toi, envers elle. Sa vie ne lui appartenait pas, elle n'a rien fait de ce qu'elle désirait vraiment. Mais sait-elle exactement ce qu'elle aurait désiré ?

Tu étais devenue plus puissante que ta mère et les puissants se taisent pour protéger les êtres fragiles autour d'eux. Les puissants n'ont pas besoin de dominer, d'avoir le dernier mot, de frapper dans les murs, de hurler leur colère. Les puissants s'arrêtent, regardent et transforment le réel par leur force inouïe, ils soignent les blessures avec leurs regards, leurs paroles et leurs gestes.

Alors, tu as regardé ta mère, tu savais combien elle avait besoin de ce regard, tu lui as caressé le visage, tu l'as prise dans tes bras et tu lui as dit ces mots simples, banals qu'on a oublié de se dire par peur d'être ringards, faibles ou perdants.

8

Les mois ont passé à la vitesse d'un ouragan. Tu as arrêté de compter le temps, de le filtrer, de le décomposer en événements majeurs. Tu le suivais juste en regardant dans ton passeport les tampons qui se posaient tous les trois mois. La liste devenait longue : Amsterdam, Bucarest, Séoul, Singapour, Kuala Lumpur… C'était comme un jeu de cache-cache. Quelques semaines avant le prochain voyage, un soir quand vous épluchiez les guides avec Yann, il t'a regardée soudainement comme si tout venait de s'éclairer et t'a dit :

— Marions-nous. Ce serait plus commode.

Tu l'as regardé, un peu surprise. Tu ne t'attendais pas à entendre ces mots de sa part. Un souvenir perdu est revenu à la surface : Seb qui t'a demandé la même chose après l'échec de ton dernier concours au conservatoire. L'histoire se répétait en quelque sorte. Un autre homme proposait la même solution à tes problèmes de papiers. Les deux événements se reliaient dans ta tête et pourtant ils n'avaient rien en commun. Yann ne te demandait rien, il t'offrait quelque chose. Mais tu ne l'entendais pas comme ça, ses paroles devenaient une injonction, ça te faisait peur, tu ne savais pas quoi répondre, comment réagir, où placer ton corps et ton regard. Ton silence te faisait encore plus peur. Il creusait un abîme et tu ne voulais pas y tomber. Tu ne voulais pas te retrouver un jour sur l'autre rive à regarder Yann s'éloigner dans l'autre direction. Tu avais vécu cette situation à répétition, il était temps que quelque chose change. Un équilibre s'installait en toi, tu ne voulais pas prendre le risque de le perturber, alors sans réfléchir, sans écouter la divergence de pensées qui prenait place à l'intérieur, tu lui as répondu :

— D'accord.

Vous vous êtes regardés sans trop savoir ce qu'il y a à faire dans un tel moment, un peu gênés, comme deux gamins un peu dépassés par la situation. Yann a commencé à rire. Au début, c'était un rire nerveux. Tu as suivi le mouvement. Vous vous êtes retrouvés dans un fou rire qui dissipait toute la tension du moment.

La vie a repris son calme. Tu vivais comme ça, sans perturbation majeure, entre tes cours de français, les cocktails, les dîners, les événements obligatoires de l'agenda de Yann et tes longues balades où tu te perdais dans Tokyo. Tu étais protégée par cet environnement aseptisé, par la politesse timide des passants, par la douceur de l'homme qui te prenait dans ses bras. La guerre était finie. Tu étais hors du temps de la révolte, tu avais trouvé enfin une place et tu avais envie de rester là, comme ça, pour une durée indéterminée.

Quand Adé et Horla étaient en ville, tu passais du temps avec eux. Parfois tu gardais même leurs enfants, les soirs où ils voulaient sortir. Tu leur apprenais l'espagnol, ils t'apprenaient quelques mots en lingala. Tu te sentais bien avec eux, pas besoin de faire des efforts, de se faire comprendre, de s'expliquer. Quand la petite fille qui avait trois ans se glissait entre tes bras, tu sentais une émotion profonde jaillir de toi jusqu'aux larmes. Les visages des enfants de Pátzcuaro revenaient. Tu te demandais ce qu'ils faisaient maintenant. Étaient-ils encore à l'école ? Étaient-ils encore vivants ?

Un soir, Horla t'a reparlé du projet de sa sœur. Elle voulait y aller un mois pendant ses vacances pour l'aider à mettre en place le projet d'une école dans un quartier populaire de Kinshasa.

— Ça te dit de venir avec moi ?

— Oui.

Tu ne savais pas pourquoi tu avais accepté si facilement sans prendre le temps de réfléchir, sans parler avec Yann... Mais les mots étaient dits, tu ne pouvais plus te rétracter.

Cette sensation est revenue souvent pendant cette période. Cette sensation que les choses t'échappaient, cette incertitude quant à ton désir de faire ce que tu t'engageais à faire.

Ça s'est cristallisé un soir quand vous avez reçu des collègues de Yann à la maison. Le matin, juste avant de sortir, il t'a dit rapidement cette phrase :

— Tu pourrais faire un plat roumain.

Interrogation ou affirmation ? Tu ne te souviens pas de l'intonation précise, et pourtant tu as pris cette phrase comme un ordre.

Tu n'as pas eu le temps de réagir, il était déjà sorti de l'appartement. Tu es restée sans bouger, le regard dans le vide, à la même place pendant un long moment. Ces mots simples, banals, prenaient un sens trop grave. Tu ne savais pas pourquoi ça te heurtait autant. Quelque chose changeait dans votre rapport sans que vous vous en rendiez compte. Tu retrouvais un sentiment familier qui te mettait mal à l'aise sans pourtant le comprendre. Tu l'as compris plus tard.

Sur le moment tu as cherché le numéro de l'ambassade, tu as téléphoné et tu as demandé s'ils connaissaient un traiteur roumain. On t'a donné un numéro, tu as appelé et tu as commandé un plateau de chou farci. Il était livré quelques heures après.

Le soir, en le disposant sur une grande assiette, une image floue est revenue à la surface : un repas de Noël où ta mère servait le même plat. Un invité lui demande si c'est elle qui l'a fait, elle dit oui et toi de la hauteur de tes six ans tu dis : « C'est pas vrai, c'est grand-mère. » Elle t'a fusillée du regard. Aujourd'hui, tu refermes le cercle. Tu racontes à tout le monde comment tu as préparé ce plat et il n'y a personne pour dévoiler ton mensonge. Yann sourit et tu lis une sorte de sentiment de fierté là-dedans. Ça fait de toi une femme au foyer exotique, une femme bibelot qu'on habille bien et qu'on assied à la bonne place. À ce moment précis, tu comprends ce qui est devenu du déjà-vu dans votre relation après cette étrange proposition de mariage : vous ressemblez parfois à tes parents. Malgré l'écart dans le temps, la montée du féminisme, la différence culturelle, les océans qui vous séparent, vous reproduisez quelque part le même schéma sans savoir comment ni pourquoi.

Tu enchaînes les verres de vin rouge pour oublier ce constat. Tu écoutes à moitié ce qui se dit. Les hommes partagent leurs plans de carrière, les femmes parlent de leurs enfants et toi tu as envie de te lever et de sortir, mais tu ne le fais pas. Tu restes à ta place et tu écoutes sans rien dire. Tu apprends de nouvelles choses. Tu apprends que Yann restera à Tokyo encore six ans et qu'après il fera un passage obligé d'un an ou deux à Amsterdam avant d'enchaîner un autre contrat. S'il veut viser un poste d'ambassadeur, il devra accepter un petit pays d'Amérique du Sud ou d'Afrique. Tu apprends que toutes les femmes autour de la table ne travaillent pas, elles suivent leurs maris et touchent des indemnités pour ça. Tu apprends qu'il y a un code vestimentaire que tu ignorais complètement, mais qu'à partir de ton changement de statut, tu ne pourras plus continuer à le négliger. Et à la fin, tu apprends que la date de votre mariage a été déjà fixée en juin. L'avantage du premier secrétaire de l'ambassade, il peut la caler quand il veut. Tout le monde tourne le regard vers toi en levant son verre.

Tu continues à boire du vin sans trop intervenir dans la discussion, tu as hâte qu'ils partent tous, tu as hâte de retrouver Yann et de lui dire : c'est pas nous ça, ça peut pas être nous. On a oublié le point de départ. Tu te souviens : la petite *mezcaleria*, la traversée de Mexico en taxi, nos nuits interminables, nos corps libérés de toute contrainte extérieure. Qu'est-ce qu'on est en train de devenir, Yann ? Un couple de notables ?

Les gens partent. Yann te prend dans ses bras, tu voudrais lui dire tout ce qui s'entasse dans ta pensée mais tu ne lui dis que ça :

— On ne peut pas se marier en juin. J'ai promis à Horla de l'accompagner à Kinshasa pour aider sa sœur avec l'école.

— Juillet alors… ?

— Juillet c'est bien.

Plus rien n'a été ajouté. Tout est rentré dans l'ordre établi par le temps qui s'écoulait entre vous. Une douce routine s'installait. Sentiment rassurant, inconnu avant. Les dimanches s'enchaînaient avec les repas trop longs, leurs siestes interminables, les films à l'eau de rose. Parfois tu te retrouvais à errer dans l'appartement avec cette phrase d'Anna Karina dans la tête : « Qu'est-ce que je peux faire, je ne sais pas quoi faire… »

Pour briser cette répétition, Yann t'a proposé un jour d'aller sur le mont Fuji. Ça ne t'intéressait pas trop, les longues balades dans la nature n'ont jamais été une grande passion. Tu préfères les villes, il y a toujours quelque chose de nouveau à voir, tout défile à une vitesse qui te sort de l'apathie. En traversant les grandes villes, tu ressens toujours un sentiment aigu de possible… comme si soudainement quelque chose d'exceptionnel pouvait t'arriver. La nature est trop figée pour toi, le même paysage statique, le même silence monotone, ça tient un temps limité, mais ensuite elle t'ennuie. Tu adores par contre traverser les paysages en voiture avec la musique à fond. Ça t'ouvre un espace où tu t'abandonnes à tes mouvements intérieurs, où tu voyages dans le désordre de ton imaginaire.

Au bout de trois heures, vous êtes arrivés à la cinquième station. Vous avez dépassé les Chinois qui louaient des chevaux pour l'ascension. Vous avez avancé en direction de la forêt. Tu as été submergée par sa beauté, par ses couleurs mélangées, du rose le plus pâle au fuchsia le plus intense, en passant par le contraste intense du vert cru. Le soleil éclairait le feuillage en créant l'impression d'un feu surréaliste.

Tu marchais en regardant ce paysage et tu aurais voulu que ça ne s'arrête jamais, tu aurais voulu être avalée par cette image, te transformer en arbre, faire partie de cette harmonie. Vous avez quitté le grand sentier et vous avez commencé à grimper. Partout des inscriptions mettaient en garde sur le danger de la montée. L'accès est officiellement permis seulement l'été. Vous continuez à marcher, l'environnement est rassurant, rien ne te fait peur. Vous arrivez à la sixième station. Paysage apocalyptique tiré d'un film de Tarkovski. Des poteaux à terre, des fenêtres cassées et le même panneau bilingue qui vous dit de redescendre, toutes les stations étant fermées plus haut.

Yann est à quelques pas devant toi, tu aimerais lui demander si c'est sûr de continuer la montée, mais tu as envie de faire taire tes peurs et tes doutes. Quelques mètres plus haut, tu vois une langue de neige glacée et tu te dis que tu continueras à monter jusqu'à toucher la neige. Tu rattraperais Yann et ensuite vous redescendrez. Cette pensée n'a pas le temps de prendre vie dans ta tête que tu te retrouves dans un brouillard épais. Tout est blanc autour de toi. Un blanc cotonneux, imperméable. Ce blanc dont tu imaginais quand tu étais petite qu'il allait t'entourer après ta mort. Tu es à l'intérieur d'un nuage. Peut-être morte déjà, tu ne le sais pas. Tu ressens encore la sensation de ton corps mais tu ne le vois pas, tu ne vois rien de toi, rien des autres. Tu es figée sur place, la pensée aussi, tu appelles Yann, il ne te répond pas. Tu restes comme ça à attendre mais rien ne change. Aucun relief dans ce blanc cotonneux. Aucun signe d'un changement. Tu tournes à quatre-vingt-dix degrés et tu marches. Tu ne sais pas ce que tu fais. Tu te laisses aimanter par un courant qui te tire vers le bas. Tu redescends mais tu ne vois rien alentour. Tu ne vois pas tes pieds, tu ne sais pas où tu vas, tu imagines le sentier que tu viens de grimper, à chaque pas tu t'attends à tomber dans le vide. Tu commences à courir, tu entends des voix qui viennent vers toi mais les corps tu ne les vois pas. Yann, tu l'as oublié, ton passé aussi, la peur de l'avenir, tes attentes, plus rien n'existe en dehors de ce présent instable. Tu marches et rien ne change, tu es en état de flottement. La panique retombe. Ton corps épuisé la tient sous contrôle. Le calme s'instaure.

Une voix te parle : c'est peut-être la fin. Une route bloquée. C'était ma vie. Rien à accomplir. Des expériences. Des essais. Elle a été belle dans son chaos. En désordre. En vrac. Pas de sens à chercher. Une vie à vivre, à consommer. Je l'ai fait. J'ai joué le rôle. J'ai même dépassé parfois la difficulté de la partition. Ça y est.

Un sourire apparaît sur ton visage. Tu ralentis. Tu marches de plus en plus lentement. Tu acceptes ce qui se passe. Tu es une âme errante sur le mont Fuji. Aucun regret n'émerge.

Tu continues à avancer à petits pas et tu ne te rends même pas compte du brouillard qui s'évapore. Le paysage reprend ses contours, tu retrouves ton corps, mais à l'intérieur, tout reste comme avant. Cette sensation de calme, d'équilibre parfait, cette impression que ton existence est finie, qu'il n'y a plus rien à faire, le contrat a été rempli, tu peux quitter l'arène. Un sentiment de soulagement, de bonheur.

Tu arrives à la cinquième station. Tout est clair maintenant. Tu aperçois un petit temple, tu entres, tu t'approches de l'arbre à vœux. Tu prends un stylo et tu écris sur un bout de papier : « Trouver mon chemin. » Chaque fois que tu te retrouves dans un temple, depuis ton arrivée au Japon, tu écris ce vœu sur un petit bout de papier et tu l'accroches à l'arbre. Par inertie, tu recommences, mais au moment de l'accrocher, tu t'arrêtes. Tu plies le papier et tu le jettes dans ta poche. La route est là, plus rien à trouver.

Plus tard, au restaurant, tu commandes une soupe. Une heure après, Yann te rejoint. Le soleil est réapparu aussi brusquement que le brouillard. Rien ne reste figé plus d'une seconde. Ton sourire serein est encore là et il restera longtemps même quand il ne sera plus visible.

Il y a eu un avant et un après le mont Fuji, comme si tout s'était clarifié à ce moment-là. Comme si cette perte marquait la fin d'un cycle. Tu t'es laissée mourir sur cette montagne. Le bilan a été fait. Fin de partie. Tu entrais dans une autre période, la moitié de ta vie peut-être. Cette volonté d'affirmer une identité est partie. Tu revenais à toi. Tu commençais à t'aimer comme ça avec tes imperfections et tes blessures, tu acceptais ce qui se passait autour de toi sans forcer la porte aux événements. Ce relâchement te faisait du bien.

Un jour, tu es allée avec une de tes étudiantes dans un *onsen*. Vous avez laissé vos vêtements aux vestiaires, vous avez enfilé le même kimono, seule la ceinture était différente. Tu entrais dans un autre monde, à des milliers d'années de ta réalité. Un monde où les corps s'oublient pour mieux se retrouver. Les silhouettes sont identiques, rien ne les met en valeur, on rencontre son double à chaque pas. Le bruit du dehors ne pénètre pas ici. Le temps d'un après-midi tout se tait.

Vous avez abandonné vos kimonos dans les vestiaires du hammam, ta nudité exposée à la lumière du jour ne t'encombrait plus, c'était comme si ton corps n'existait plus. Vous êtes sorties, vous êtes entrées dans un tonneau avec de l'eau bouillante. Le temps s'est arrêté. Le soleil s'est caché, les étoiles ont pris leur place et vous, vous êtes restées à parler. Airi ne parle pas bien français, elle est nouvelle dans le groupe. Ses phrases sont ponctuées très souvent par des « peut-être » qui te font sourire. Convoquer à chaque pas le doute te paraissait une qualité que peu d'humains ont la capacité d'entretenir. Comme toutes les Japonaises de ton cours, Airi voulait partir en France pour échapper aux injonctions paternalistes mais, à la différence des autres filles, elle écartait l'option du mariage. Pas envie de dépendre d'un homme. Fuir la domination masculine japonaise pour se soumettre à un autre mâle ne faisait pas du tout sens pour elle.

Tu l'écoutes avec beaucoup de concentration, tu saisis son espoir, tu reconnais en elle la jeune femme qui était partie il y a six ans pour échapper à une autre domination. Tu avais choisi le même pays qu'elle et à la fin tu as été expulsée du territoire. Tu as envie de parler à Airi de la zone administrative, des files d'attente, des tonnes de formulaires à remplir, de la brutalité des gens, mais tu te tais. Tu ne lui dis rien car tu te rends compte que si c'était à refaire tu dirais oui. Chacun son rite d'initiation.

Aujourd'hui, tu sais que tu es devenue celle que tu es, celle que tu as toujours été, celle que tu n'avais pas le courage de rencontrer, en passant par ces routes embrouillées. Airi devrait passer par là, connaître la désillusion, l'échec, la chute et les larmes car on passe tous par là. Ce n'est pas possible autrement. C'est la route à suivre. On tombe on se redresse et on devient puissant. On se perd dans le brouillard de la vie mais la lumière revient, il faut juste garder la conviction qu'un jour le soleil refera surface sur nos peaux. Garder cette conviction et rester droit, avancer dans le noir, accepter que les choses nous échappent la plupart du temps.

Airi s'approche de ta bouche, elle écarte tes lèvres avec sa langue, tu t'abandonnes dans ce baiser inattendu qui se prolonge. Vous vous caressez sous l'eau, vous vous oubliez dans cette étreinte volée, le ciel brille au-dessus de vos têtes, vos yeux aussi et tu te dis qu'à partir d'aujourd'hui tu pourrais donner ton corps à tous ceux qui te le demandent, à tous ceux qui en ont besoin. Tu pourrais répondre à cet appel d'amour et d'oubli. Il te semble la chose la plus humaine à faire, la plus importante, juste répondre, être là, s'offrir.

Vous vous séparez devant l'*onsen*. Vous prenez des lignes de métro différentes. Tu reverras Airi les jours d'après mais plus rien d'intime ne vous reliera. Ce n'était que l'appel d'un moment.

Cet événement s'est effacé de ta mémoire, de ton corps aussi. Il s'est dilué dans le passé. Il n'existe plus. Ton présent est vide de toute charge émotionnelle encombrante, tout peut s'inscrire, absolument tout. Plus rien ne bloque dans ta gorge comme avant. Tu es une page blanche qui s'écrit au présent. Tu ne cherches à provoquer plus rien, tu captes la réalité qui t'entoure et tu t'inscris là-dedans. Tu vas avec la vague, tu te laisses porter par une force inconnue qui relie tous les éléments autour de toi. Ton corps est devenu un conducteur : il capte et il retransmet l'énergie qui le traverse, sans rien retenir. Il ne bloque plus, il ne s'oppose plus, il accepte tout.

Les moments passés avec Yann retrouvent l'éclat d'avant. Plus aucune attente n'est posée entre vous. Vous vivez les choses qui sont là, chaque geste devient important et urgent.

Parfois, tu le regardes et tu te dis que c'est peut-être la dernière fois. Le brouillard va vous avaler, vos corps vont s'égarer, ils ne retrouveront plus la route vers la maison. Cette pensée qui t'aurait annihilée avant te réconforte maintenant. Tu fais la paix avec les évidences et ça te donne la force de saisir l'intensité du moment.

Tu es partie à Kinshasa un matin de mai. Yann n'a pas pu t'accompagner à l'aéroport. Vous avez pris le petit déjeuner ensemble en attendant le coup de fil d'Horla qui venait te chercher en taxi. Yann a enfilé son imper, il t'a embrassée avant de quitter l'appartement et ce baiser conventionnel s'est transformé soudainement en décharge électrique. Vos corps n'ont pas pu s'éloigner. Vous avez arraché vos vêtements, le téléphone a sonné, mais le présent était trop dense pour se laisser diluer par un perturbateur extérieur. Vous avez oublié tous les deux le temps. Vous étiez dans cette illusion d'union complète et définitive. La fin de l'orgasme vous a séparés, mais l'amertume ne s'est pas installée dans ton ventre comme avant. La sonnerie répétée du téléphone faisait entrer dans ce présent fragile une autre réalité, un épisode à suivre.

Yann t'a accompagnée au taxi, il a posé encore une fois ses lèvres sur ta bouche et il a disparu. Tu as regardé le visage serein d'Horla et vous vous êtes retrouvées dans un profond sourire.

Pour arriver au Congo, il fallait passer par Paris. Encore une fois tu te retrouvais dans cette ville, nœud de ta vie. Cette fois-ci, vous n'aviez que quelques heures pour changer d'avion, pas le temps de vous perdre dans ces rues que tu aimais tant.

Horla était passée aussi par cette ville dans leur chemin vers la liberté. Ils avaient essayé de s'y installer mais ils ont compris assez vite la vie qu'on leur offrait : un deux-pièces dans une banlieue lointaine, un poste d'auxiliaire de vie, des regards méfiants… Alors, ils ont rempli des formulaires pour aller plus loin. Ils n'ont pas insisté pour forcer des portes cadenassées.

— Paris est une ville de transition parfaite. On dirait un rite d'initiation. Il faut juste le comprendre. C'est un endroit d'observation, d'expérimentation, mais pour créer, pour construire il faut aller ailleurs, dans des territoires vierges. Paris est le lieu de l'éternel retour. Tu vois, même les routes aériennes le confirment. Tout passe par là. Ces chemins qui se croisent, c'est troublant. Tu arrives, tu repars, tu ne peux pas rester ici.

— Tu crois qu'on peut rester quelque part ?

Ces mots t'ont échappé. Tu ne les as pas préparés, ils sont sortis comme ça. Horla te regarde, elle voudrait que tu continues ta phrase, que tu déploies une pensée, mais tu n'as rien à ajouter, ce n'est qu'une question, ce genre de question qui trouve sa réponse à la fin d'une vie.

— Ça me fait penser à une blague que tout le monde connaît en Roumanie. Un type meurt et se retrouve devant Dieu. Et Dieu lui dit : « Toi tu as été sympa, alors moi aussi je vais être sympa avec toi. Je te laisse choisir. Tu veux aller au Paradis ou en Enfer ? » Le type le regarde et lui dit : « J'sais pas, j'aimerais d'abord voir les deux. » Dieu lui répond : « D'accord, par où tu voudrais commencer ? » « Par l'Enfer. On voit après le Paradis et je crois que je vais y rester, mais je voudrais faire un petit tour en Enfer d'abord. » Dieu est d'accord et il l'envoie en Enfer. Et là il y a une grande fête. La musique à fond… L'alcool coule, la drogue, tout le monde danse, baise, prend son pied. Le type est super-impressionné. Dieu l'envoie ensuite au Paradis et là… un champ vert avec des petites fleurs, un quatuor à cordes dans un coin, des gens drapés en blanc sur des transats sirotant des jus de fruits bio… Le type est un peu déçu. Dieu revient et lui demande : « Alors tu iras où ? » Et le type un peu gêné lui dit : « Le Paradis, c'est pas mal, mais l'Enfer, c'est plutôt mon style. » Alors Dieu l'envoie en Enfer et là tout de suite il est jeté dans un bassin de boue bouillante, il est frappé, fouetté, torturé. Dès qu'il a un moment de répit, le type sort la tête de l'eau et crie vers Dieu : « Qu'est-ce que tu m'as fait ? Ça n'a rien à voir avec ce que j'ai vu. » Et là, Dieu lui dit : « Voilà. C'est ça la différence entre le tourisme et l'émigration. »

Horla éclate de rire. Tu ris aussi. Vous riez ensemble. Vous ne pouvez plus vous arrêter.

— Ça c'est une blague que tu devrais dire à tous les Congolais.

Six heures plus tard, vous arrivez à Kinshasa. Tu es émue. Tu sens que quelque chose va se jouer ici comme au Japon sur le mont Fuji. Tu sais désormais qu'il y a des points de non-retour, des paliers et qu'à chaque fois tu laisses derrière un bout de ton être.

La première sensation quand tu descends de l'avion, c'est le manque d'air. Comme si la densité d'oxygène diminuait considérablement, comme si tu devais t'habituer à respirer moins, à consommer moins, à occuper moins d'espace.

Ta peau devient moite en quelques secondes, et une odeur agréable de bois brûlé envahit tes narines. Ton corps sait maintenant qu'il est sur un territoire où il n'aura aucun repère. Mais il reste ouvert, prêt à prendre, à encaisser, à connaître. Il ne recourt pas à son schéma habituel, il ne se barricade pas à l'intérieur de ses certitudes.

Vous arrivez à la livraison des bagages. Une foule compacte pousse vers la bande roulante. Pas moyen de pénétrer la barrière humaine. Tu n'es pas pressée, tu regardes, tu observes et soudain tu éclates en sanglots. Tu pleures sans savoir pourquoi. Horla te regarde, elle a l'air de comprendre mais elle ne dit rien. Tu laisses sortir tes larmes. Tu es le réceptacle d'une émotion collective. L'énergie de ces corps qui luttent pour récupérer leurs bagages, leur colère, leur désespoir se cristallisent en toi.

Au bout d'une heure, la foule se dissipe, Horla récupère vos deux valises et vous retrouvez sa sœur Neva qui vous attend sur le parking.

Les deux femmes s'enlacent un temps infini. Tu les regardes et tu regrettes de n'avoir jamais connu ça. Tu n'as jamais senti ce sentiment de sororité avec quelqu'un, cet appel de la chair qui se reconnaît et a besoin de se renifler, de se confondre. La famille reste un concept vague, une construction sociale, une protection environnementale. Quelque chose t'échappe là-dedans, et pourtant tu regardes les corps des deux sœurs et tu aimerais te glisser dans ce tronc commun.

La voiture emprunte la route bordée de palmiers solides. Le Mexique revient dans ta tête. Aucun regret, juste un sentiment doux de tendresse. Tout est là dans ce moment, dans cette lumière qui s'éteint, dans les parasols arc-en-ciel éclairés des vendeurs ambulants qui flottent dans la nuit. Tout est là dans cette nouvelle histoire que tu commences à écrire avec elles.

La voiture s'arrête devant une porte métallique. Derrière, il y a une cour énorme avec un avocatier au milieu. Plusieurs petites maisons s'articulent autour. Les portes sont ouvertes. Des femmes et des enfants mangent dans la cour. Horla te présente tout le monde : des sœurs, des cousines, des tantes, sa mère et sa grand-mère. Les hommes sont invisibles. Les enfants courent, rient, tu es frappée par la liberté de leurs corps, par leur insouciance, par leur capacité de vivre l'instant jusqu'au bout. On te prend par la main, on te sert du riz, du poisson, on te parle comme si tu faisais partie de cette famille depuis longtemps. Tu te sens chez toi. Le même sentiment que tu as eu quand tu as découvert la maison de Mexico, sauf qu'ici les corps sont encore plus présents. Pas besoin de parler trop, d'inventer des identités, de se cacher derrière les mots. Les regards racontent tout.

Ton portable vibre, tu regardes le nom de Yann qui clignote sur ton écran et tu ne décroches pas. Sa présence n'appartient pas à cet instant, elle viendrait abîmer cette harmonie qui se tisse entre toi et cette nouvelle communauté. Tu l'appelleras plus tard, quand tu seras seule, quand il y aura suffisamment de place à l'intérieur de toi pour l'inscrire. Maintenant tout est plein et tu te sens bien.

Vous partagez la même maisonnette avec Horla. Elle te laisse sa chambre, elle prend celle des enfants.

— On vient rarement tous les quatre, mais c'était important pour moi d'avoir une maison ici. Tu as gardé ta maison en Roumanie ?

Tu la regardes et un sourire un peu triste refait surface :

— Je n'ai jamais eu ma maison en Roumanie. Je n'ai jamais eu de maison à moi en fait. Il y a eu la maison de mes parents, qui est devenue ensuite la maison de ma mère… et ensuite j'ai enchaîné les chambres d'étudiant, les apparts de mes hommes, les sous-locations. J'ai toujours vécu dans des espaces où la déco ne m'appartenait pas. L'impression de me glisser dans une autre existence. Mes effets personnels s'entassent dans une valise. Pendant mon enfance, je rêvais d'une grande maison avec un jardin et un verger, quand je pense à ce rêve, ça me semble si lointain. Je ne sais pas à quoi je rêve maintenant... Je crois que j'essaie juste d'être là et de ne rien perdre du moment présent.

— Tu es libre, c'est beau. J'aurais aimé avoir cette liberté. Sans les enfants, j'aurais vécu comme toi. On dit que les enfants te donnent de la puissance... C'est pas vrai... Les enfants t'apprennent à aimer, ils te révèlent une manière d'aimer qu'on peut rarement éprouver autrement, mais la puissance, on la perd. On doit accepter de la perdre petit à petit. La puissance, c'est cette capacité de renoncer aux attaches, de continuer à avancer sur des routes vierges, de laisser son confort derrière, de se donner entièrement au monde. Avec des enfants, tu ne peux plus le faire. Tu n'es là que pour les aider à grandir. C'est pour ça que moi je construis des maisons et toi tu traverses le monde.

— Je ne sais pas s'il y a un sens à ça... J'aurais aimé pouvoir construire aussi, mais j'ai toujours eu l'impression de le faire sur des sables mouvants. Ma structure est fragile, je n'ai fait qu'essayer de la renforcer, je me suis approchée des hommes qui me paraissaient forts pour me donner l'illusion de me reconstruire et je les ai fuis à chaque fois quand ils m'ont montré leur faiblesse. Je crois que je commence à accepter mes blessures, je ne me force plus à les cacher, je ne force plus ma place dans ce monde, je suis là et j'essaie de donner ce que j'ai à ceux qui s'assoient en face de moi. C'est peut-être de la résignation, de la fatigue, mais je ne veux plus me juger. Pour une fois, je me laisse porter par la vague.

Vous vous êtes endormies tard dans la nuit, vous avez eu du mal à vous séparer. Tu t'es glissée sous la moustiquaire avec l'impression que ce voile faisait barrage entre tes peurs et toi. Ici, plus rien du passé ne pourrait t'atteindre. Tu te sentais prête à vivre tout ce qui allait suivre. Cette image de la forêt de Pátzcuaro ne revenait plus dans tes cauchemars, tu avais atteint la limite supportable de la cruauté humaine, tu savais qu'elle passerait comme le brouillard du mont Fuji, tu savais qu'après la violence vient la douceur, que l'être humain est tiraillé entre le désir d'aimer et le désir de tuer tout ce qui l'empêche de jouir.

Le soleil t'a réveillée tôt le matin. Tu es sortie dans la cour, les femmes commençaient déjà leur activité, les enfants s'agitaient. Tu t'es intégrée dans le mouvement commun. Tu as préparé les paniers-repas pour ceux qui partaient à l'école, la grand-mère gardait les tout-petits dans la cour. Cette femme allongée sur son pagne à l'ombre d'un mur t'impressionne, elle parle rarement, elle semble enfermée dans son monde intérieur et magique, mais elle voit tout, elle lit dans les profondeurs de ceux qui l'entourent. Tu sais qu'elle sait tout sur toi, qu'elle saisit tes peurs, tes faiblesses et tes doutes. Avant, ça t'aurait fait peur, mais maintenant tu n'as plus rien à cacher.

Vous sortez dans la rue avec Horla et Neva. Elle n'a pas la voiture aujourd'hui. Ça tourne, elle ne lui appartient pas. Tu as l'impression que rien n'appartient à personne dans cette petite communauté de femmes.

Au bord de la route, Neva essaie d'arrêter un taxi en faisant un signe circulaire de sa main. Horla t'explique le code.

— Ça veut dire qu'on veut aller au rond-point de la Victoire. Chaque signe donne un sens à la route. Les taxis s'arrêtent en fonction de leur direction.

Une voiture freine devant vous. Neva monte devant, vous montez derrière. À côté de vous, il y a encore deux femmes. Les corps se serrent pour faire place à tout le monde et la voiture démarre.

La route est longue, plus d'une heure dans les embouteillages de cette ville, à chaque carrefour ça bloque, ça klaxonne et tu te souviens que cette ville compte douze millions d'habitants, la moitié du pays où tu es née.

On vous dépose au rond-point. Un autre taxi, une autre demi-heure de route, et après vous marchez. Vous entrez dans les rues sinueuses du quartier, vous arrivez à une porte en métal derrière laquelle se trouve l'école de Neva. C'est un foyer qui n'est pas encore ouvert. Il y aura soixante lits pour les enfants abandonnés, l'ouverture est prévue dans trois jours.

Dans un coin, il y a une baraque où les cours seront dispensés. Neva cherche encore des enseignants. C'est difficile, c'est presque du bénévolat. Elle n'a aucune subvention de l'État, juste un peu de mécénat de quelques entreprises européennes qui essaient de se laver un peu de la honte d'avoir pillé le continent. L'idée de son projet, c'est de garder les enfants ici jusqu'à ce qu'ils deviennent autonomes, de leur apprendre à lire et à écrire, de les placer dans un atelier où ils pourraient apprendre un métier, essayer de se reconstruire.

Vous passez la journée à trier des livres, des vêtements et d'autres objets. Le temps passe vite, le soleil fait son tour, vous vous arrêtez au bout de dix heures de travail que tu n'as même pas senti peser malgré le décalage horaire et toute la fatigue accumulée.

Quand tu rentres à la maison tard dans la nuit, tu te rends compte que tu n'as pas appelé Yann depuis ton arrivée. Tu as toujours repoussé le moment, le présent était trop intense, tu voulais vivre les choses comme elles arrivaient sans les ordonner ou les trier. Tu avais juste envie que l'urgence de ce coup de fil arrive naturellement, mais ça n'arrivait toujours pas et la liste interminable de ses appels en absence te pesait. Alors tu l'as appelé.

— Ça fait bizarre de t'entendre si près quand tu es à l'autre bout du monde, dans une autre temporalité…

— Deux jours et tu m'as déjà oublié…

— Je ne t'ai pas oublié Yann, tu es si profondément ancré en moi que j'ai l'impression que tu es là, avec moi, à chaque pas. Parfois je te parle dans ma tête. Et tu vois, te parler comme ça bizarrement à travers cet appareil m'éloigne de toi. La distance redevient concrète, tu n'es plus à l'intérieur, tu es à nouveau loin.

— Tu me manques.

— Toi aussi.

Tu lui mens. Il ne te manque pas. Plus personne ne te manque. Tu es trop ancrée dans l'instant pour que quelque chose soit absent du paysage, et tu vis tout avec une intensité jamais connue avant. Ce n'est pas la magie du Congo, ça n'a rien de mystique, ça vient de toi. Quelque chose s'est rempli en toi. Tu ne sais pas quand et comment. C'est peut-être dans le brouillard du mont Fuji, quand l'imminence de la fin t'a obligée à regarder une dernière fois à l'intérieur de toi. Tu es descendue dans la profondeur de ton être et tu t'es enfin rencontrée. Des années entières tu te pensais condamnée à vivre à perpétuité dans un vide, mais là tu viens de découvrir un trop-plein, comme si une source de vie régénérable somnolait en toi et qu'aujourd'hui elle jaillissait soudainement.

Yann ne te manque pas. Il fait partie de ton monde intérieur, il est là, tu le sens, il est là comme les autres qui sont passés dans ta vie avant, et parce qu'il est là, tu n'as plus besoin de l'avoir près de toi car tu l'as autrement.

Mais ces choses ne peuvent pas être dites comme ça dans un échange téléphonique qui coupe toutes les dix secondes. Ces choses-là font partie des secrets qu'on garde au fond de nos solitudes. Alors, pour atténuer l'effet de ton petit mensonge inoffensif, tu rajoutes une vérité.

— Je t'aime.

Et c'est vrai. Tu le sais maintenant.

Les jours se sont enchaînés rapidement. Le centre était prêt à ouvrir. Vous vous êtes levées très tôt, bien avant le lever du soleil, pour être là avant l'arrivée des enfants. La vie à Kinshasa commençait vers cinq ou six heures du matin. Les rues étaient bondées de monde, chaque passant suivait sa trajectoire avec détermination et légèreté. Tu n'avais jamais vu ça avant. Cette agglomération de corps qui avancent sans écraser les autres, qui gardent une énergie aérienne, souple, verticale. La foule ne te fait plus peur ici, elle ne cherche pas à t'avaler, à te broyer, à gommer ta singularité. Au contraire, elle te porte, elle te berce, elle te donne l'impulsion de continuer ta trajectoire.

Quand le premier bus rempli d'enfants s'est garé devant le portail, une émotion profonde s'est installée dans tes entrailles. Malgré les quarante degrés et le soleil brûlant, tu as commencé à trembler.

Les enfants ont occupé la cour. Leurs visages semblaient apaisés, rien ne laissait transparaître leurs drames. Dans un coin, tu étais assise à côté d'Horla en train de les enregistrer. Les fiches s'accumulaient dans vos classeurs.

À un moment de la journée, un petit garçon s'est approché de toi et t'a prise par la main sans rien dire. Vous êtes restés comme ça un temps. Il a ensuite touché ton visage avec ses doigts et il a caressé ta peau. C'était le geste le plus doux qu'on posait sur ton corps. Tu t'es perdue dans son regard. Tu aurais pu passer des heures à explorer les expressions qui traversaient ses yeux. Un mélange de fragilité, d'amour blessé, d'espoir et de tristesse. Il ne parlait pas. Personne n'avait entendu sa voix. Il avait sept ans. On ne connaissait pas son nom. On lui avait attribué le prénom de Ludo, mais ça ne le faisait pas réagir. Il semblait tout comprendre mais pas à travers les mots. Autrement. Il est resté près de toi toute la journée. Quand tu allais aux toilettes, il ne te suivait pas, mais il te surveillait du regard. Il ne te lâchait pas une seule seconde, mais sa présence était discrète, il ne te demandait rien, au contraire il semblait t'offrir sa protection. Tu as eu du mal à le quitter le soir. Il t'a accompagnée jusqu'au portail. Tu as essayé de lui parler, de lui dire que vous alliez vous retrouver le lendemain, mais tu as vite compris qu'il n'avait pas besoin d'explications. Il n'avait pas besoin non plus d'engagements ou de promesses. Il comprenait. Il a balayé encore une fois ton visage avec ses doigts comme s'il essayait d'écrire un poème là-dessus, et il est parti vers le dortoir. Tu es restée un temps à le regarder et quand tu as fermé les grilles derrière toi, tu as éclaté en sanglots.

Horla et Neva ont fait semblant de ne rien voir. Elles comprenaient cette concentration d'émotion qui s'emparait de ton corps. Vous êtes montées dans le taxi, mais quelque chose de toi restait derrière. Tu ne supportais pas cette distance qui se posait entre toi et ce petit corps. Tu ressentais un besoin ardent d'être auprès de lui, de veiller sur son sommeil, de l'accompagner dans ses cauchemars. Tu ressentais un sentiment d'amour profond, comme tu ne l'avais jamais connu avant, et son intensité te submergeait. Tu entrais dans une zone inconnue de ton être.

Les jours qui ont suivi, vous avez commencé des activités à l'école, ce n'étaient pas vraiment des cours, vous aviez besoin de temps pour former les groupes en fonction des niveaux et de l'énergie des enfants. Neva savait bien faire, l'équipe la suivait en confiance. Il n'y avait pas beaucoup d'enseignants avec de l'expérience, juste une psychologue diplômée et quelques volontaires venus comme vous pour un mois ou deux. Tu as proposé un atelier de théâtre, vous faisiez des jeux qui travaillaient l'imaginaire, la concentration, l'attention, la confiance. Les enfants réagissaient bien, leurs corps s'ouvraient, ils fissuraient leur carapace, se débarrassaient du poids de leur passé. Ludo te suivait discrètement partout, il guettait les moments où personne n'était près de toi pour pouvoir se glisser dans tes bras. Pendant les moments de sieste, quand le soleil devenait très violent, vous vous abritiez tous les deux à l'ombre d'un avocatier au coin de la parcelle, il posait sa tête sur tes cuisses et tu lui racontais des histoires dans toutes les langues que tu parlais. Tu commençais en français, tu passais au roumain, à l'anglais, à l'espagnol, tu mélangeais les mots entre eux pour inventer une autre langue pour lui. Il aimait t'écouter, les sonorités étrangères semblaient l'apaiser. Un jour, en lui racontant un conte sur un petit prince qui quittait son royaume pour un voyage sans fin, tu l'as entendu dire pour la première fois ces trois mots :

— Pourquoi il part ?

Tu as essayé de cacher ta surprise en entendant sa voix et tu lui as répondu comme si rien d'extraordinaire ne venait de se produire :

— Parfois on a besoin de partir pour connaître le monde, pour rencontrer des gens qu'on n'aurait pas pu rencontrer autrement.

— Mais toi tu ne partiras pas.

Il a enchaîné ces mots parfaitement, avec une assurance qui ébranlait n'importe quel doute. Ce n'était pas une question. C'était une affirmation. Il ne remettait pas en doute son désir. Il l'exprimait, confiant. C'était la première fois que Ludo mettait en parole ses sentiments.

Tu as continué à lui caresser les cheveux et il s'est endormi comme ça. Parfois il sursautait dans son sommeil, les ombres du passé arrivaient encore à le rattraper dans ses cauchemars. Tu es restée à veiller sur lui jusqu'au réveil, tu ne pouvais plus le quitter. Chaque soir en partant, la séparation devenait dure. Plus pour toi que pour lui. Il s'éclipsait quelques minutes avant ton départ pour ne pas avoir à affronter ce moment. C'était sa manière de se défendre. Toi tu ne savais pas le faire. Une faille s'ouvrait à nouveau à l'intérieur de ton être, mais il n'y avait plus de douleur qui surgissait, il y avait un état d'amour profond, comme un élan. Donner tout ce qui reste encore de vivant en toi à cet enfant. Tu ne voulais pas le sauver. Tu voulais te sauver toi. Rien de philanthropique là-dedans. Un état impulsif, incontrôlable, qui venait de ton ventre. Tu te souvenais de cette phrase que la mère de Yann t'avait dite à Amsterdam : « Un enfant c'est pas dans la tête, c'est dans le corps. »

Cet enfant s'installait dans ton corps. Il n'éveillait pas un instinct maternel enfoui, il ne te donnait pas envie de porter un enfant dans ton ventre, le tien. C'était un être irremplaçable et il devenait l'élément central de ta vie.

Ludo ne parlait qu'à toi.

— Ne dis rien aux autres.

— Pourquoi ?

— Je ne veux pas leur parler. Comme ça je suis à l'abri.

— Tu seras de toute façon à l'abri. Ici personne ne te fera du mal.

— Ne dis rien.

— Je ne dirai rien. Ce sera notre secret.

Tu l'as bien gardé. Tu voulais tout faire pour ne pas décevoir cet enfant. Les êtres humains l'avaient tellement fait avant, il commençait tout juste à refermer ses plaies. Tu ne pouvais pas rater.

La petite communauté a trouvé son rythme. Le matin, des cours étaient organisés, toi tu enseignais le français, l'après-midi vous faisiez des jeux pour les tout-petits, les plus grands étaient inscrits dans des ateliers pratiques auprès de quelques artisans. Cette utopie devenait réelle. Parfois, tu regardais Neva en essayant de comprendre d'où venait cette force qui l'habitait, comment elle arrivait à garder la confiance et à mobiliser tous ces gens autour d'elle. Tu te demandais si l'amour se transmet, si l'amour est un flux d'énergie qui traverse les êtres tel un torrent, si l'amour te relie à ces femmes, si c'est ici auprès d'elles que tu étais enfin arrivée à aimer.

Tu ne savais plus quel jour on était, les jours étaient les mêmes de toute façon. Tu n'avais plus besoin de savoir quelle heure il était, le soleil te disait tout.

Ton départ se rapprochait mais tu refusais d'y penser. Tu lui verrouillais la porte. Tu habitais le présent, le reste n'existait pas.

Un soir, tard dans la nuit, Yann t'a appelée. Il avait besoin d'entendre ta voix. Il avait sans doute besoin de se convaincre que tout allait bien, que cette inquiétude qui le guettait depuis ton départ n'avait aucun appui réel. Vous avez échangé quelques mots, tu n'arrivais pas à lui raconter vraiment ce que tu vivais ici, ce qui se passait en toi. L'absence de son corps te rendait difficile tout partage d'intimité. Le langage gardait sa stérilité, il n'avait pas la température des sentiments.

À la fin de l'échange, Yann te dit :

— J'ai hâte de te revoir. Il ne reste plus longtemps. Trois jours et on se verra à nouveau.

Sa phrase t'a ramenée à la réalité comme une douche froide. Tu t'es souvenue de toi enfant quand tu comptais les jours qui te restaient à passer au bord de la mer pendant tes vacances en essayant d'oublier le passage du temps. Maintenant tu ne le faisais plus. Le temps ne te faisait plus peur. Il n'était plus un ennemi extérieur. Le temps était en toi et tu avais la force désormais de le contenir.

— Je ne rentrerai pas.

Ces mots étaient là depuis longtemps, mais tu ne les avais jamais formulés même pour toi dans ta tête. Et pourtant, ils étaient là depuis le jour où Ludo t'avait parlé. Tu savais que tu n'allais plus repartir. Pas tout de suite. C'est ça qui te donnait cette force calme, c'est ça qui te faisait vivre le présent sans peur de sa fin.

— Comment, tu ne rentreras pas ? Qu'est-ce qui se passe ?

— Je reste là. Un temps… Quelques mois, un an, on verra. Ils ont besoin de moi. J'ai besoin d'être là.

— Et notre mariage ? C'est la semaine prochaine.

— On le fera plus tard.

— Qu'est-ce qui se passe avec toi?

— Rien. Je sens que c'est l'endroit où je dois être en ce moment. Depuis des années je cherche cet endroit. J'ai erré des années dans le monde sans savoir où poser un geste, en me demandant chaque matin ce que je foutais là. Ici c'est différent. Je me réveille et je n'ai pas besoin d'y réfléchir. Mon corps suit le mouvement. Je suis portée par une force que je ne connaissais pas avant. Cette force est en moi. Elle ne vient pas de l'extérieur. Quelque chose en moi s'est ouvert. J'avais aperçu cette ouverture quand j'étais à Pátzcuaro, quand j'enseignais des langues étrangères aux enfants, mais ça n'a pas duré longtemps. La violence du monde m'a atterrée. Je n'ai pas résisté. J'ai fui. Je ne peux pas fuir une deuxième fois. Pas maintenant. Pas si vite. Je ne peux pas retourner en arrière. On verra ce qui va se passer plus tard. Mais m'arracher d'ici en ce moment, ce serait m'arracher à moi-même. Je me perdrais. Je ne peux pas. Le présent m'impose d'être là. C'est la première fois que je choisis le présent comme ça, comme il vient, sans lui demander quoi que ce soit, sans essayer d'embellir son visage, sans avoir peur de son poids. J'ai toujours fui vers l'avenir. J'annulais ce qui m'arrivait, c'était ma défense. J'ai squatté les combats des autres, je me suis accrochée aux hommes que j'aimais et je me suis laissé emporter par leur mouvement en m'oubliant. J'ai rencontré un gamin ici. Il n'a jamais parlé avant. Sa famille l'a chassé. Son enfance a été mutilée. Il ne parle qu'à moi. Je regarde son visage et je sais que ma place est à ses côtés pour l'instant. Je regarde ces enfants et je le sais. Je ne fais pas grand-chose. Je donne ce qu'on m'a donné. Je transmets ces langues qui m'ont traversée, qui m'ont abritée, qui m'ont donné la force de continuer à marcher malgré les chutes. C'est pas plus compliqué que ça. C'est comme une respiration.

— Et nous ?

— Nous, on est là, Yann. Je ne reste pas là pour t'oublier. Je te sens à l'intérieur de mon corps plus fort qu'avant. Je ne cherche pas autre chose. Je t'aime comme je n'ai pas su aimer avant et c'est maintenant que ça commence. Mais cet amour ne peut pas bloquer tout l'amour que j'ai en moi, tout l'amour que ces enfants réveillent chaque jour. Je ne pourrai plus t'aimer si je pars.

— Et on fera comment ?

— Viens. Tu pourrais demander à être muté ici.

— Je ne peux pas. Les choses ne se font pas comme ça.

— Pourquoi ? C'est quoi les choses ? C'est des êtres ? C'est nous qui faisons les choses, non ? Si tu veux venir, tu viendras. Rien ne t'empêche. Si tu ne veux pas, je ne t'en voudrai pas. On verra.

— Ça a l'air si simple pour toi. Tu as pris ta décision.

— C'est simple, mais il n'y a pas de décision là-dedans. J'accepte ce qui m'arrive. Rien à faire. Je fais confiance au hasard. J'écoute enfin cette voix qui parle en moi. Elle parle dans une langue que je ne comprends pas encore, mais je n'ai plus besoin de la comprendre. Je suis son énergie. Ça me suffit maintenant.

— Je ne sais plus quoi dire…

— Ne dis rien. Il n'y a rien qui se décide maintenant. Ne fige rien. On verra ça plus tard. Restons en mouvement. On ne sait rien et c'est bien comme ça. On s'aime, c'est tout, et ça n'a pas besoin de s'expliquer autrement.

Il n'a plus rien dit. Juste les mots qu'on met à la fin d'une conversation téléphonique pour adoucir le reste. Tu es restée un temps seule, dehors dans la cour. Tu as respiré l'air humide. Un vide s'est ouvert dans ton ventre. Impression de déjà-vu. Tu te sentais au bord d'un abîme mais cette fois-ci tu n'avais plus peur de te laisser glisser. Tu étais comme une skieuse sur les hauteurs d'une piste qui regarde l'inclinaison de la pente, elle inspire l'air et se lance vers l'inconnu. Tu étais lancée. Tu ne savais pas ce qui allait suivre, si la course serait longue, si tu resterais debout tout le temps, si tu arriverais à te redresser une fois tombée, si tu la ferais seule, avec Yann, ou avec un autre. Tu n'avais pas besoin de le savoir. Tu savais juste que tu la ferais jusqu'au bout. Tu n'avais plus besoin d'un pays, tu n'avais plus besoin d'un homme, tu n'avais plus besoin d'une garantie. Tout était là dans ton regard posé sur le monde, à cet instant précis.

Mise en pages : “ Rue des Malassis ”.
rue.des.malassis@free.fr

Achevé d'imprimer sur Roto-Page
par l'Imprimerie Floch à Mayenne
en décembre 2020.
Numéro d'imprimeur : 97288.

Imprimé en France.